文化名宿访谈录

曹正文 著

上海書店出版社
SHANGHAI BOOKSTORE PUBLISHING HOUSE

序 言

赵启正

　　屈指算来,我认识米舒(曹正文)同志已33年了。1985年,我在一个上海青年作家的座谈会上,认识了他。后来我邀请米舒来上海市委组织部坐坐,他参加了几次上海市委组织部组织的活动,如知识分子接待日活动。他还跟随我一天的工作,翌日写出了一篇《我在上海市委组织部的一天》的长篇通讯,由此我们结下了友谊。这33年来,我读到他写的不少文章,前年他赠送我一套八卷本的《米舒文存》。在米舒创办的"读书乐"举行50期、100期、200期与1 000期的座谈会,我都应邀参加了书香弥漫的书友活动。去年上海儿童博物馆又设立了"读书乐"陈列室,鼓励更多的人热爱读书,并让我们的下一代,我们的孩子们从小播下读书的种子,米舒与他的"读书乐"陈列室对促进上海读书活动,是有助益的。

　　近日,米舒把他在执编"读书乐"期间,访问二十余位文化老人的笔记加以整理,推出了一本《文化名宿访谈录》的新书,请我先睹为快,我看了书的目录与部分章节,很有感触。

　　应该说,米舒从小"迷书",热爱读书,他在读初中二年级时,已把报上读到的好文章剪贴成册,加以学习。在他31岁报考《新民晚报》时,他取出一本从14岁廾始剪贴《新民晚报》好文章的剪报册给众多考官过目,使他获得了一个好的印象分。

　　米舒在独立执编"读书乐"时,正处于20世纪80年代中期,当时一些活跃在三四十年代的文化名家,如施蛰存、夏衍、冰心、章克

1

标、赵家璧、徐铸成、王元化、罗竹风、徐中玉、秦牧、蒋星煜先生……都还健在，米舒亲自上门，请这些文化名宿谈自己的读书经验与当年从事文化活动的经历，现在将这些文化名人的访谈录整理出来，供年轻的同志们阅读，那是一件很有意思的事。

冰心怎么会写《寄小读者》，25 岁的施蛰存在执编《现代》时如何组稿，郑逸梅何故称"补白大王"，冯英子谈自己当战地记者，30 未到的赵家璧编起了"新文学大系"，秦瘦鸥怎么会写《秋海棠》，徐铸成怎样采访到被软禁的冯玉祥将军……凡此种种，都由当事人回忆自述，读来倍感亲切。在这些文化名人中，我比较熟悉王元化、罗竹风、冯英子几位。在"读书乐"举办的书友座谈会上，听赵家璧、徐中玉先生作过读书的发言。我在正文生日的聚会上，见到了罗竹风与冯英子先生，我们作过亲切的交谈。罗老是个老资格的革命干部，学识又渊博，但他为人很谦逊，他那天问我资产阶级物质文明包含哪些内容，和无产阶级物质文明有什么区别。我知道我的回答并不准确，但他却有较深刻的许肯与评议，我对他的学识和谦虚很是钦佩。王元化先生与我同住一个小区，在夏日的晚上，我们会在散步中相遇，于是便海阔天空地聊起来，元化先生是个很有正义感、学识渊博的儒雅学者，他或谈历史，或谈读书，在褒贬时事中，敢于直言又蕴含哲理。我手头还保存着一张珍贵的合影：2008 年 4 月 30 日我从北京抵沪，获悉王元化先生正住院，我便赶到瑞金医院去看望病中的元化先生，他在病床上问我北京的近况，但未及我回答，他就半睡着了。半晌，他又睁眼问我："你怎么样？"我正待回答，他又沉睡了。我只能用双手紧紧握着元化先生的手，以体温作感情的交流。这也许是王元化先生最后的留影，九天后，元化先生就与世长辞了。我想，今天重读这些文化名宿的经历与他们对现代中国文化的贡献，对我们新中国成长起来的一代人，是个继承传统文化的很好教育，而对广大读者而言，也是一种文化熏陶。

我看米舒编报,他很注意文化传承,他尊老敬老,在编版之余,常常去这些文化老人家中聆听教诲,日积月累,为此,他便获得不少文化名宿的口述历史。今天,他将这些回忆,用文字记录下来,整理成一本访谈录,对读者了解当年历史,学习这些文化名宿读书、写作与独立思考的精神,是有启发的。

"读书乐"已走完了22年历程,但我以为,读书给人的快乐是永恒的,书比人长寿。这本访谈录只是米舒当年编"读书乐"的副产品,但它带给读者同样有益智与启迪作用。

2018 年 4 月 28 日

目录

"补白大王"郑逸梅谈民国掌故

一、"旧闻记者"的报坛之路

对于民国报人与刊物的兴趣,始于我读初中二年级时去卢湾区图书馆(原名中国科学社明复图书馆,现名黄浦区明复图书馆)劳动,当时在书库内擦灰尘与拖地板。我因自幼迷恋读书,劳动间意外发现几十个大书架上竟然放着泛黄的上千册民国书刊,顿时如获至宝,兴奋无比。我在休息时便偷偷翻阅,浏览了民国时期的不少杂志,如《良友》《万象》《新月》《紫罗兰》《侦探世界》……后来卢湾区图书馆组织书评小组,我被推选为负责人,再次有机会进入书库而流连忘返,得以阅读大量民国时期的书刊,从中知道了张恨水、邵飘萍、包天笑、严独鹤、陆澹安、秦瘦鸥、顾明道、范烟桥、郑逸梅等人的大名。

1986年,《新民晚报》扩版,我开始单独执编"读书乐"专刊;便仿效邹韬奋先生办报风格,设一"名家谈读书"栏目,自己则以"米舒"为笔名开设"书友茶座",在报上每周答读者问。请名家谈读书经验,我决定先从年长的名家开始,我选的第

郑逸梅在书斋

一个约稿对象，便是当时已 91 岁的上海文史馆馆员郑逸梅先生。

郑逸梅先生的寓所在普陀区长寿路的一条旧式里弄内，我叩开门后，见老人站在书斋前表示欢迎。郑逸梅的书斋名"纸帐铜瓶室"，其斋名与其名字暗合，因为古人咏梅诗中颇多涉及"铜瓶"、"纸帐"二字。一间朝北的亭子间，约有 12 个平方米，四壁都是书橱，橱中还放了不少线装书。郑老请我坐下后，他的家人又送上了茶。我仔细端详郑老，他脸形稍长，头发灰白，白多于灰，人中很长，目光慈祥。他生就一对大耳，下巴也很长，属于古人说的"长寿之相"。

郑逸梅赠作者的签名本

我先不讲约稿事，首先告诉郑老，《新民晚报》老报人谈编报时常讲到民国报人的办报经验，冯英子先生曾说郑老在当时有两个雅号"旧闻记者"与"补白大王"，郑逸梅老人听了，微微一笑，说："我和贵报的冯英子是老朋友了。"

我们的话题，便从郑逸梅年轻时喜爱读书与如何走上报坛之路谈起。

郑逸梅生于 1895 年，他与我同乡，都是苏州人。据郑老说，他原姓鞠，出生在上海江湾，后来依苏州外祖父姓，改姓郑，原名郑际云。他 5 岁入私塾，10 岁进了上海敦仁学堂，14 岁在苏州公立第四高等小学堂读书，17 岁考入江苏省立第二中学。他说到这里，顿了一下，说，"我 17 岁后即开始为报刊写文史小品，因自幼喜欢读文学历史的缘故。"

郑逸梅这个名字是他自取的，原因是他从小特别喜欢梅花，他说："我当时购买的第一本书是《吴梅村词》，我也不知道吴梅村是个人名,因为书名中有梅,就断定是好书,买下了。我记得当时在苏州省立第二中学读书。当时我家经济不宽裕,实在买不起书,那时读书考试,获得好成绩,学校就发购书券,我因为屡次考试名列前茅,就用购书券买书,除了《吴梅村词》,我还买过王蕴章主编的《小说月报》。"

郑逸梅改名以后,出了第一本书,他的处女作叫《梅瓣》。后来郑逸梅取书斋名,他说:"用梅花取斋名,未免太俗太露,我就取了个'纸帐铜瓶室',瓶内可放梅花,喻为暗藏春色。"

我问:"听说您的名字,有一首对联?"

郑逸梅笑一笑说:"这是南社诗人高吹万送我的:人澹如菊,品逸于梅。"他又补充了一句:"这两句诗,我后来一直当座右铭,亦是我平生之所好。"

郑逸梅32岁进入上海影戏公司,先担任编字幕的撰稿工作,后来郑逸梅先后写了《国色天香》《新婚的前夜》《糖美人》等剧本,还与姚苏凤合编了《杨贵妃特刊》。并在1930年参加了南社,南社的发起人是柳亚子、高旭与陈去病。1920年,郑逸梅先生开始步入编辑工作,他编过《游戏新报》《消闲月刊》《联益之友》《华光半月刊》《金钢钻报》等报刊,后来又当了中孚书局的编辑。

据郑逸梅说,他因为在上海影戏公司工作过,他在1935年还担任过《明星日报》第四版"锦绣谷"的主编,这个副刊刊登的都是散文小品札记,郑逸梅请范烟桥写《文徵明佚事》,陶冷月写《与江小鹣论画》,金东雷写《与赛金花谈话》……他自己则开了一个"清言霏玉"的小专栏,每天写一篇短文作补白。

二、"补白大王"谈写掌故小品

关于"旧闻记者"与"补白大王"两个雅号的来历,郑逸梅先生是这样解释的:"我虽然在几家报社工作过,但我不跑新闻,编的是副刊,副刊登的都是过去的文史逸事之类,让读者勾起一点回忆,有一点似曾相识的感觉,跑新闻的称为'新闻记者',我就是'旧闻记者'了。因为编副刊,拼好版面,有时会多一点版面,于是我就自己操刀写短文,因为补白刊在副刊的下面,故称'报屁股',这类文字属于补白,写多了,报界朋友便称我'补白大王'了。"

我问:"您写的'补白'主要还登在当时哪些报刊上?"

郑逸梅在书房写作(郑有慧提供)

郑逸梅说:"我是当时《申报》《新闻报》《时报》的特约撰稿人,由于我与出版界的老板、与当时走红的作家每周都有饭局,因此这三张报纸的副刊一直追着我写稿,好在我也只写数百字,每天都能写几篇,日积月累,也有上千万字了。"

郑逸梅写了许多有趣并且有史料价值的民国掌故:梁启超在中国学者中第一个提到马克思;康有为寓所前有一大树,绕屋皆花木;秋瑾之死出于绍兴绅士胡道南告密;民国奇人黄摩西常年不洗澡,他上课时,前三排课椅都空着,但因他讲课生动有趣,有的学生宁可买了香水来解秽;孙玉声不仅是清末民初的名作家,他还在上海福州路开了一家图书公司,为多位作家出书。郑逸梅谈民国掌故,还谈到张恨水、包天笑、程小青、平襟亚、周瘦鹃、俞平伯及孙大雨、陈巨来、叶圣陶等人的逸事。这些民国掌故,每则仅几百字,或几十字,但言之有物,读来兴趣盎然。成为研究民国文学不可缺少的资料。

从 1938 年起,郑逸梅先生投身于教育界,他先在上海国华中学任副校长,后在大夏大学附中、大同大学附中任教,后又在徐汇中学、志心学院与江南联合中学、模范中学、诚明文学院执教。新中国成立后,郑逸梅先生在晋元中学任副校长。

郑逸梅先生虽在"文革"中遭受冲击,但他始终坚持读书写作,他自十年动乱结束后,又每天坚持写作,每年编撰 50 万字,这对一个八九十岁的老翁来说,实在很不容易。

三、郑逸梅谈"读书方法"

听郑逸梅先生谈博览群书,我便想请郑逸梅先生写一点自己读书经验的小文章,他谦逊地说:"经验谈不上,写一点自己的感受而已。"

不久,郑逸梅先生写来了一篇《"里打出"和"外打进"》的读书小品,他认为古人读书,往往从《大学》《中庸》开始,从先秦两汉至唐宋元明清,循序渐进,从而打好扎实的基础,但郑逸梅自己的读书经验却是先从吸引自己的稗史小说入手,然后读明清小品,再上溯元曲、宋词、唐诗、汉文章,乃至《左传》《离骚》《诗经》《尚书》,这 经验之谈,虽是一家之言,也是相当实用,而且对今人学古文更易引人入胜。

正因为受郑逸梅等民国文人的影响,1991 年我与文友张国瀛完成了一本《旧上海报刊史话》的小书,我很想请郑逸梅老人提点意见,便亲手送上原稿。郑逸梅

郑逸梅写给作者的信件

先生当时已96岁，他不仅看了一些章节，还亲自动笔写了一篇序言，他在序中写道："作为一个老报人，我也曾编过多种报纸副刊及杂志。近年来又先后写了《书报话旧》《南社丛谈》《清末民初文坛轶事》等书，追忆当年报刊及文坛状况，弥补其资料空白。日前，欣闻曹正文与张国瀛两位同道合作撰写了一本《旧上海报刊史话》，承蒙先睹为快，顿觉有'青出于蓝胜于蓝'之感，我想这本书的出版，无疑对今天的新闻工作者与广大读者了解旧中国的报刊概览是有益的。"

"青出于蓝胜于蓝"，笔者是不敢当的，郑逸梅还在序中鼓励我"一切学问皆从自学得来"，"既专又杂，既横又纵"的学习方法，对笔者后来体味编辑应该多学习，并自觉成为一个杂家，起到了鼓舞与激励作用，笔者一直铭记在心。

因为编报时涉及民国文坛旧事，我曾多次去"纸帐铜瓶室"请教郑逸梅先生，他在说话间十分幽默，还说他喜欢旧小说《花月痕》，并把当代篆刻家陈茗屋刻的一枚"秋芷室"印章给我们观赏。由于他写的掌故趣闻，字不多，而内容极为广博丰富，让人读之获益甚多，依我之见，老人的晚年生活也很有趣味。

郑逸梅老人1992年7月11日在上海逝世，享年97岁。他的主要代表作有《人物品藻录》《南社丛谈》《清末民初文坛轶事》《艺坛百影》《清娱漫笔》《文苑花絮》。他的孙女郑有慧女士也是一位作家兼书画家，她与祖父有38年的共同生活

作者与郑逸梅孙女郑有慧(左)合影

经历,她说:"我祖父的记忆力非常好,他在八九十岁每天还坚持写作两三千字,许多报人都称他是'用不坏的电脑'。"据郑有慧女士介绍,2015年逢郑逸梅先生诞辰120周年之际,中华书局等多家出版社出版郑逸梅各类书籍,还出版了由郑逸梅撰文、孙女郑有慧绘人物画的《三国闲话》。

这位掌故大师留给后人许多珍贵的资料,他给我的信件、为我写序的手稿与他送我的签名本《艺林散叶》《逸梅小品》《淞云闲话》今分别留存在上海市儿童博物馆"读书乐陈列室"与苏州图书馆"曹正文捐赠签名本陈列室"内。

定稿于 2017 年 4 月 5 日

与章克标交往二三事

一、金庸的老师还健在

1997 年秋天，笔者收到海宁金庸研究会寄来一份请束，说海宁于 11 月 3 日召开第二届金庸学术研究会（"金学"研讨会），邀请我参加。赴会的有金庸先生、冯其庸先生、严家炎先生，还有金庸的中学老师章克标先生。

我随即决定前往，金庸、冯其庸与严家炎三位先生，我都是见过的，唯独章克标先生只有文字之缘，他曾在 1995 年托人送我两本签名本，一本是《银蛇》，另一本是《文坛登龙术》。后来他又为我执编的"读书乐"专刊写了一篇文章《我看读书是福》，看其手迹似乎是 95 岁老人亲笔所撰，但我在惊叹中不免有点怀疑：一位 95 岁的鲐背老人还能写出这样的文章？

我于 11 月 3 日乘车赶赴海宁，接站的司机把我送到海宁宾馆，宾馆门口的横幅是"第二届金庸学术研究会"字样，我走进宾馆便见到了海宁金庸学术研究会会长王

章克标在海宁的陋室中

敬三,他身旁便是我熟悉的冯其庸先生与严家炎先生,冯老当时已73岁,但精神饱满,他是中国艺术研究院副院长、中国红学会会长,因为拙著《金庸笔下的108将》由冯其庸先生作序,我们早已认识了。严家炎先生是著名的北大教授,我与他见过一面,彼此握手后,王敬三又向我介绍了坐在一边的一位满头银霜的老人。原来这位满面微笑,脸似弥陀的长者便是金庸中学

作者在海宁"金学"研讨会上见到了97岁的章克标

时代的老师章克标先生,我赶紧上前与章老握手,他的手是软软的,深陷的眼睛还很明亮。当时章克标已97岁。一位九十高龄的文化老人竟是这么健康,且行动自如,令吾好生羡慕。

当天会上,与会者各自对金庸作品作了发言,金庸坐在主席台上微笑不语,他长了一张不怒自威的四方脸,他与冯其庸先生同年出生,也已73岁。众人发言后,他作了简短的答谢。会后便是宴会,金庸与章克标、冯其庸、严家炎以及当地领导一桌,我坐在次桌,由王敬三会长陪同。席间,众人向金庸、章克标、冯其庸、严家炎敬酒,我向金庸先生赠送了《金庸笔下的108将》一书,金庸笑笑说,"我已拜读了"。并在扉页上题词:"曹正文先生,先生研读拙作,甚有见地,多有指教,殊感。金庸",并将此书还赠予笔者。

这次金庸学术研究会,让我与章克标先生见了一面,但未能长谈。我留下了章克标先生的联系方式,不久,再次上门拜访章克标老人,他的家在海宁一个貌不出众的旧工房小区内,一室一厅,相当简陋,据他说已经住了很久。他在新中国成立后,就在这套简陋的

小屋中读书写稿,当时他的名字也不方便见报,便用笔名翻译些外国文学,好在他知晓英语、日语等几国文字。只是到了"文革",章克标家的藏书都被毁灭与抄走,其中有他使用多年的字典、词典与百科全书。老人谈起这些往事,声调很平静,大有一种处变不惊的味道。我就在小屋中听他叙旧,听他谈民国文坛往事,他在叙述回忆中也谈些养生之道,让我吃惊的是,章克标临近百岁,但其思维仍是那么清爽而灵敏,实在不可思议。

二、与林语堂、邵洵美创办《论语》

章克标 1900 年 7 月 26 日生于浙江省海宁县庆云镇,字恺然,他在嘉兴浙江二中读完中学,19 岁从海宁赴上海,住在金庸表哥徐志摩父亲徐申如开设的三泰客栈内。不到一年,章克标赴日留学,他先考入东京高等师范学校,同校同学有田汉、方光焘。后就读于京都帝国大学,他读的是数学系,但与田汉、郁达夫等人联系密切。在日本苦读 6 年后,26 岁的章克标从日本返回上海,他弃

章克标成名作《文坛登龙术》初版

章克标赠作者的签名本

"数"从文,后在台州省立六中、浙江二中、上海立达学院、暨南大学教书。章克标以教书谋生,同时参与文学活动。1926年他与胡愈之、叶圣陶、夏丏尊、丰子恺四人合编《一般》月刊,同时与滕固、方光焘等人创办中国新文学早期社团之一的"狮吼社"。一年后,章克标参与创办了"时代图书公司",这家图书公司后来成为中国二三十年代规模最大的出版机构,章克标出任图书公司总经理,并主编当时影响很大的《十日谈》旬刊。再后来,章克标与林语堂、邵洵美等人创办《论语》杂志,林与邵都推崇"幽默"与"性灵",当时颇有影响。

当时《论语》的作者队伍云集了民国时期的一代名家,如鲁迅、茅盾、叶圣陶、巴金、老舍……章克标比叶圣陶小6岁,比林语堂小5岁,比老舍小1岁,他与俞平伯同岁,比巴金大4岁,比邵洵美大6岁,撰稿者还有苏青、赵景深、李长之等,他们都是同时代民国文人中的佼佼者。

章克标老人这段编辑生涯,我过去只是在民国刊物中略知一二。那天与他长谈,又询问了一些细节,比如问起他当时最要好的文友,章克标想了一想,说:"是丰子恺先生。"据章克标说,他比丰子恺小1岁,他当时在上海立达学院读书时便认识了丰子恺,后来又成为开明书店的同事,丰子恺觉得章克标写的《文坛登龙术》有讽刺的意味,丰子恺曾想把这本书改编成长篇连环画,可惜后来因为忙没有下文。1933年,丰子恺用稿酬积蓄在老家桐乡盖建了"缘缘堂",章克标便去参观,两人相见甚欢。后因抗战失散多年,1948年章克标想在台湾开设开明书店台北分店,与正在台北办画展的丰子恺巧遇,两人都喜出望外,同游阿里山、日月潭。

后来,我们谈到郁达夫,章克标老人说:"我在日本留学时,就

章克标书法

与郁达夫交往密切,后来郁达夫追求王映霞,曾请我帮过忙。"

我问:"我读过您送我的《银蛇》,有人说,这小说中的原型有郁达夫和王映霞的影子?"

章克标笑一笑说:"郁达夫当年追王映霞,还专门找我谈过,告诫我不要追求王映霞,我当时心里有点好笑,他再三要求,见我答应了,便高兴得不得了。至于王映霞与郁达夫分手,是郁达夫自己不好,有些话是不适宜公开讲的。"

我又问及《论语》杂志提倡"幽默"与"性灵"的宗旨,章克标笑道:"现在大多数读者只知道林语堂先生提倡'幽默',其实这两个口号是我最早提出来的。1929年我去丰子恺家看《子恺漫画》,我很喜欢,丰子恺便让我挑两幅,我挑了两幅,丰子恺马上说,'你的趣味便是'幽默与性灵'。我含笑点点头。"章克标又补充说:"当然说到写幽默的文章,林语堂确实是文化人中的典范。"

谈到章克标的创作,章老说,他主要写杂文与小说,杂文集《文坛登龙术》当时有点影响,还有《风凉话》,小说有《银蛇》《恋爱四象》《一个人的结婚》《蜃楼》。我问起他与鲁迅的笔战,章克标老人长叹了一声:"我的国文老师朱宗莱是章太炎的学生,鲁迅在日本留学时曾拜章太炎先生为师,鲁迅可说是我的师伯,他比我大19岁。后来我在日本杂志上看到一篇鲁迅写的《谈监狱》的文章,便翻译成中文登载在《人言》周刊上,不料编者邵洵美在文章后面加了一个注:'鲁迅先生的文章,最近是在查禁之列,此文译自日文,当可逃避军事裁判……'鲁迅以为这注文是我写的,非常愤怒。这件事是我在鲁迅先生逝世后才知道,这其实是一场误会。"

我说:"鲁迅先生好像对唯美派诗人邵洵美很反感?"

章克标先生说:"是的,他们在很多观点上意见不一致,因为我当时与邵洵美一起办杂志,引为同道,鲁迅就骂我是'邵家的帮闲专家'。我也因这句话,吃足了苦头。"

由于鲁迅在杂文中几次提到章克标，并对他提出批评，因此，章克标在新中国成立后，处境很不妙。章克标一直隐居在海宁，他过着一种近乎默默无闻的生活，谁能想到，一个在二三十年代文坛风头很健的名作家兼名编辑就在乡间过着三十余年寂寞而单调的日子。他90岁之前，一直住在海宁桃园里的一处旧宅，章克标的家在底楼，据洪丕谟先生告我，章克标先生的日常生活近乎一个农民，他

昔日的辉煌已经被人淡忘。章克标习惯于一日三餐是粗茶淡饭，他在三年自然灾害期间，也吃过草根、菜皮与糠秕。他以喝粥为主，章老自称是三十年与粥为伍。至于

作者于1997年11月与章克标（右）合影于海宁

运动，章克标老人说他的唯一嗜好是一辈子爱走路。

笔者曾就此请教章克标先生，他依旧满面堆笑："我是顺其自然，白活到97岁。"

三、百岁老人的"征婚启事"

与章克标老人海宁一晤后，在一年后我又与他在上海见了面。章克标在上海郊区借了房子，当时我去拜访他，他一开口就说："我在20年代就来到上海，我特别喜欢这个城市。"他这次来上海，还因为"百岁征婚"一事。

1999年1月13日，《申江服务导报》刊出了一则"征婚启事"，

征婚者正是章克标老人。这件事成了上海当时一件很轰动的事，一位百岁老人公开征婚，而且还是民国时有名的作家与编辑，更难得的是99岁的章克标尽管年近一百，但其头脑清楚，思维又很活跃，身体健康而又行动自如。这样的老人征婚，被一些媒体炒作得很厉害。

章克标为人很坦荡，说话直率至极，他在晚年写了一部近30万字的《世纪挥手》。他在书中写自己当年的太太陈翠娥，还写自己当年生活的随意、荒唐和种种缺点，还写到他夫人过世后自己在八九十岁如何独立料理生活，煮饭烧菜，自己上邮局取稿酬，总之，百岁老人自称很清健。

据介绍，章克标老人征婚后，收到上百封女性来信，老人经过近八个月的慎重考虑，终于选择了57岁的东北籍退休干部刘桂馨女士。不久他与她的照片还刊登在网络上，章克标为小他43岁的妻子改名为"林青"，意为"拎得清"之戏语。章克标曾邀我去他新居赴宴，但我因公出而失去了一次机会。

新婚后的章克标先生又活了8年，他还不时发表文章，并计划写一部《世纪回首》的传记文学，据说写了100万字，后由海天出版社压缩成30万字于1999年出版。他于2007年1月23日逝世，享年108岁。

章克标先生在20世纪80年代中期，担任海宁市政协委员、浙江省文史馆馆员，他百岁之际还加入中国作家协会，可以说他是民国文人中活得最年长也最健康的老人之一。

定稿于 2017 年 7 月 15 日

冰心谈文学创作与她的"小读者"

一、读书是人生第一快事

我是在 1987 年 9 月 16 日去北京访问冰心老人的,当时她已 87 岁。因为我预先给她写了约稿信,并得到冰心先生家人的同意,因此,我在她门上叩了两下,冰心老人的女儿就开了门。

我一眼望去,这位与世纪同龄的老太太正坐在客厅的沙发上看电视,她个子似乎不高,虽已是耄耋老人,但眉目相当清秀,陪伴她的依旧是大家熟悉的那只灵巧的白猫。

我作了自我介绍,听冰心先生笑着说:"你寄来的《新民晚报》报纸与约稿信,我都读了。"她说完,便指指茶几上的一篇文章,说:"约我写读书的文章也写好了。"说完,她爽朗地笑了。

我在 1986 年创办"读书乐"专刊时,心中就拟了一个"名家谈读书"的名单,请名家谈读书经验,冰心先生排在前三位。因为我读过她不少书,从她的文章中了解到她从小就十分喜爱读书,

冰心晚年在寓所

便想请她为广大读者谈点读书收益,想不到当天到北京就拿到了她的稿件,不由得喜形于色。

冰心先生指了指我寄来的几份《新民晚报》,又说:"报纸办个

'读书'专栏,我觉得挺好,现在娱乐新闻多了,这也不错,但依我看来,读书是人生第一快事。"

我乘机问:"您很小的时候,就迷上了读书?"

冰心女士眉毛一动,似乎回忆了一下,说:"记得我四五岁时,我感谢我的母亲,就把一本书给了我,我当时还不识字,但书中有画。那些黑色的铅字,虽然我不认识它,但看起来挺亲切的,于是,我开始迷上了有字的书。"

冰心,原名谢婉莹,她出生在福州三坊七巷的谢家大宅,该宅院原是林觉民故居,后来由冰心祖父在林觉民家属手中购得。但她出生后只住了一年,便随父母去了上海,一年后,冰心的父亲谢葆璋又受命去筹办海军学校,冰心离开上海,去了烟台。

我问道:"您的童年时代在烟台吗?"

"是的。"冰心说,"我在烟台这座美丽的城市中度过了十年,我记得我小时候就知道读书是一件有趣的事,我就拼命学习识字,每天晚上都会计算一下,今天我又认了多少字。而我识字越多,我对读书就越增加了兴趣,而读书有了兴趣,我就会把学到的东西,来丰富我的生活。"

据冰心回忆,她最早知道的是《三国演义》,当时在她家任家塾督师的舅舅杨子敬常对她说:"你好好做功课,做完功课,我给你讲故事。"三国故事情节曲折,她听得入迷,为了听下一回,她就对做作业更认真了。

冰心又说:"在我八九岁时,我已在读小学了,我就主动要求老师教我作诗。老师说学作诗,先要学对对子,她不假思索念了三个字:'鸡唱晓',我也几乎脱口而出:'鸟鸣春',老师又惊又喜,以为我小小年纪已读了韩愈写的《送孟东野序》,其实,我只是在一张香烟牌子的画上看到的。"

我听到这里,不由也一乐,说:"我记得我读小学时也收藏了不少香烟牌子，上面有'诗书画'，好像有孔子的话，还有一些谚语，旁边配了画，如'岁寒，然后知松柏之后凋也''逝者如斯夫，不舍昼夜'等。"

冰心老人笑了，说："孔子说的'君子和而不同'，孟子说的'民为贵'，都是很有意义的，而且格言与诗词画在香烟牌子上，也让文学大众化了。"冰心又说："我在13岁前读了不少书，13岁后我随父母去了北京。"

"当时您最喜欢的书是哪一本？"

冰心想了一想，说："我记得是《聊斋志异》，这是一本讲人、讲鬼、讲狐狸的故事，因为好奇，也因为这本书太让人入迷，我一捧上书就舍不得放下。有一次看书看得久了，母亲要我去洗澡，我便把《聊斋志异》带到澡房中去看，看着，看着，把洗澡水也弄凉了。生气的母亲看不下去了，就闯进来把书从我手中夺了过去，还撕去书的一角，我当时真的被'聊斋'迷住了。"

"后来怎么样？"

"我后来只能读残缺不全的故事，一直把它读完，当时我才10岁出头。"

我又问："您小时候很喜欢读中国古典小说吗？"

"是的，除了《聊斋》，还有《三国演义》与《水浒传》，但《三国演义》是写打仗的，《水浒传》写梁山好汉替天行道，也写打斗，好像男孩子更喜欢一点。作为一个小女孩，我后来看了两部

1987年9月16日，作者在北京访问冰心

女作家写的'传奇',一部是《再生缘》,另一部是《天雨花》。"

我撰写《女性文学与文学女性》一书中曾写到过这两位女作家,因此比较熟悉,就说:"《再生缘》的女作家陈瑞生,是'桐城派'古文学家方苞的女弟子,她18岁开始写《再生缘》,前后写了16年。"

冰心说:"她写孟丽君女扮男装,颠倒阴阳,大长女人的志气。"

我又说:"《天雨花》的作者陶贞怀,也是一位女作家,这部长篇弹词写的左仪贞,也是一个英勇机智的女英雄。"

冰心笑了笑,说:"这两本书也是我在童年时代中,读到的很有感染力的作品。"

据冰心回忆,她在10岁后就学了《论语》《左传》与《唐诗三百首》,她还说唐诗让她认识到文学的魅力,中国古典文学让她一辈子喜欢,对她日后写作帮助极大。

冰心13岁前,还在烟台读了商务印书馆出版的"说部丛书",这"说部丛书"包括了许多世界文学名著,如英国作家狄更斯的《大卫·考伯菲尔》(原译名《块肉余生述》),又如《孝女耐儿传》《滑稽外传》。冰心老人在写给我的一篇《读书》文章中,这样写道:"我很喜欢这本书,译者林琴南老先生也说他译书的时候,被原作情感所感动,而'笑啼间作'。我记得我反复读这本书的时候,当可怜的大卫从虐待他的店主那儿出走,去投奔他的姨婆,在旅途中经受饥寒交迫的时候,我也一边读一边流泪,还会把母亲给我吃的小点心一块一块往嘴里塞,以此证明我体会到自己是多么幸福。"

冰心说到这里,好像语塞了,她似乎想起自己读世界名著时被完全感动的情景。

我也从中体味到文学对人的震撼力有多大。我此刻想到,也许受感动,被感动,是一个人走向作家的必然过程。

冰心11岁虽回到福州,在福州女子师范学校只读了一年预科班。13岁便随父母迁居北京,住进了铁狮子胡同剪子巷。翌年,她进入北京教会学校贝满女中，四年后进入协和女子大学理科，她第一次向往当一名医生。但在协和女子大学学习期间，冰心感受到"五四"运动和新文化运动的影响，她从理科转向"文学系"，并开始参加学生运动，被选为学生会的文书，参加北京女学界联合会工作。

我问："您在那时已经开始从事文学创作了？"

冰心说："我在大学里舞文弄墨，开始写的是诗与小说，我后来出版的另一本诗集《繁星·春水》，就是记录了我当时的心情，还有我完成了短篇小说《超人》《斯人独憔悴》，至于写散文，是我在写诗与小说之后的事，大约在我19岁时，我发表了我写的第一篇散文《二十一日听审的感想》，当时我只是反映了自己参加社会活动的一个记录，我并没有用'冰心'这个名字。"

二、情寄"小读者"

"冰心"这个笔名，第一次出现在她作品上是她的小说《两个家庭》，这个笔名取自唐人王昌龄的诗句："一片冰心在玉壶。"由于这篇小说触及社会问题，"冰心"的名字便引起众多读者的广泛重视。

后来，冰心就不断以此笔名写出了一系列"问题小说"的作品，如《去国》《秋风秋雨愁煞人》等，冰心向读者揭示的是封建家庭对人性的摧残，两代人面对新世界的激烈冲突以及军阀混战给人民带来的痛苦。

冰心的作品在对现实生活的揭示与反映的同时，她作为一位女性，把自己的笔触对准了小读者，她开始写一些儿童文学作品。我就这个话题向冰心

泰戈尔
榕树
冰心 郑振铎 真译
人民文学出版社
一九八七年·北京

冰心赠作者的签名本

老人提出了询问。

我问："您什么时候开始注重儿童文学创作的？"

冰心回答："我最早创作的儿童文学作品，便是在旅美途中写的《寄小读者》。"

我问："您写的《寄小读者》，在当时影响很大，是什么触动您写这组通讯体散文的？"

冰心回忆说："我因喜爱文学，于1921年加入茅盾、郑振铎等人发起的'文学研究会'，在燕京大学毕业后，我获准去美国波士顿大学的威尔斯利学院攻读英国文学。由于我在旅途中饱览异国他乡的各种风俗见闻，我就很想写下来，用信的形式，来表达自己的感悟与艺术享受，因为写给孩子们阅读，我就尽力写得明白如话，口语一点。后来发表了，结集出版，我就为这组文章取了一个'寄小读者'的名字。"

我又问："我读过这组文章，很有特色，是什么触动您写出如此

冰心(右二)与巴金(左二)、夏衍(右三)

文笔优美的散文?"

冰心想了一想,说:"我写这组文章,主要是书写人为大自然所感染而后产生的感悟,比如我的第一部分,是写我从上海到神户的三天海上生活,由于大海上的绚丽景色让我陶醉,也让我遐想万千,勾起了我的怀母思乡之情。在写这一组文字时,我尽量用空灵的文字来描写海景夜色,落日映照下的海水,与星月世界的璀璨瑰丽,形成了鲜明对照。"

我很欣赏这些轻情灵巧的散文画面,冰心的文字相当精练雅致,便问:"您的第二部分写的是到达美国后所见的湖光山色,您觉得写美国的湖与大海有何不同?"

冰心喃喃地说:"我以为大海是壮阔、空灵,而湖则平静而绮丽多了。湖上的落日与明月,意境完全不同,浓荫与微雨,黄昏泛舟与水柔不胜桨,也表现出不同的画面与意境。"

读冰心的写景抒情散文,可以体味她用词之妙,我个人以为是她用词之精确,比如她的观察十分细腻,海水的变幻,在斜阳的金光下的对比。而湖中之美景的感染力,让我们在其字里行间体味到或浓或淡、或隐或现的景物变幻,从中感悟作者心绪起伏之搏动。我想,这恐怕也是冰心的散文艺术受到广大小读者们喜爱的一个原因。

我又问道:"您的《寄小读者》出版后,获得好评,您后来就把自己主要精力倾注于中国儿童文学吗?"

冰心说:"《寄小读者》出版后,不断有读者来联系,出版社也认为这个系列可以写下去,我后来又出版了《再寄小读者》《三寄小读者》等一系列儿童文学作品。再后来,叶圣陶先生和我写的儿童文学作品就多了一些。"

我说:"我记得巴金先生曾说过,有三本书曾特别打动过他,一本是《爱的教育》,另一本是《木偶奇遇记》,还有一本就是冰心的《寄小读者》。可能是读者从您的语句文词中体味和重温到了母爱,还有夜间孤寂梦中的温暖与安慰。"

冰心没有回答,只是笑笑,后来才说:"是他过奖了。"

冰心后来又创作了《小桔灯》《樱花赞》等作品,出版了《印度童话集》《印度民间故事》《泰戈尔诗选》等译著,她的散文、儿童文学作品与译著都有很高的艺术成就。

我采访冰心先生前后仅半个小时,不忍心多打扰老人的休息,在我向她辞别时,冰心老人在她翻译的《飞鸟集》上签了我的名字,送我留念,并签上日期:1987 年 9 月 16 日。

定稿于 2018 年 3 月 26 日

夏衍谈《武训传》事件

一、夏衍与《新民晚报》复刊

1994 年秋天，我去北京组稿，第一个访问对象便是夏衍。

夏衍生于 1900 年，当时已 94 岁，请 94 岁的老人写文章，恐怕不行。但我去访问夏公，当时心存三个想法。第一，夏衍是中国电影界的掌门人，又是民国时著名的剧作家，《上海屋檐下》《法西斯细菌》以及他改编的《祝福》《林家铺子》《狂流》《春蚕》与报告文学《包身工》都曾让我在写作中受益匪浅，今

夏衍与心爱的猫

日有机会去他寓所拜访，实在是一次难得的机会。第二，夏衍一直非常关心和支持《新民晚报》，早在 20 世纪 40 年代后期，吴祖光在《新民报》主编副刊"夜光杯"时，夏衍就用"朱儒"之名，为报纸开了一个"桅灯录"的专栏。我在采访吴祖光、新凤霞时，听吴祖光也说过，夏公在 1946 年 5 月写过一篇《捧〈新民报〉》的短文，称赞《新民晚报》的办报编辑艺术之精湛。《新民晚报》在十年动乱中被迫停办，"四人帮"粉碎后，上海市民强烈要求复刊，支持的声音虽多，但《新民晚报》却迟迟不能与盼望已久的上海市民见面。后来《新民晚报》复刊，据说与夏衍有关。因此，我很想听夏公讲述内情。第三，

夏衍原是我恩师冯英子的老上级，20世纪40年代末，冯英子在香港《文汇报》与《周末报》任总编辑，是夏衍让他辞职，回到上海听命。冯英子接受命令，辞去两个报社的职务，于20世纪50年代初返回上海，但后来与夏衍失去联系，冯英子曾告我："我一连写了三四封信给当时任上海市委宣传部长的夏衍，他只回过一个电话，说自己正忙于各种事务，后来就杳无音讯了。"我恩师冯英子只能从报社基层编辑工作干起，十年以后才任《新民晚报》编委。对于这件事，冯英子一直不理解，幸亏他性格乐观而坚强，但从他的谈话中，我发现他怨气未消。

鉴于以上三个原因，我在赴京前，先联系了《新民晚报》在京的一位老作家凤子女士，由她代为预约后，我便兴冲冲地赶到夏公寓所。

记得夏公坐在客厅内接待了我，他清癯而瘦削，说话声音很低，他旁边坐的是凤子女士。凤子，原名封季壬，笔名凤子。她早年从影，是曹禺四大名剧《雷雨》《日出》《原野》《北京人》中女主角的首席扮演者，在中国话剧史上曾留下光辉一页。她同时又是名作家、名编辑，她著有《无声的歌女》《废墟上的花朵》《台上台下》等散文小说集，她还担任过《新民晚报》重庆版的特约撰稿人，上海《人世间》月刊主编。我在1988年赴京组稿时，拜访了冯亦代先生，由冯亦代先生介绍我与凤子老师相识，我后来几次赴京

作者于1994年赴京访问94岁的夏衍先生

组稿,都承她支持与鼓励。凤子生于1912年,当时她已82岁了。

关于夏衍为《新民报》写稿的事,年事已高的夏公也记不大清楚了,但他为《新民晚报》1982年复刊所做的事,他还清晰记得。他当时笑了笑说:"当时原晚报编辑记者要求《新民报》复刊,我记得有那么回事,大概是1978年吧,你们报社的唐大郎(唐云旌)写了一封信给我,请我转给时任中组部部长的胡耀邦同志。我想,《新民晚报》是一份很受读者欢迎的报纸,应该让她早一点复刊,便写了一个条子,转给了胡耀邦同志。"

这件事,我1981年考入《新民晚报》后也听老同志说过,听说赵有余、钱章标、赵在谟、李为华等一些四十多岁的记者以晚报职工的名义写了一封要求晚报复刊的信件,本想通过当时在上海市委办公厅工作的赵在谟直接向中央反映,但赵在谟觉得这样做,有点"开后门"之嫌,便想通过老晚报人与夏衍的私交,请原副刊主编唐云旌(笔名唐大郎)转寄给夏公,夏公一定有办法请胡耀邦同志阅处。

我考进《新民晚报》后,分配在政法组跑"社会新闻",当时政法组组长正是赵在谟,我也听他说起过,唐大郎是《新民晚报》出名的才子,他曾在小报上开过一个"唐诗三百首"的专栏,署名高唐。他写的诗文诙谐幽默,妙趣横生。当时被誉为"江南第一支笔"与"小报状元"之桂冠。赵在谟说,唐大郎性情率真,当时已七十多岁,他接信后一口允应,又笑笑说:"今后晚报复刊了,你们要给我在办公室放张桌子,我有空要来坐坐。"

夏衍说:"我接到唐大郎的信后不久,又收到了老晚报人周光楣的一封信,讲的内容大致一样,我将两封信一起转给了胡耀邦同志,胡耀邦同志很快在两封信上作了阅处,他在第一封信上作了圈阅,在第二封信作了批示。"夏公顿一顿,喝了一口茶又说:"我与赵超构先生是老朋友了,为《新民晚报》及早复刊,转转信,也是应该的。"

二、批《武训传》，夏公始料不及

我请教夏公的前两个问题，已经大致清楚了。便想就恩师冯英子一事，请他释疑，但又觉得这样问，有点唐突，我想了想，便说："夏公，我是1981年考入《新民晚报》社当记者的，后来认了一个老师，是冯英子先生。恩师冯英子今已79岁了，他让我向您问好！"

《武训传》电影海报

夏衍想了一想，说："冯英子曾跟过我，他现在身体好吗？"

我回答："冯英子老师身体很好，还在上海报坛上写写文章，他现在是民盟上海市委的老领导，上海政协常委。"我见夏公没有回音，继续说："听说您让他从香港返回上海的？"

夏衍好像点了一下头，又说："我当时在上海事情多，也没有与他多联系。"他顿了顿又说："那一年不是出了《武训传》事件吗？"

这一说，顿时气氛有点沉重了。

幸亏凤子女士在旁插话："我记得夏公您当时率团去苏联了？"

夏衍说："我当时率中苏友好艺术代表团返京第二天，周扬给我打电话，要我立即去他家，有要事商谈。我原以为是问访苏情况，不料他一见面就说，毛主席批《武训传》，让我赶快回上海写检查。"

据夏衍回忆，《武训传》这个电影不是他授意拍的，拍《武训传》

最早是胡乔木提议拍的，夏衍因为觉得上海缺少资金，后来商定由政务院文化教育委员会贷款，才解决了费用。《武训传》公映后，胡乔木曾组织人写文章大加赞扬，夏衍并没有参与。但周扬对夏衍说："你是中国电影界领导，《武训传》是上海电影界拍的，你又是上海市委宣传部长、文化局长，听说，《武训传》的编导演员孙瑜、赵丹，又都是你夏衍的爱将，你怎么会没责任？"

这件事处理的结果，夏衍在周扬敦促下，不得不及时返回上海，违心地写了书面检查，他写的《从〈武训传〉的批判检查我在上海文化艺术界的工作》，后经毛主席修改后，也刊登在 1951 年 8 月 26 日的《人民日报》上。

夏衍检讨之后，调华东局任宣传部副部长。在 1952 年 5 月开始的文艺整风中，一向潇洒自如的夏衍仿佛变了一个人，他不仅事无巨细向周扬汇报，而且他根据亲身感受，在发言时多次强调要"和风细雨，与人为善"，同志间不要"残酷斗争，无情打击"，受到上海文艺界、电影界同志的赞扬。

夏公当时身体很虚弱，说话也很慢，我的提问，大都由夏公点头或摇手表示，我们只谈了十几分钟，便匆匆告辞了。

翌日，我与凤子女士又通了电话，她说："夏公回忆往事，很伤感，他对你老师冯英子也许照顾不周，但当时那个政治形势，他也自顾不暇，中央批判《武训传》，批孙瑜、赵丹，他以为矛头是针对他夏衍的，他当时作检查，少会客，因此有些事他是很无奈的。"

我不知凤子讲的是否夏衍原话，但如为夏公设身处地想一想，这是符合当时实情的。后来我返回上海，向冯英子先生作了汇报，天性坦荡而乐观的冯先生只一笑："有些事，大家都想不到的，夏衍在电影界做惯了老大，他哪里知道他这个老大，在政坛只是小老九。"

三、重新评定《武训传》

关于《武训传》开拍、批判与最后评定，我事后了解到全过程是这样的：

夏衍在书房看稿

《武训传》的编导是中国电影界前辈孙瑜先生，孙瑜是一位慧眼识珠的名导，他早在三四十年代就挖掘了阮玲玉、王人美、黎莉莉、金焰、郑君里、陈燕燕等众多电影明星。他自1928年创作了处女作《潇湘泪》开始，一生拍摄了25部影片，自编自导6部，代表作是《大路》与《武训传》。他深为武训"行乞兴学"的行为所感动，他写成剧本后先后交阳翰笙、蔡楚生、沈浮、赵丹等艺术家提意见，得到阳翰笙大力支持，后来又在"中国电影工作者协会"召开会议时，请示了周恩来总理。1951年，孙瑜又将拍《武训传》的报告转呈周恩来。影片拍成后，周恩来与朱德在北京亲自接见了孙瑜等《武训传》主要拍摄人员，在当场观看这部影片时，周恩来让孙瑜坐在自己身边，在放映过程中，周恩来看得聚精会神，朱德总司令则不时发出爽朗的笑声，夏衍与茅盾、陈荒煤、蔡楚生也在场观看。电影放映结束后，朱德还走过去与孙瑜热情握手，表示祝贺："这部影片很有教育意义。"周恩来总理肯定了武训办学的意义，茅盾也从艺术上对孙瑜执导的这部影片给予肯定与高度评价。

我想，正因如此，后来发动轰轰烈烈的批判《武训传》政治运动，不仅孙瑜始料不及，夏衍也是大吃一惊。

影片公映后，好评如潮。中国戏剧家协会副主席洪深还准备借《武训传》这股东风掀起新中国电影创作高潮，上海电影界从业人员皆欢声雷动，但5月中旬，上海市电影局局长于伶首先向孙瑜透露："《武训传》要受到上面发动的大规模批判。"这话虽说得语气温和，但孙瑜已感到五雷轰顶之灾即将到来。果然，五月号《文艺报》率先发表《不足为训的武训》，《人民日报》当即转载，并在5月20日推出社论《应当重视对电影〈武训传〉的讨论》，当时，电影艺术家蔡楚生、袁牧之都大吃一惊。

这股批《武训传》之风，由江青、袁水拍等人执笔写成了《武训历史调查记》，调查记把武训丑化成一个流浪起家，遵从封建统治的奴才。声势浩大的大批判政治运动从此拉开序幕，导演孙瑜、主角赵丹被戴上了"坏分子"帽子，整个电影界风声鹤唳，草木皆兵，人人自危。

幸亏1953年春天，周恩来总理飞抵上海，他专门召开了一个四五十人的小型茶话会，在商讨名单时，周恩来亲自点名，要孙瑜、赵丹出席，这让于伶等上海电影局领导又惊又喜。

作者访问夏衍(中)时，凤子在座(右)

当周恩来走进会场，与郑君里、白杨、秦怡、张瑞芳、黄宗英、王丹凤、上官云珠等电影演员握手后，又主动走上前与站在一角的孙瑜、赵丹热情握手。周总理还亲切地询问他们："你们是否听过我在北京对《武训传》所作的检讨？"在会上，周恩来主动承担了责任，并说孙瑜、赵丹是做具体工作的，不应承担主要责任，孙瑜、赵丹是中国优秀的电影工作者，希望他们今后拍出更多好影片。于是掌声雷动，孙瑜、赵丹掩面而泣。

1985年9月6日，《人民日报》刊登新华社电讯稿：

> 对电影《武训传》的批判曾涉及许多人，在今天召开的"陶行知研究会和基金会"成立大会上，中共中央政治局委员胡乔木对这场批判作了否定的评价。

也许，这个结论，夏公早已知晓，他与周恩来总理的检查也是不必要的，是非曲直，历史自有公论。

改定于2018年1月6日

唐圭璋说《全宋词》

一、梦桐斋里访圭翁

1987年春天，我去南京拜访名家。南京是六朝古都的温柔之乡，又是一个名家辈出、文坛大师藏龙卧虎的金粉之地，我想请当地的教授学者谈谈自己的读书经验。

我首先找到江苏人民出版社的名编辑章品镇先生。章品镇早年从事文字编辑工作，不仅编过《苏南文艺》《江苏文艺》，还担任过大型文学杂志《雨花》与《钟山》的主编，他自己也是写作上的好手，正因如此，他在南京文学界人脉很广，由他来确定哪几位教授学者谈读书，一定不会错。

我一到南京，章品镇便设宴款待，他在席间向我推荐了南京师范大学中文系教授唐圭璋先生，他说："谈到南京的古典文学专家，唐圭璋先生首屈一指。"

翌日，他便陪我去了南京师范大学宿舍，在唐圭璋寓所"梦桐斋"里拜访了这位赫赫有名的宋词研究大家。

唐圭璋在书斋

唐圭璋老人生于 1901 年,当时他已 86 岁,身材瘦弱,长脸庞,满头银霜,显清瘦,双目深陷而炯炯有神。同座的还有与唐老同系的吴调公教授,他也已 73 岁,陪唐老一起接待我们。

在访问唐圭璋先生前,我已对圭翁的经历作了一些笔记,知道唐圭璋从小住在南京大石坝街,父亲是个私塾教师,但他 7 岁丧父,11 岁丧母,只能寄居在清贫的舅父母家中,幸亏唐圭璋读小学与中学时,先后得南京市立奇望街小学陈荣之校长和南京江苏省立第四师范学校校长仇埰的资助与鼓励,并免去他学费,这为他后来考入国立东南大学中文系打下了基础。唐圭璋大学毕业后,就以研究词学为自己一生之事业,他独自一人编了一本《全宋词》,于 1940 年由商务印书馆在长沙出了线装本。我就这个问题,请圭翁谈谈自己当初的想法。

唐圭璋先生操着南京口音的普通话说:"这要从我拜词曲大师吴梅为师谈起,是吴梅先生让我爱上宋词,并让我立志,把一生献给词学研究。"

唐圭璋是南京人,他 21 岁考入当时的国立东南大学中文系,非常幸运地成了词曲大家吴梅先生的入室弟子,他选修了吴梅先生开设的课程《词学通论》《词选》《专家词》等。据唐圭璋老人回忆,1922 年夏天,与王国维并称为曲学大家的吴梅先生那年正好从北京大学来东南大学任教,吴梅先生的诗、词、曲、文俱工,他又爱学生胜如爱子女,他在课堂上对学生循循善诱,旁征博引,每逢春秋季节,则喜欢带领学生游览南京名胜山水,让触景生情的学生填词作曲,他则精心修改。吴梅先生的弟子众多,其中以任中敏、唐圭璋、卢前三人最为出众,人称"吴门三杰",任中敏、卢前专攻曲学,唐圭璋则迷恋词学。1934 年吴梅教授还与弟子唐圭璋、卢前等人结社聚会。唐圭璋先生忆及当年与一些学生去吴梅的大石桥寓所,学唱昆曲,那时师生同乐的雅兴场面,至今仍令八十六岁的唐圭璋先生兴奋不已。

唐圭璋谈到自己是吴梅先生的弟子，语调中充满了乐观与自豪，他说："吴梅老师在词曲之外，尤其精通昆曲，他的弟子中不仅有文学家、戏剧家，如朱自清、田汉、郑振铎、齐燕铭，还有许多著名演员，如梅兰芳与俞振飞。可惜因战乱，55 岁那年他因喉病复发而匆匆离世，皆因当时缺医少药，卫生条件极差而致。"

二、唐圭璋谈《全宋词》

我问："那么您怎么会想到编《全宋词》？"

唐圭璋先生说："我在读大学时，曾在图书馆浏览过清康熙年间由彭定求、沈三曾等十人奉旨编校的《全唐诗》，《全唐诗》有十二卷，共收入唐、五代诗四万八千九百余首。我由唐诗想到宋词，宋词的数量虽不如唐诗，但宋词的艺术质量却完全可以和唐诗媲美，因此我心中生出一个想法，让我来编一部《全宋词》，留给喜爱宋词的读者。后来我又读到商务印书馆出版的《唐五代词》，更加强了我要编一部《全宋词》的想法。这个念头后来一直激励着我。"

我便请唐圭璋先生谈谈编选《全宋词》的全过程，唐圭璋先生说："我爱宋词，一是天性使然。二是蒙吴梅先生精心指点，加深了我对宋词的迷恋与爱好。我在读东南大学时就开始广泛搜集宋词，后来我在南京第一女中、钟英中学、安徽中学任教师时，也在不断阅读宋人留下的各种刊本，凡宋人文集所附宋词，宋人笔记中所载词作，我都摘抄，我又在类书、方志、题跋、花木谱中去选宋词，统汇于一处。我在 1934 年先编写了《宋词三百首笺注》《南唐二主词汇笺》两部，由神州国光社和正中书局出版，我便在这基础上再编选《全宋词》，前后约 7 年时间，1937 年完成《全宋词》初稿，再经修改、补充，于 1940 年由商务印书馆在长沙出了《全宋词》线装本。"

"这是《全宋词》最早的版本？"

唐圭璋回答："是的，1960年我又作了修订，并由王仲闻先生订补加工，1965年由中华书局重印出版。"

"这个版本与原版本有何差别？"

"1965年出版的《全宋词》较旧版有好几个大的改进，一是以善本替代了初版的底本，增补了二百四十余家词人词作，词作新增一千六百余首。二是在体例上改变旧版本'帝王''宗室'的分类排列，改为按词人年代先后排列。三是内容更为丰富。两宋词人共收入一千三百三十余家，词作约二万余首，引用书目五百三十余种，我还为每位词人写了小传。"

唐圭璋先生说到这里，喝了一口茶，又说："我当年编的《全宋词》，因为自己年轻，又适逢战乱发生，自己从搜集、整理、考证、校勘到编辑，几乎全凭一人之力，前后七年，虽兢兢业业，但终究经验不足，再加上负责排印的上海商务印书馆在战乱中先迁往长沙，后又移至香港，当时的校对也不够仔细，1940年版的《全宋词》确实存在着不少错谬。后来国学大师王国维先生的二公子王仲闻写来一信，严厉指出我编的《全宋词》差错甚多，令我心中十分内疚，也很钦佩和欣赏王先生的学问。"

我说："听说您后来与王仲闻先生成了好朋友？"

"我后来承中华书局之约，着手修订《全宋词》，我当时了解到王仲闻先生家庭困难，便竭力向中华书局推荐由王仲闻先生来负责新版《全宋词》的审稿工作。王仲闻先生接到邀请后，就与我见面后交换了修改意见，他后来全力以赴投入《全宋词》修订工作，对新版的《全宋词》做出了很大贡献，我们也成了好朋友。"

我又提了一个问题："我们现在说到词，总是提宋词，但在唐朝五代时，李白、白居易、刘禹锡、温庭筠、李煜、韦庄都填过词，似乎有点忽略唐五代词呢？"

唐圭璋先生娓娓说道："在唐代时，词并不登大雅之堂，只在民间乐坊中传唱，是那些歌妓的唱词。五代时的词作，以花间词最为著名，南唐二主李璟、李煜与冯延巳的词写得非常浓艳华丽，尤其李煜的词精致而生动，艺术手法上乘，但总体上说，唐五代词表现的内容较狭窄，格调也不够高。而到了宋朝，政治相对开明，经济高度发达，文化空前繁荣，市民娱乐则成为一种时尚。北宋时还取消了宵禁制度，文人雅士喜欢听歌妓演唱小令、慢曲、转踏、诸宫词，不少文人还会即兴创作。在婉约派的基础上又出现了豪放派。柳永、苏轼与辛弃疾扩大了宋词的表现内容，还有陆游、李清照、张孝祥等人的词，也各有独特风格。"

我不由想起蝶恋花、点樱桃、浣溪沙、扑蝴蝶、醉花阴、苏武慢、夜捣衣这些词牌，便向圭翁请教："这些词牌很适合月下低吟、宴会留香，大多是情歌吗？"

唐圭璋老人点点头，他吟了一首《虞美人》小令："杜鹃啼彻垂杨岸，春去天涯换。落花如雨掩重门，写尽红笺小字已黄昏。"

他轻轻吟完这首词，又说："宋词发达，还有一个原因，因为诗歌至唐朝，已经达到了一个无法逾越的高峰，无论在题材上还是艺术水平上，宋代文人都觉得无法在诗歌上超越唐代，于是把兴趣与精力都花在填词上，终于让'宋词'与'唐诗'并立，成为中国古典文学园地中两座对峙而各有建树的艺术高峰。"

唐圭璋先生还与我谈了他选豪放词与婉约词的一些

唐圭璋（右）在客厅与吴调公合影（米舒摄）

具体看法，他说："过去的宋词选，以婉约词为主，如清末探花俞陛云编的《唐五代两宋词选释》，选了909首词，绝大部分都是婉约词，辛弃疾等人的豪放词数量很少。因此我在新版的《全宋词》增补词人二百四十余家，词作一千六百余首，在宋词的数量与艺术风格上都较明人毛晋的《宋六十名家词》与清人侯文灿的《十名家词集》更为丰富一些。尤其对宋词各种风格的代表作，都考虑到了。"

三、圭翁终生与"宋词"相伴

在与唐圭璋先生访谈间，圭翁不时取出他当年的一些旧照片回忆往事，他说："我因父母早亡，在读小学时，还在南京新街口一带当过小贩，维持生计，因为我家是满族旗人，在当时受人歧视。我幸运的是，在我25岁那年与当时生活环境优越的尹家小姐尹孝曾成婚。"

唐圭璋赠作者的签名本

唐圭璋说起自己的婚事，老人不由喜形于色，他回忆起妻子尹孝曾是清代名臣尹继善之后裔，他在一个偶然的机会，被尹孝曾母亲相中，尹氏母女对其好学十分欣赏，于是便有了这段幸福的婚姻。他还说，他喜结良缘，对他一生致志于词学研究，有极大帮助。他还回忆了自己当年深夜写作时，妻子尹孝曾为他悄悄添衣，红袖添香。而唐圭璋生病时，妻子则精心护理。历历往事，唐圭璋先生都有自己填的小词为证。尤其是炎夏之夜时唐圭璋在住所门口的梧桐树下吹着洞箫、唱着昆曲，其妻尹孝曾在旁一边轻轻拨弄扇子，一边轻声和唱的情景，那悠扬的乐声与生动的画面，令他至今回忆起来仍然十分感动。

但可惜的是,1936年,圭翁的爱妻尹孝曾留下三个女儿,竟患病匆匆去世了。后来唐圭璋在讲课时,讲到苏东坡那首著名的《江城子》时,在黑板上一写到"十年生死两茫茫,不思量,自难忘",他眼眶中就浸满了泪水,苏轼对亡妻的怀念,也勾起圭翁中年时的感情起伏。他因感念伉俪当年之深情,从此终身不娶,鳏居一生,并默默把三个女儿抚养成人。

　　我在唐圭璋写下的词中,找到了他的牵挂与深深的怀念,如他写的《鹊桥仙》小令:

　　　　"昏灯照壁,轻寒侵被,长记心头人影。几番寻梦喜相逢,怅欲语,无端又醒。"

　　另一首《浣溪沙》也很动人:

　　　　"经岁方携共渺茫,人间无处话悲凉,三更灯影泪千行。

　　袅娜柳丝相候路,翩跹衣袂旧时妆,如何梦不与年长。"

　　尹孝曾去世后,留下10岁的大女儿唐棣华、8岁的二女儿唐棣仪和小女儿唐棣棣,当时唐圭璋36岁。到唐圭璋55岁时,二女儿棣仪不幸去世,他66岁时,大女儿棣华也去世了。据吴调公教授事后对我说:"圭翁一生经历了幼年失怙、中年丧偶、老年丧女的三大痛苦,他全凭着对《全宋词》的一生迷恋,才从生活的坎坷痛苦中活到现在。"

　　我坐在客厅里,打量着这间才10平方米不到的"梦桐斋"里的书桌、书橱与一排排书籍,不由感触万千,除了《全宋词》,还有唐圭璋先生所著的《宋词三百首笺注》《南唐二主词汇笺》《宋词四考》《元人小令格律》等,这些著述汇聚了主人一生的心血。不由令我对这位词学大家肃然起敬。

　　与圭翁告辞两周后,我收到唐圭璋先生写来一稿《秦淮烟月读书情》,他在文中回忆了自己幼年丧父母,上小学付不起学费,全赖陈荣之校长与仇埰校长两人资助,才读完小学与中学。他在小学毕业时举行的会考中,名列第一,在中学时成绩也居全校同学前列,从此激发了他的读书兴趣。他在文中还回忆了吴梅先生对他学业的指点与教诲之恩。并使他坚定了他编选《全宋词》的决心,他说,自己年轻时常常在图书馆中手不释卷,中午花二角钱吃一餐,每有收获,喜不自胜,历经坎坷,终有乐趣。此文在我编的"读书乐"版面上刊出后,颇获读者好评。

唐圭璋先生卒于 1991 年,享年 90 岁,他是中国词学研究第一人。在南京师范大学草木葱茏、繁花绕枝的校园里有一座唐圭璋的雕像,成为今天广大莘莘学子学习之楷模。

改定于 2017 年 12 月 30 日

谭正璧谈女性文学与弹词

生于 1901 年的谭正璧,系中国现代文学史上一位文学杂家。他著作甚丰,在没有电脑的年代,先后出版各类专著 150 种,涉及文学史、小说史、戏曲史、历史小说、文史随笔、文字学、修辞语法、古书选注等十个领域。谭正璧曾执教于上海美专、齐鲁大学、山东大学、震旦大学、华东师大,担任棠棣出版社总编辑之职,正如蒋星煜先生所言:"谭是一位典型闭

埋头写作 60 年的谭正璧

门写作的书生,很少社会活动,50 岁后几乎与世隔绝,生活贫乏而寂寞。"在六七十年代,靠稿酬收入的他更是苦不堪言。80 年代初,他在施蛰存、赵超构先生推荐下,成为上海文史馆馆员。与谭正璧相熟的赵景深先生多次把分配给自己的写作任务转请谭正璧完成,后来一些选题未能出版,赵景深便自掏腰包而不让谭知道。谭正璧年轻时患高度近视,后来视力越来越差,但他每年撰稿不断,至 85 岁双目失明,其著述精神相当感人。

一、首次打出"中国女性文学史"旗号

最早知道谭正璧先生的大名,是笔者在卢湾区图书馆(今黄浦

区明复图书馆）书库劳动时，偶然见到一本光明书局1935年版的《中国女性文学史》，虽只翻了几页，便留下了深刻的印象。后来我又有机会读到谭正璧1930年出版的《中国女性的文学生活》，从中了解中国历史上诸多女诗人、女词人、女文学家的创作经历。

1986年我执编《新民晚报》"读书乐"专刊，便想请谭正璧先生谈谈他的读书经验与其得益。我打听到他家住在南京西路润康村140号，便先打了电话，然后上门去约稿。

谭正璧的家在底层，约二十平方米，除写字台、书橱与一张可两边拉开的西餐桌，室内还放了两张床，其中一张是叠叠床。本来光

谭正璧与其女谭寻接受笔者访谈

线就不大好的房间由于堆满了各种书籍，书架上叠书架，直至碰到天花板，环境显得凌乱而拥挤。他当时已85岁，浓眉高鼻，满头银霜，声调平和，让我意外的是他双眼失明，幸亏他的女儿谭寻在旁。

我问："谭先生，我想请教您怎么会对中国女性文学有兴趣的？"

不善言词的谭正璧说到这个问题却侃侃而谈："我们常说，女性属于文学，没有女性就没有文学。这是因为早在《诗经》与《山海经》上就有女性作者写的诗作和'女娲补天'的记载，人类活动最早就有女性参与，《载驰》便是许穆夫人所作。《诗经》中有好几种女性形象，如热情天真的少女，哀婉悲戚的怨女，温柔贤惠的淑女，刚烈果断的贞女，为作者表现那个时代的风貌，成为不可或缺的主体，这是一个原因。"

谭正璧喝口茶继续说:"另外一方面,人类史就如一部性别歧视的历史,中国封建社会'男尊女卑'观念成主导地位,女性因经济地位低,她们的才情只能从男性统治的文坛上偶有突破。但尽管如此,《诗品》中评论二十多位诗人之作,其中就有斑婕妤、徐淑、鲍令晖、韩兰英四位女诗人作品被点评。唐代出现了鱼玄机、薛涛等女诗人,宋代文坛出现了朱淑真、李清照这样有名的女词人。明清以来,女诗人、女词人、女弹词作家、女小说家不断出现,在明清文学史上翻开了女性文学的灿烂一页。"

我说:"《水浒传》写了三位女英雄:孙二娘、顾大嫂与扈三娘,《西游记》写了诸多女妖精,《红楼梦》更是尽情渲染了'金陵十二钗',女性成了书中主角,还有《镜花缘》也写了'女儿国',您对这些文学现象,如何看待?"

谭正璧的普通话中夹杂着上海嘉定口音:"女性文学与女性形象在文学长河中展示其越来越强大的容量与魅力,我以为与时代发展有关,记得清代女子王贞仪就写过两句诗'始信须眉等巾帼,谁言女儿不英雄?'我还是从两方面来分析,一是中国古代女子的才情在明清时越来越显示其力量,清代女子写诗词、小说、弹词的人数大大高于唐宋;第二方面,欧美妇女解放思想运动也在晚清进入中国,资本主义萌芽在中国经济社会生根发芽,其西方女性意识思想也唤醒了中国东方大地。"

我问:"在您从事文学的年代,当时曾出现了谢无量的《中国妇女文学史》、梁乙真的《清代妇女文学史》与您撰写的《中国女性的文学生活》三部书稿,这是对女性文学活动的最早肯定吗?"

谭正璧点点头说:"我想是的,谢无量先生著作出版于1916年,梁乙真先生著作出版于1927年,我写的《中国女性的文学生活》则出版于1930年,他们两位谈及女性文学,主要以女性诗文为主,我的著作虽出版在后,但我在此书中除评论女性诗词辞赋,还增加以小说、戏曲、弹词等内容。"

我问："您怎么会研究女性文学？"

谭正璧回忆道："这可能与我早年经历有关。我出生于上海，7岁随祖母定居于嘉定黄渡乡，1919年考入上海江苏省立第二师范学校，因新文化运动爆发，我边读书边写作，处女作《农民的血泪》于1920年发表于《民国日报》副刊，由邵力子先生推荐，进入上海神州女校任教师，后又在上海务本女子中学任教。我这两段教师生涯，让我接触到不少有才情的女学生。在教书之余，我开始编撰著作，在撰写《中国小说发达史》《新编中国文学史》《中国文学家大辞典》中注意到不少中国女作者的成就，这都让我对研究中国女性文学产生了浓厚兴趣。"

我想到上海三四十年代有许多女作家，便问："您与当时的女作家有交往吗？"

谭正璧回答："我最早接触的女编辑、女作家白冰，原名陈淑媛，她当时编辑《女子月刊》，我曾向她投过稿，后来她改名莫耶，去了延安。80年代我曾与她联系，她已是甘肃省文联副主席。"

我又问："谭老认识张爱玲？"

谭正璧说："我在40年代参加过某杂志召开的座谈会，当时张爱玲、苏青、关露等女作家也在场，我和张爱玲都在会上发了言。不久，我又被邀请参加张爱玲作品《传奇》研讨会，我在会上对张爱玲小说中的心理描写，表示赞赏，并认为她的中短篇优于长篇。"

我说："您一直关注女性文学研究，是您首先提出中国女性文学吗？"

谭正璧纠正说："不是，是梁启超先生首先提出来的，他于1922年在《中国韵文里头所表现的情感》中第一个关注'女性文学'，我受其启发，在1935年第三次出版《中国女性的文学生活》一书时作了修改润色与订正，并易名为《中国女性文学史》，与'妇女文学'相比，

'女性文学'更强调了女性的独立与自尊。"说罢,谭正璧让其女儿谭寻取出一本近年出版的《中国女性文学史话》(天津百花文艺出版社1984年版)。

谭寻是谭正璧的长女,约五十岁,身高 1.65 米,戴一副黑框边眼镜,她也喜好文史,是谭老的得力助手。

我说:"可见您一直把中国女性文学作为您一生研究的对象。"

谭正璧双目已盲,平常视之,可发现其目光呆滞,他说:"我女儿也是。"

二、对弹词的考证及其见解

我因是苏州人,从小对苏州评弹十分迷恋。曾读过谭正璧与其女儿谭寻撰写的《弹词叙录》(上海古籍出版社)一书,便问:"您对苏州评弹很有兴趣?"

谭正璧笑笑,说:"我年轻时就喜欢听评弹,现在眼睛不好了,耳朵还不错,因此每天在家听'广播书场'。"

我问:"谭老,您喜欢听哪些书目?"

谭正璧脱口而出:"《玉蜻蜓》《三笑》《再生缘》《杨乃武与小白菜》……都听过好多遍了。"

我说:"这些经典书目都经过千锤百炼。"

谭正璧又补充道:"《神弹子》《十五贯》也说得不错,内容与说表都有特色。"

我问:"您对评弹研究始于何时?"

谭正璧说:"我于 30 年代撰写《中国女性文学史》时,就注意到弹词这类俗文学的艺术魅力,如第一个女弹词作家陶贞怀就写过一本《天雨花》,后来我在书场或家中听书,更感受到评弹的魅力,便仿《中国小说提要》体例、版本、成书年代与本事来源的样式,写了这本资料性的《弹词叙录》，以此为各民间文艺研究者提供参考。"

我说："您这本书写了多少个评弹书目？"

谭正璧想了想回答："大约近200个书目。"

"主要是哪些书目？"

谭正璧说："传统书目中，比较有名的是'三笑姻缘''十美图''双珠凤''文武香球''玉蜻蜓''杨乃武''珍珠塔''描金凤''大红袍'等，当时'白蛇传'又名'义妖传'。"

我问："《弹词叙录》也收了现代书目？"

谭正璧说："也收了不少，如'云中落绣鞋''红灯记''女拆白党''红杏出墙''庚子国变'。"谭正璧又补充道："还有欧美的，如'法国女英雄'等。"

我问："在这本《弹词叙录》中，除了提供资料，谭老想表达什么思想？"

谭正璧说："我考证了清人陈遇乾先生编撰的《绣像义妖传》，此白蛇故事最早见于唐人传奇《白蛇记》，又名《李黄》，收入《太平广记》。后在《警世通言》中改为《白娘子永镇雷峰塔》，清人墨浪子又改为《雷峰塔传奇》，明人陈六龙，清人黄图珌、陈嘉言也有文本。《白蛇传》曾为清代禁书，我对此篇作了一些探索考证，以备后人研究，其他各篇的作用也大致如此。"

"您对评弹的定义是什么？"

谭正璧说："晚清年间，一些文人便把弹词看作'旧小说'之一，此论我是同意的。'五四'以来，俗文学家对弹词研究作了大量开创性工作，一些长篇弹词叙事作品，如《天雨花》，也称为'弹词小说'或'韵文体小说'，这只是我个人见解。我记得俞佩兰1904年在《女狱花》一文中说到，中国旧时之小说，有章回体，有传奇体，有弹词体，有志传体。天僇生在《中国历代小说史论》中也说，章回、弹词之体风行于明清。他还以《天雨花》与《红楼梦》为代表。可见，弹词当年就受到重视。郑振铎在 1938 年就指出,弹词在当时民间占尽风采,一般妇女与不识字的男人们,不知道秦皇汉武、杜甫李白,但他们却知道方卿、唐伯虎。郑振铎于 1927 年还撰写了一部《西谛所藏弹词目录》。我的研究也在那个时候。我在 1919 年撰写的《中国文学进化史》一文中特别提及评弹分为唱的(小书),不可唱的(大书)两类。"

三、中国近代研究俗文学的杂家

在中国近代至当代文学史上,一个人独立著述近 150 种的作者,似乎并不多,谭正璧先生却是真实存在的一位"文学杂家"。

谭正璧虽著述甚多,但他在上海文坛一直被冷落,我问:"你在 50 年代已著作等身,听说后来参加上海作协似乎并不顺利?"

谭正璧叹一口长气,说:"我原来参加华东文学工作者协会,1956 年这个协会改为华东作家协会,取消原协会会员资格,我与胡山源申请加入,迟迟未被批准。当时我们都很纳闷。1957 年我写信向许广平反映情况,经她与中央统战部联系,我才于 1957 年 12 月 13 日加入中国作协。但我加入中国作协后,上海作协仍未接受,也不能参加上海作协举办的活动,过了些日子,总算解决了。"

我对此向谭正璧求教:"我读过您的一些书稿与文章,内容分类甚多,您可以谈一下自己写作在哪几个方面?"

谭正璧想了想说:"一是致力于文学小说戏曲史的研究,我为此编著了《中国文学史大纲》(于右任题字)《中国文学进化史》《中国小说发达史》《中国戏曲发达史》和《中国文学家大辞典》(蔡元培题字)等;二是考证文史与修辞文章作法,如《三言两拍源流考》《弹词叙录》《国文修辞》《诗词入门》《中国文字学新编》等;三是历史小说、人物传记,如《长恨歌》(历史故事)《拟故事新编》《元典六大家略传》《蘗楼史剧集》《蘗楼小说集》等。"

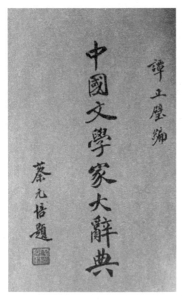

谭正璧编《中国文学家大辞典》
由蔡元培题字

谭正璧的《中国文学史大纲》
由于右任题字

　　我对此甚为佩服,便说:"您一生都在写作与研究,并不断有所发现,您40年代撰写的《中国佚本小说述考》与前几年出版的《古本稀见小说汇考》有何不同?"

　　谭正璧回答:"我于1945年撰写的《中国佚本小说述考》,考证的佚本只限于日本收藏,中日两国自唐代起往来频繁,学术版本自唐代传入日本。明清两代,宋元话本、明清小说在中国问世后,亦流传至日本,有些版本在中国似已绝迹,而在日本却得以珍藏。1984年我发现仅考证日本收藏不够了,因英法与中国交往虽在明清两朝晚期,但后来藏于英国伦敦博物院图书馆与巴黎图书馆的中国小说,也不乏各种珍本,因此我撰写的《古本稀见小说汇考》在取材考证方面更为全面,亦有英法两国收藏的珍本。此书共收入中国古本稀见小说163种,并在后附有作者生平事迹、内容大要与故事来源及其影响，都有详细说明。"

我说："您除了致力于研究之外，还有不少创作，您如何看待这些作品？"

谭正璧说："我在20年代写过《芭蕉的心》《邂逅》《人生的悲哀》，30年代应中华书局之约，编写《华盛顿》《林肯》《拿破仑》《释迦牟尼》《哥伦布》《马可·波罗》等外国名人传记十几本。后来我便开始写剧本《梅花梦》，历史小说《长恨歌》《琵琶弦》《风箫相思》《狐美人》等作品。"

我问："您对中国通俗文学的研究，有很多独到见解与详尽考证，您回顾这段写作生活有什么可以对读者说的？"

谭正璧回忆了一下，然后说："我自幼爱好听评弹与读传奇小说，民间说唱文学对我以后的写作影响较大，1958年我就开始编纂《明清说唱文学作品叙录》，我为《今古奇观》收集资料前后达30年，在1959年完成了60万字的《三言两拍源流考》，对'三言两拍'的考证提出了自己的见解。我一直以自己的著述来证实自己的写作与生活。"

谭正璧90岁时留影

2020年6月作者(左)与
谭篪(谭正璧之子)合影

面对书架上谭正璧先生六十年来不同版本的作品，我深表钦佩，他是一个埋头撰述而不计较名利地位的学者。只听他喃喃地说："我以为写作是一种乐趣，把自己读书得益整理出来，让更多人分享自己写作的快乐。"

原来想请谭正璧先生写一篇谈读书的文章，因他当时双目失明，就不好意思开口，但这次访谈让我认识颇多，在谭正璧学术思想的影响下，笔者于90年代初撰写了《女性文学与文学女性》，后想请谭老指教赐序，但他已病重，逝世于1991年，此为憾也。

向施蛰存约稿琐记

一、施蛰存主编《现代》杂志

认识施蛰存先生，是在 1985 年参加上海出版社的一个会上，施老当时已 80 开外，四方脸庞，高鼻阔口，双目很有神采，只是施老耳有点背。后来，我执编"读书乐"，想约施老写一点自己读书经验的稿子，便登门拜访。

施蛰存的寓所在上海愚园路上，他的书斋兼卧室沿窗靠马路，到处放着书，83 岁的老人坐在一张大的写字台前。由于听觉不太灵敏，施蛰存说起话来声音很洪亮，我从他谈话中得知，他在前几年刚战胜了癌症，病愈后更加勤奋写作，除了研究碑帖，写《水经注碑录》，还写了一本《唐诗百话》。

他说写《唐诗百话》只是他搞学术研究的一种消遣，他想到一个唐诗题目，便随手记下来，陆陆续续积成了一本畅销书。施老说到这里，不由呵呵地笑了起来，80 开外的老人笑起来还宛如一个开心的稚童。

我的访谈，先从施老年轻时从事文学编辑工作开始。施蛰存是民国文学中有影响的人物，他生于

施蛰存晚年照

1905年12月3日,浙江杭州人。据他说,他在8岁时随家迁居松江,17岁考入杭州的之江大学,18岁到上海,转入上海大学,后来又在大同大学、震旦大学读书。施蛰存虽已年迈,但记忆力很强,他说起自己21岁读书时与同学戴望舒、刘呐鸥创办了《璎珞》旬刊,三个月出一期,我便向施老询问:"璎珞是什么含义?"施蛰存淡淡一笑,说:"我当时对印度佛教很感兴趣,璎珞是印度佛像脖子上的一种美丽装饰,璎珞的寓意是:无量光明,我们当时年轻人都向往光明,我以此做刊名。"

据施蛰存回忆,他大学毕业后,先在松江一所中学当教员,后来便去书店当编辑,并参加了《无轨列车》《新文艺》两本杂志的编辑工作。当时现代书局的两位老板洪雪帆与张静庐考虑出版一份不冒政治风险的纯文学杂志,经过多方寻觅,便选择了施蛰存任主编,因施蛰存有过两年编杂志的经验,而且敢做敢为。

25岁的施蛰存开始独立主编《现代》,他说:"我编《现代》杂志,并不是编一本狭义的同人刊物,我的选稿标准不以个人好恶来评判稿件,只要有文学价值与独立见解的文章都可以刊登。当时批评过我的楼适夷先生,他的文章照样刊登在《现代》杂志上。"

据施蛰存先生回忆,《现代》杂志的作者队伍相当精锐,鲁迅、茅盾、巴金、周作人、老舍、戴望舒、郁达夫、郭沫若、周扬、沈从文、苏雪林⋯⋯易嘉在1932年还发表了《文艺的自由和文学家的不自由》一文,对胡秋原与苏汶等人的文艺观点进行了批评。施蛰存说:"当时争议与批评很热闹,我认为只要是一家之言,都可以杂志上发表,各种争鸣的声音都有。"

施蛰存希望《现代》的内容与题材都很杂,除了中国文学,他还刊登欧美与日本文学的译作,并设了一个"外国文学通信"的栏目,邀请在国外的留学生以写信形式刊登来稿。在20世纪30年代的杂志上,《现代》是最早刊登西方现代重要作家的刊物。施老说,乔伊斯的《尤利西斯》、普鲁斯特的《追忆似水年华》，还有在世界文坛刚冒尖的海明威、福克纳也有作品在《现代》上刊登。

1935年施蛰存离开现代书局，与阿英合编了《中国文学珍本丛书》，他从1937年起开始在多所大学任教，并于1952年调至上海华东师范大学中文系当教授。

二、创作心理分析小说

与施老的访谈，以后又进行过多次，一是他的寓所离我报社不远，一部20路电车可直达；二是施蛰存先生的经历很丰富，他在民国文坛影响很大，被当时文学界誉为"中国现代派文学鼻祖""中国现代小说的先驱者"，但媒体对他的报道并不多，因此我对他的访谈，主要是请他谈自己的创作。

我记得，几次访谈都是在雨天的下午进行，笔者请施老谈谈怎么会从事文学创作。施蛰存喝了一口茶，回忆道："我从事文学活动，主要受陈望道(上海复旦大学校长)的影响，写小说则受西方文学流派的影响，我在当编辑时曾翻译过一些俄罗斯作家的文学作品与东欧文学作品，如《渔人》《波兰短篇小说集》《捷克短篇小说集》《匈牙利短篇小说集》。"施蛰存说到这里，把手一摊笑道："有人以为我的俄语很不错，其实我对俄语只略知一二，主要是借助于这些东欧小说的英译本与法译本，我的英语与法语还不错。"

施蛰存赠作者的签名本

施蛰存在书房

由于施蛰存在主编《现代》杂志时，要处理许多外国文学来稿，他也趁机读了不少西方文学丛书，尤其是弗洛伊德的心理学对施蛰存影响很大。他开始试写有中国特色的心理分析小说，小说中借鉴了意识流手法，塑造了二重乃至多重人格的人物，并有内心独白，这些小说发表后，影响不小，施蛰存也就被文坛冠上了"心理小说家""新感觉派作家"与"文体作家"三个称号，他的代表作为《鸠摩罗什》《将军的头》《梅雨之夕》《石秀》《周夫人》。在这些小说中，施蛰存往往用细腻婉约、温柔伤感的底色，并运用内心独白的形式，来揭示人物的心理活动与内心的潜意识。有人评论施蛰存当年的小说，如一个身穿华丽旗袍的女子，在悠扬的民乐声中跳着西方的华尔兹。我问施老，他只是笑笑，说："随读者怎么说，我只写我感悟的。"

施老谈起他当时的创作，不胜感慨，他说他创作的心理小说，希望今后结集出版。后来，即 1992 年，他给我寄来一本《施蛰存心理小说》的签名本。

三、从容面对批斗

新中国成立后，施蛰存在华东师大中文系任教，由于他学贯中西，外文与古文的底子都相当厚实，很受学生们尊敬。

据施蛰存回忆，他与姚文元的父亲姚蓬子，曾是三四十年代的文友，姚文元在新中国成立后见到他时也恭恭敬敬叫一声"施伯伯"。

但1957年反右开始,姚文元突然对过去尊敬的施伯伯进行口诛笔伐,他在《文艺周报》上发表了一篇《驳施蛰存的谬论》,文中说"施蛰存的《才与德》就是一支向党向社会主义射来的毒箭"。张春桥也在《解放日报》上刊发了《施蛰存的丑恶面目》。施蛰存谈起这些往事时,神情有点不屑一顾,他说:"张春桥当年曾投到我工作的上海杂志公司求职,我让他编辑一套古代珍本丛书,对《柳亭诗话》与《金瓶梅》作断句标点,由于张春桥的古文底子较差,标点断句差错很多,我便将他除名了。也许他记着这点旧恨,到了他掌握大权时,就对我乱加批判。不过,由于张春桥因这段事心虚,他批判我的文章,用的是笔名。"批判施蛰存的文章有三十余篇,徐景贤当时也是一员猛将。

施蛰存在1957年被打成了右派分子,他在"文革"中再次遭受冲击,据他的学生回忆,已届花甲之年的施蛰存弯腰曲背站到批斗台上,他头上的帽子被打飞掉了,他捡起来,拍去灰尘,重新戴上,继续从容站在那里挨批斗。

在没有批斗的日子里,有定力的施蛰存先生仍旧在资料室中做卡片,他在苦难的行列中终于熬到了"四人帮"下台,一些平反的右派摇身一变成了新贵,而施蛰存依然故我,仍旧住在愚园路那幢房子里,他与邻居家合用一个卫生间与一个厨房。他依旧很低调地生活,唯一快乐的是施蛰存可以写文章发表了。

四、"我是有弹性的棉花"

因为常常去施老家约稿、访谈,我便有幸与施蛰存成了忘年交,有一个时期,我几乎每个月都要去他寓所拜访,一方面听他谈三四十年代的文坛往事,另一方面学习他编辑的经验。施老对我的支持,是他在忙完大部头稿子之外,写些小文章支持我的"读书乐",

如《谈读书》《关于独幕剧》《我看心理小说》《海外学者怎样研究词》《什么是"汇校本"》《"自传体小说"及其灾难》《我说漫画》《钱钟书打官司》《一本出版的图书》等等。由于他写的文章观点鲜明，思想解放，好几篇文章都要经过我几次与领导力争，才能刊出。由于被删去了一些段落，我很惭愧上门向施老表示抱歉，施蛰存先生总是一笑了事，说："这很正常的，领导与你考虑的角度不一样。"

每年春节，我会给施蛰存等一些老人寄贺卡，祝这些文坛老人健康快乐，有意思的是，施老也给我这个晚辈寄贺卡，几乎每年春节我都能收到。我在1993年获上海市首届新闻韬奋奖，也收到了施老寄来的贺卡，这是我个人获奖后收到的唯一一张贺卡。

施蛰存先生晚年写作相当勤奋，他1987年出版了《唐诗百话》，1991年出版了《金石丛话》，1992年出版了《枕戈录》，1997年出版了《卖糖书话》，1998年出版了《散文丙选》，1999年出版了《北山谈艺录》，2000年出版了《云间语小录》，2001年出版了《北山散文集》《唐碑百选》，最后一部书稿出版时施蛰存先生已经过了90岁生日。施蛰存与同辈的文人相比，与他同岁的楼适夷，小他5岁的曹禺，他们在80岁后就鲜有新作了，只有施蛰存先生活到老，写到老。

作者与施蛰存之子施莲(中)、之孙施守珪(右)合影

施蛰存在生前,就被文化界喻为北钱(钱钟书)南施(施蛰存),又有学者把他与陈寅恪相提并论,这位在文学创作、古典文学研究、碑帖研究与外国文学翻译上均有很高造诣、学贯中西的文学家,终于在1993年被授予"上海市文学艺术杰出贡献奖",同时获奖还有柯灵与王辛笛。这也是历经坎坷的施蛰存老人获得的最高荣誉。翌日,我去拜访老人,他只是淡然一笑,对我说:"棉花还有弹性呢!"

原来,施蛰存曾请评委把这荣誉给予年轻的学者,他说他本人对生死已看得很淡,名利对他毫无用处,他说的"棉花"哲学,他曾这样解释:"棉花看来很柔软,但受到外部挤压,看来渺小无力,但一旦外部力量消除,棉花松弛,又恢复原貌,妙在弹性十足。"这段话,也许反映了施蛰存一生的际遇。

2003年11月19日,施蛰存这位"百科全书式的专家"在上海逝世,享年99岁。

改定于2017年5月15日

徐铸成谈"报海旧闻"

一、江宁大楼访徐铸老

我于1981年初秋经过考试,进入《新民晚报》社当记者,上海百姓渴望已久的《新民晚报》将于1982年1月1日复刊,当时报社领导给我们这些青年记者布置了任务。我因一次去上海作协开会,见到了著名诗人白桦,获悉他就住在江宁路83弄的江宁大楼里,他的妻子王蓓当年是位演艺出众的女演员,领导便认为在1982年春节可以写写这对艺术伉俪如何喜迎新春,这是许多读者渴望知道的内容,便命我去采访。

我随即去江宁大楼拜访了诗人白桦,并得到他和夫人王蓓的款待,但我写好稿子后,送去请他夫妇俩审阅,没获同意,白桦先生说:"我们只是普通人,我们家迎接春节写出来意义不大。"王蓓女士则婉言一口回绝,这篇采访多次的稿件只能流产了。

但因我去过江宁大楼好几次,获悉这座市中心的小高层公寓,还住了不少名人,比如我后来访问过的谢晋、周柏

上海报坛两巨头:徐铸成(左)与赵超构(右)合影

春、哈定、吕其明以及名医兰锡纯、黄铭新、陈中伟，其中还有一位大名鼎鼎的老报人徐铸成先生。

我拜访徐铸成先生，第一次是在 1986 年春天，当时我已在执编"读书乐"专刊，想请这位新闻界老前辈谈谈他读书与新闻经历，这正是老上海读者迫切需要了解的。

那是一个阳光灿烂的春日下午，我叩开了徐铸成先生寓所的门，他住在江宁路 83 弄 4 号 503 室，这幢 70 年代建造的老式公寓楼，一层有七户人家，徐铸老隔壁就是谢晋，对面就是周柏春。他开了门，一位满面含笑的儒雅老人，戴了一副深色有框的眼镜，鼻端口方，浓眉下的目光温和而慈祥，他年近 80，是个典型的老知识分子。

徐铸老请我在客厅中坐下后，我发现他正在整理书稿，我问："徐铸老，您又有什么新著出版？"

徐铸成喝了一口茶说："这些都是我 1981 年出版的《报海旧闻》的旧稿，还有一些《新闻丛谈》的旧稿，我正在修改润色，以便再版，由于 1981 年是十年浩劫刚结束，那时写民国旧闻还有许多条条框框，现在可以放开些写，也可以写得更真实生动一点。"

我仔细打量着这套房子，这套小高层公寓的开间不大，好像只有 100 平方米，但在 80 年代，房改未开始，公寓房又少，更因为地段处在市中心，当时分配住入这套公寓房的人大都有点身份，徐铸成是老资格的报人，当然够格。我在采访徐铸成先生之前，已做了大量笔记。并听冯英子、郑逸梅、柯灵等老报人多次跷起拇指称赞徐铸老。

徐铸成生于 1907 年，正处在晚清末年，他说："我是江苏宜兴人，自幼喜爱读书读报，我 15 岁考入无锡省立第三师范，我记得当时读经气氛很浓。我在预科时读了《大学》《中庸》，一年级读《孟子》《论语》，二年级读《诗经》，三年级读《礼记》《尚书》，四年级读《易经》，真是渊博而深奥。记得教我国文的老师是钱基博先生与'南社'最初发起人沈颖若先生，后来又来了钱穆先生，他们当时也很年轻,不过二十多岁。但就是他们,让我打好了国文根基。"

听徐铸成先生讲起他少年时读书的情景,我见他有点情飞志扬,他喝一口茶又说:"我考入清华后,又碰到了许多著名老师,授业者是钱玄同先生、刘文典先生、周作人先生,我特别要感谢教我历史地理的向宾枫先生,他的口才极好,讲课时穿插了许多野史与小说材料,把历史事件的过程讲得让你入迷。我后来对办报产生兴趣,也始于向宾枫先生联系历史讲解时事的缘故。"

我说:"我看过您写的自传,您好像在读书时已开始发表作品?"

徐铸成先生想了一想说:"我记得是 1926 年,当时我 19 岁,刚进清华大学,我以我堂侄女凄苦一生为模特,写了一篇《笑的历史》短文,投给《唐报》副刊,这次征文揭晓后,我在报上读到了我的处女作,才 450 字,并收到两张伍元的钞票,这是我人生第一笔稿酬。当时生活水平低,十元钱可以对付两个月的生活开销。"

徐铸成说到这里,突然转向我的身上,说:"听冯英子说,你也是靠投稿起家进入报社?"

我点头承认:"我没读过大学,只读到初中毕业,进《新民晚报》,我是该报复刊前考进去的。因为'文革',我初中毕业后失去求学机会,分配在工厂当翻砂工,由于我喜欢读书与舞文弄墨,不断向报社投稿,三年中投了 48 篇,都石沉大海,一直到 1973 年 4 月 19 日才在《解放日报》上发表了一首儿歌,后来当了报社通讯员。考入《新民晚报》前,我已发表了五十余篇文章,大多数是没有稿费的,发表一篇文章送一本笔记本,我家至今仍有三十多本笔记本没用过呢!"

徐铸成赠作者的签名本

徐铸成听了呵呵一笑:"这几年开始有稿酬了吧?"

我点点头说:"我发表的稿子短,一篇大约是 8 元,不过我现在工资是五十多元,一个月发三四篇文章,对我买书还是很可观的。"

二、在《大公报》初露锋芒

徐铸成听我说完,莞尔一笑:"今天写稿的稿酬仍很低,但写作是一件很有意思的事。"

"对的,对的。"我又问:"请问您何时真正进入报社工作?"

徐铸成说:"我也是读大学期间,先当报社业余记者。由于我父亲经济拮据,我便想自力更生,当时见通讯社在报上招聘记者,我便自告奋勇前去报名,后来写了不少新闻稿,但并没挣到稿酬。不过让我多了一些新闻实践,还让我赔了不少邮票钱。"他呵呵一笑又说:"再后来,我向胡政之先生写了一封信,毛遂自荐,胡政之先生终于同意让我进入《大公报》当记者。当时《大公报》社长是张季鸾先生,我记得他刚四十出头,已是民国时名报人,张季鸾先生在辛亥革命后任孙中山秘书,起草了《临时大总统就职宣言》,并发出中国近代报业史上第一篇新闻专电。他还在《大共和日报》《民信日报》《新闻报》《中华新报》任总编辑,后任《大公报》总编辑。我先后在《大公报》工作 18 年,识拔我的是胡政之先生,但真正教我做报人的是张季鸾先生,我的一些新闻胆识与新闻技巧全是张季鸾先生教我的。他是我终生的老师。"说罢,徐铸成先生取出一本《报人张季鸾先生传》稿样,说:"此书今年要付印,以纪念我的新闻前辈张季鸾先生。"

我问:"我听报社老报人说起您在二十出头就赴太原采访到被软禁的冯玉祥将军?"

徐铸成顿时目光炯炯:"那是张季鸾先生派我去的,当时阎锡山邀'下野'的冯玉祥将军去太原,然后将其软禁,使蒋介石不敢轻易对其下手,张季鸾很想通过报纸来报道,但他是陕西人,与西北系关系深,怕引起注目,就派几个记者去太原,但未能探出消息。当时我是体育记者,初出茅庐,不会引人注意,便派我去试试。"

"当时冯玉祥住在太原郊外的风景区晋祠吧?"

"是的,我借意去游晋祠,通过冯的秘书雷嗣尚,乘冯玉祥与夫人李德全外出散步时,乘机采访了二十分钟。归来后,我十分激动,马上写了一篇独家新闻《晋祠访冯记》,这篇文章很快在《大公报》刊出后,令报社同仁十分兴奋,也让读者从此对《大公报》刮目相看。张季鸾先生还写给我一封快信:'自兄抵并,所盼消息电讯,应有尽有,殊深佩慰。'"

我兴奋地说:"由张季鸾老人说出'应有尽有',是对您很大的嘉奖。"我明白一位名报人能对后生"殊深佩慰",实在是非常了不起,这也是徐铸老平生第一件得意之事。

徐铸成在《大公报》一举成名后,张季鸾先生便让他任要闻版编辑,徐铸成当时编报,几乎每天熬夜到天明,还要在两个晚上赶写《国闻周报》的"一周大事述评"与"大事记"。年近80的徐铸老回忆五十年前的这段往事,仍觉很兴奋,他说:"幸亏我当时三十初度,精力充沛。胡政之先生一直勉励我要以《大公报》为终身事业,我也一直记着,但后来《大公报》老板易主,我被一脚踢了出来。"

三、我与《文汇报》结缘二十年

我问:"您离开《大公报》后,便去了《文汇报》吗?"

徐铸成先生说:"大约在1938年1月,有一位《新闻报》的朋友储玉坤告我,他已离开《新闻报》,去即将创刊的《文汇报》任国际版编辑,并奉上约我写《文汇报》社论的信,规定每天一篇,我当即问:'言论内容有什么限制?'他们说:一切由你定,每篇稿酬10元,报社不加修改。我一听这个条件,立刻应允了,1月25日,我便看到了《文汇报》创刊号。这是我第一次看到《文汇报》的雏形。"

我问:"当时《文汇报》馆址在什么地方?"

徐铸成若有所思说:"在四马路(福州路)436号。我后来每天写一篇言论,品评时事。2月8日我写了一篇《告若干上海人》对南京筹备伪政府作了严重警告,想不到两天后,报馆就挨了炮弹,几个报社工作人员被炸。这件事让胡政之知道了,他对我说:'你的社论写得很流畅,措词似乎激烈了点。'我后来发现《文汇报》编辑部群龙无首,我便接受邀请,于2月20日正式去报社上任,任《文汇报》总主笔。记得当时月薪400元,并说印数上升,工资会提高。"

徐铸成80年代赴北京参加全国政协会议时留影

我说:"我看记载,好像当时的《文汇报》发行印数很不错?"

徐铸成说:"《文汇报》创刊时,一天印数只有5千份,过了几个月,上升至5万份,再过几个月,《新闻报》副刊主编严独鹤碰到我说,'报社老板急了,说你们报纸印数已超过《新闻报》了'。"

我问:"依您分析,这是什么原因?"

徐铸成分析说:"第一,就是新办的《文汇报》敢言,坚持民族大义,宣传抗战救国,写最新发生的事情,如实客观报道,使当时的民众很关心;第二,我们的报社记者、编辑来自四面八方,不少新手年少气盛,没有传统陋习,也没有旧报人的不好习气,初生牛犊不怕虎,什么都敢说。但《文汇报》后来也发生一些问题,一是'社论'与'新闻'打架。二是'新闻'与'副刊'打架。"

我一听,来了兴趣,问:"这不是让看报的读者大感莫名其妙?"

徐铸成笑笑说:"是啊,这主要是当时报社的人员比较杂,各种观点、各种思想的人都在一起,互相抬杠。有的编辑对记者写的稿子乱改,把揭示时弊的新闻改成歌功颂德的消息,这让我、陈虞孙、柯灵等人啼笑皆非。"

"那怎么办呢?"

"当然是商讨改版,《文汇报》先确定了方向:'反内战、争民主,坚持明辨是非'的独立立场,对报社人员进行改组,钦本立、唐弢、刘火子、黄裳、梅朵、马季良、夏其言等业务骨干先后进入《文汇报》,并充实到各个部门。"

"您一共在《文汇报》工作多少年?"

徐铸成屈指一算:"我算是五进《文汇报》,但前后也有近20年吧。"他说到这里,顿了一顿,又喝了一口茶说:"《文汇报》1938年2月创刊,我任总主笔,至1939年《文汇报》停刊;1946年3月我任《文汇报》总主笔,至1947年5月被当局查封;1948年9月香港《文汇报》创刊,我去任总编辑。1949年上海《文汇报》复刊,我又去任总主笔。1956年我又任社长兼总编辑,1957年我被划为'右派',离开新闻界去了出版局。"徐铸成说到这里,又说:"当然,这不算我1980年后重返报社任顾问,当时我已七十多岁了。"

"您老当益壮,写了很多著作,我最先拜读您写的就有《报海旧闻》《哈同外传》《杜月笙正传》,对您写的报海旧闻,我十分有兴趣。"

徐铸成说:"《杜月笙正传》《哈同外传》那是我75岁前后写的,当时新复刊的《新民晚报》与《青年报》需要连载小说,我1957年被打成'右派'后,就开始从事民国史料的研究工作,作了一点积累与卡片,我写连载小说完全是戏笔之作。《报海旧闻》是我回忆当年投入新闻界的一些记载,也许对你们这些年轻报人有点帮助。"

我连连点头:"我拜读了,受益匪浅。"

徐铸成笑了笑,说:"那我送你一本《新闻艺术》"。

"太好了!"我又说,"我希望得到您的签名本。"

徐铸成先生站起身来,在书橱中取出一本《新闻艺术》,在扉页上签上了他的大名,我高兴地捧起书。当时徐铸老的儿子徐复仑正在,他还为其父拿出了私章与印盒,让他父亲盖了章。徐铸成先生过世后,其子徐复仑先生送了我两本签名本,并写上"徐复仑赠"。

四、一位杰出的中国报人

在我印象中,徐铸成先生是一位为人正直、能力很强,但又性格温和的新闻界前辈,我曾听恩师冯英子说徐铸成在报业有很高的声誉与很好的人缘,他虽然不是中共党员,但一直支持和拥护中国共产党。他在1957年突然被打成右派,在上海报界有多种说法,我就这件事请教了徐铸成先生本人。

徐铸成先生取出一些黑白照片,这是一张他进京参加全国政协第一届大会与各界知名人士的合影,他说:"1949年2月,潘汉年通知我与柳亚子、马寅初、叶圣陶、郑振铎、陈叔通、王芸生、赵超构、曹禺等二十余人赶往北京筹备全国政协会议,为了避人耳目,我那时一改西装革履装束,改穿中式长袍,头戴罗宋帽,一路上与老友们

徐复仑 2017 年 12 月赠送作者的
徐铸成著作

兴致勃勃畅谈新中国成立的美好憧憬。船至烟台停泊时,我还上街在书店内买到了向往已久的《毛泽东选集》(东北出版),当时如获至宝。"

我问:"这套《毛泽东选集》至今还在吗?"

徐铸成当即取出,说:"家里在'文革'中遭浩劫扫荡,但此书依旧安然无恙。"他又说:"到了北京,我作为新闻工作者14位代表之一,参加了一系列重要会议。"

我又问:"有哪14位新闻界代表?"

徐铸成回忆道:"有邓拓、恽逸群、金仲华、王芸生、赵超构、储安平,还有胡乔木等。1949年10月1日,我在北京亲眼目睹了毛泽东主席与其他领导人在天安门城楼上按动电动按钮,升起五星红旗。"

我说:"上海《文汇报》复刊后,好像在50年代的日子并不好过。"

徐铸成蹙了一下眉头说:"一个是当时盲目学习苏联办报模式,另一个是当时上海市委主要领导人对《文汇报》有看法,到1956年停刊。我带《文汇报》原套班子去北京创办了《教师报》,任总编辑。"

"那么不久以后,上海《文汇报》为什么又复刊了?"

"1957年,党中央在'百家争鸣、百花齐放'的方针下,把《光明日报》交民盟办,当时中宣部副部长张际春拟定《文汇报》复刊后仍由我当总编辑,办刊方向是针对中高级知识分子为对象,张际春在文件上还批示:'要让徐铸成有职有权',我当时看了很激动,非常感谢党中央对自己的信任。《文汇报》复刊后,大受欢迎,《人民日报》总编辑邓拓称赞她是'百花园中的一朵鲜花',中宣部陆定一部长亲自到《文汇报》视察,还写道:'有生气、有主意、有办法、有特色。'这12个字,让我十分兴奋。"

"听说,毛泽东对复刊后的《文汇报》也有很高评价?"我问。

徐铸成说:"1957年3月党中央召开全国宣传工作会议,在3月10日毛主席专门接见了部分全国新闻界人士,我也受邀参加。毛主席与我亲切握手，并说：'《文汇报》实在办得好，你们是琴棋书画、花鸟虫鱼，应有尽有，办得很好，编得很好，我每天下午必先看《文汇》，然后再看《人民日报》。'"

我说："徐铸老，您那一年还去了苏联访问？"

徐铸成面带笑容，说："这是中国新闻工作者访苏代表团，团长原是邓拓，我是副团长，后来中央决定邓拓不去了，由我当团长。当时有人说团长一定要中共党员担任，这时毛主席说话了：'为什么一定要中共党员当团长，徐铸成是党外人士，我看他当团长就很好。'这让我再次感受到毛主席、党中央对我的信任。"

"那您老怎么会突然划为右派呢?"

徐铸成略显无奈地说："当时我也十分困惑，我被打成'右派'后也不敢问。1981年我增补为全国政协委员，赴京参加全国政协第五届第四次会议，会议期间见到好友石西民，石西民原是我的顶头上司，20年中却未曾见上一面，那晚听他讲了我被打成右派的全过程：原来1957年《人民日报》发表了社论《〈文汇报〉的资产阶级方向应当批判》，把《文汇报》的主帅定为'章罗联盟'，那么《文汇报》的大将是谁呢? 张春桥问石西民，石西民说：'徐铸成3月27日出国访苏，'反右'的这几个月他因在国外也未主持工作，应是主持工作的副总编辑钦本立。'但张春桥却向柯庆施建议定为徐铸成，最后这顶右派帽子在未经群众揭发前就定了下来。"徐铸成沉重地叹了一口气。

我也沉重地叹了一口气，说："听说

2017年12月，作者与徐铸成之子徐复仑（右）合影

您在右派分子改正后，订了一个'三不主义'？"

徐铸成说："是啊，一是不计较过去，国家有光明前途，我个人受点委屈算得了什么！二是不怕老，乘体力尚健，记忆尚好，赶紧把可以记下来的史料尽量写出来，供后人参考。三不要自不量力，尽可能为今天新闻界报业培养有用之才。"

徐铸老在 1987 年写成回忆录《八十自述》由江苏人民出版社出版，后又更名为《徐铸成回忆录》由三联书店出版，朱镕基总理读了此书曾打电话给国家新闻出版署："你们出了一本好书，我感谢你们。"后来，北京三联书店又出版了"徐铸成作品系列丛书"共计 14 册，他的作品集中反映了一位民主党派人士办报的传奇新闻经历。

临别时，我问徐铸老："您对中国新闻界最钦佩的是哪一位？"

徐铸成想了一想说："我最佩服邵飘萍和张季鸾。"

我读了徐铸成先生写的书和他的回忆录，我想，作为后辈，我最钦佩的除了邵、张二位新闻前辈，还有徐铸成先生，他不仅是名记者、名编辑，还是新闻研究家、评论家，他是我心目中中国新闻界的前三位名宿之一。

改定于 2018 年 1 月 20 日

听张佛千谈诗词对联

2001年春天,我接到台湾宜兰大学的邀请函,邀请我去台湾参加新武侠小说的学术研讨会,我想乘这个机会,对"台湾十大文化名人"作一次采访,这个计划得到我单位领导同意后,我便开始拟定"台湾十大文化名人"的名单。首先让笔者想到的是柏杨先生与余光中先生,柏杨是我最尊敬的当代作家之一,他为人正直、笔锋犀利,令吾深为佩服;余光中是台湾最有名的诗人,他的散文也独具一格。名单中还有畅销书女作家罗兰,著名漫画家蔡志忠,以《杀夫》闻名于海内外的女作家李昂,以演琼瑶女主角走红影坛的胡茵梦,人到中年已写了110本书的林清玄,"非常男女"台湾电视节目主持人胡瓜,还有谁呢?

我向上海市台办报了两位:秦孝仪和张佛千。秦孝仪曾任蒋介石先生秘书25年,人称第二个"陈布雷",后任台北故宫博物院院长。张佛千,早年毕业于南京中央军校,25岁以国民党少校军衔在北平创办抗日刊物《老实人》,后来又任胡宗南、孙立人将军麾下的处长,并担任过台湾省政府主席吴国桢的机要秘书。这两位采访对象的经历有点复杂,是否通得过?我当时忐忑不安。过了一个星期,上海市台办回答:OK。我于当年6月买好去香港的机票,再由香港转飞台北(当时大陆与台湾没有直飞),欣然前往。

一、"九万里堂"内见佛老

送我前去的司机说:"佛老是台湾文化界的一位'老古董',他早

张佛千在"九万里堂"读书看报

已退出台湾政坛,今天在文坛也是偶然露个面。您今天能见到他,真是大面子呀!"我连连说:"荣幸荣幸。"

张佛千生于1907年,当我走进他的寓所,一位仙风道骨的高大老人满面微笑迎出来,表示对我欢迎,我上前握住他的手:"久仰,久仰,佛老早上好!"

94岁的张佛千老人脸色红润、神清气爽,他把我迎进由张大千题字的"九万里堂"客厅兼书房,我仔细打量,书斋"爱晚斋"三字系集苏东坡书法字体,"爱晚书屋"四字则由著名学者钱穆所书。两边的条幅是沈尹默的墨宝。书架上放着一些诸子百家、唐诗宋词的书册,还有他写的楹语小品。

佛老(台湾人都这样尊称他)让仆人送上香茗,对我言道:"欢迎欢迎,秦公(孝仪)已给我打过电话,说你是上海最大报社的记者,想来采访我,但我现在已老矣。不过,新朋友,老朋友,都是我的朋友。"说罢,他哈哈大笑,笑声十分洪亮。

我被张佛千老人的笑声所感染，也为 94 岁老人有这么健康的身体和豁达乐观的态度而欣喜，便饮了一口茶说："台湾的高山茶醇味甚浓、香郁可口呀！"

张佛千也饮了一口茶："台湾是个宝岛，不仅茶好，还有许多妙处，我慢慢说与你听。"

我知道时间有限，便问："听说您早年也在上海读过书？"

张佛千说："我是安徽庐江黄屯乡人，本名张应瑞，在南京江苏第一中学完成学业，便考进上海吴淞中国公学大学部。"他知道我出生于 50 年代，便笑呵呵地说："我在上海读大学时，你还没出生呢！"

我又问："您在上海公学读大学几年？"

张佛千沉吟后说："只一年多时间，因为战乱，我大学未毕

2001 年作者与"台湾联圣"张佛千在"九万里堂"合影

业就投身革命，考进了南京中央军校政治研究班，这个南京军校是国民党政府设置的最早军事教育机构。"

"您投笔从戎了？"

"是啊，当时形势动荡，我学习后获得国民革命军少校军衔，毕业后我奉命去北平，创办了一份《老实话》旬刊，目的是想唤醒人民觉悟，为抗日做好精神准备与鼓励策动工作。"

我问："这是军中刊物吗？"

张佛千说："这是公开发行的，我当时身在报社，与外界的联系很多，除了军队中的同学，还有抗日热情日益高涨的群众。到了

1939年，蒋介石为了鼓舞士气，下令在石家庄与苏州各出一份《阵中日报》，以宣传抗日，唤起民众为主。我也受命赴苏州创办报纸。"

我说："苏州是我的故乡，您去苏州办报多少时间？"

张佛千叹一口气说："当时形势骤息万变，我在苏州把准备工作完成，《阵中日报》便于'九·一八'出版，可惜只办了不到两个月，淞沪抗战失利后，我奉命随国民党政府西迁，经武汉、桂林来到重庆。1940年我在黄杰将军推荐下，担任胡宗南将军34集团军西安办事处上校处长，在此期间，我还见到周恩来先生，作过一次长谈，记得周公当时与我分手时还说，我们一定后会有期的。"

我问："抗战胜利后，您仍在重庆，还是去上海？"

张佛千说："1947年，我应孙立人将军邀请，赴台任陆军训练司令部新闻处少将处长，兼管《精忠报》，至1949年蒋介石迁台，改组部队，我才离开孙部，后担任台湾省政府主席吴国桢的机要秘书，时间不长。1962年黄杰将军出任台湾省政府主席时，我也受邀协助他处理机要文书工作，做点文字润色。不过我基本上已脱离公职，以后便在几所大学任教。"

二、以诗撰联，享誉海内外

我环视室内书架，便问："您一向喜爱中国古典诗词，就因为这个原因，后来成为台湾的对联大家？"

张佛千呵呵一笑："写对联，这只是信手拈来，偶然得之。我从小喜读唐诗宋词，律诗有对仗，精妙的对仗句即是一副绝佳的对联。"他随口吟出几句杜工部的诗："'万里悲秋常作客，百年多病独登台'，即是有名的对联，还有杜工部的'落笔惊风雨，诗成泣鬼神'，刘禹锡的'沉舟侧畔千帆过，病树前头万木春'岂不是非常好的对联吗？"

"听说您擅长写'嵌名联',而且广受欢迎,请教您怎么会触动这雅兴?"

张佛千哈哈大笑,说起一件往事,有一次他偶遇 100 位教授学者聚会,有位熟人知晓张佛千是制联名家,便特地向众人介绍,有位教授十分热诚,想请他雅赐一副对联,张佛千推辞不了,翌日送给那位教授,大家见了,都特别喜欢,便争先恐后希望得到张佛千的嵌名联。张佛千花了一个星期,为 100 位教授学者每人制作了一副嵌名联,把各人的名字嵌入联中,十分巧妙,又很有特色。《联合报》知道后,便在每天副刊上刊出一联,以飨读者,此事传开,台湾、香港与欧美华人都发信来向张佛千求联,一时应接不暇,有人为求得一佳联,愿出 30 万台币,说到此处,佛老一笑:"我只是寻开心而已。"

我说:"您一定为许多知名人士撰了有趣的对联,能让我欣赏几副吗?"

张佛千知道我前两天刚去访问了女作家罗兰,他说:"我给罗兰女士就撰写过一副对联,把她与丈夫的名字嵌入,并将喜庆与书香的内容写成对联贺之。"

随后他说梁实秋先生是他最喜欢的散文大家之一,梁实秋于1987 年病逝于台北,张佛千写了一副挽联送他:"倾耳共清谈,老去秋郎,别有幽怀人不识;极峰尊小品,久湮雅舍,却因采笔史长存。"张佛千又解释道:"联中说'倾耳',乃指梁先生耳聋,有重听。'秋郎'指其笔名,'极峰'是借余光中先生将梁

作者专访张佛千先生

实秋的文学成就形容如几座大山，'雅舍'是指'雅舍小品'，也是他的书斋，人所共知。"

我读了一遍，赞道："果然妙极！"

张佛千让笔者观其撰的对联若干副，如赠梁羽生一联是："羽客传奇，万纸人胜；生公说法，千古通灵。"他赠瑞典汉学家马悦然的一联是："悦是喜欢，文学万岁；然乃肯定，评鉴千秋。"贺林语堂八十大寿之贺联是："哲人嘉言，生活是艺术；大师长寿，幽默即神仙。"

这些妙联，不一而足，让人观之有美不胜收、回味无穷之妙。

张佛千虽大我四十余岁，又是初识，但谈笑之间，仿佛师友，他为自己自制一联，也很自为得意。我赶紧凑近去看：

上联是："纵横计、治平策、草檄手、扪虱谈、惜哉不用；"

下联是："长短句、窈窕章、生花笔、雕龙辞、老矣方传。"

细细回味，仿佛正是佛老一生的写照，笔笔有深意！

张佛千说："当年黄苗子兄评曰：音则抑扬顿挫，辞则雄雅工整，意则有得有失，如词长叹息，如闻纵笑，如闻长啸。"

我频频点头："您怎么不挂于书斋？"

张佛千回答："苗子先生欲挥巨笔书之，我辞谢了。寒舍无此大壁，此联亦为戏言，亦不敢挂之。"

三、读书写作　自娱自乐

在"九万里堂"与佛老交谈一小时，他不时引经据典，他说："我早年投笔从戎，从南京中央军校政治研究班毕业后，便与大我五岁的第二师师长黄杰先生结为莫逆知己，后来又在胡宗南将军、孙立人将军麾下工作，直到1962年黄杰出任台湾省政府主席，我应其邀，协助他处理文书机要工作。我这几十年都与政府、军队工作有关。后来黄杰将军调任'国防部长'后，我已初度花甲，便离开公职，一直在几所大学教书,余暇也在报纸上开小专栏,写小文章。"

我们谈到报纸,我便取出带来的《新民晚报》请张佛千老人指教。

张佛千笑着摇摇手:"办报纸,对我来说很遥远了,办《老实人》旬刊时,我仅25岁,后来在苏州办《阵中日报》,我也仅29岁。兼管《精忠报》时,我39岁。没有什么办报经验。不过,我当年与贵报的赵超构先生有过一面之交,同时还见过主持贵报的张恨水先生,这两位真是中国报界翘楚人才。"他为此叹道:"我希望海峡两岸的人民团结起来,两岸人是一家人啊!"

我向张佛千先生又介绍了《新民晚报》的情况,同时介绍《新民晚报》出美国版、欧洲版的发展趋势。

张佛千老人说:"《新民报》当年以副刊闻名于天下,现在大约也如此吧!"

谈起副刊,我们的话题又转到张佛千在报上开的专栏,他说:"我开过几个专栏,影响比较大的是'一灯小记'与'花下散记',这些专栏都开了好些年,很受读者青睐,我也乐此不疲。"

谈到读书,张佛千对我执编的"读书乐"专刊很为赞赏:"一张报纸要有文史,要有娱乐,但'读书'是一个大题目,世道变化再大,书还是要读的,读书对人的影响是深远而巨大的。"

我问佛老:"对您影响最大的一部书是什么书?"

张佛千脱口而出:"《资治通鉴》。"

"您特别喜欢司马光编撰的这部书?"

张佛千郑重其事地说:"古人云:文以简为贵。《资治通鉴》这部书包罗万象,中国人要知道中国的历史,这是一部最精简、最富内涵的书。它把几千年中国的历史按年代汇编成册,司马光几乎花了一生的心血。我前后读过二十多遍,每一次阅读都有新的得益。"

我又问:"文学类的书呢?"

张佛千说："我现在老了，只偶尔读文艺类的书，《红楼梦》当然是经典名著，写人状物，文字技巧很高。"

张佛千以作者名字作的一副嵌名对联

佛老又让仆人为我茶杯加了水，又说："写写对联，尤其是嵌名联，也是一种快乐，我写的对联，一般都集古人的词句，或赋，或辞，或文，或诗，或词，或曲，我腹内藏之万千，但用时仍感不足，闲来翻翻旧诗文，亦为晚年之一乐。"

与张佛千老人谈话约两小时，我怕影响老人休息，起身告辞，佛老送我至门口，笑着送别："你的名字很好，我隔天为你撰个嵌名联送你。"

我连声道谢，返回上海一周，便收到张佛千老人寄来的嵌名联："正诚乃修身基本，文章有华国光辉。"上联用《大学》典，下联引陆云文。署名张佛千撰，徐新泉书。联语隽永而书法秀美，令吾一见倾心。

赵家璧谈主编"新文学大系"

一、青年赵家璧编"新文学大系"

认识赵家璧先生之前，我就听不少老作家说起他的名字，如浙江的黄源先生、北京的楼适夷先生、上海的柯灵先生，他们不约而同对当时年仅二十七八岁的赵家璧，编了一套《中国新文学大系(1917—1927)》，赞扬不已。

赵家璧晚年留影

1986 年，由我单独执编"读书乐"专刊，终于有机会去赵老的虹口区山阴路寓所拜访。年已 78 岁的赵家璧先生长得慈眉善目，满脸笑容，当我向他请教，问他怎么会主编《中国新文学大系》这套丛书，他莞尔一笑，说："这些事已经过去很多年了，我走上编辑道路，其实与徐志摩先生有关。"

赵家璧是松江人，据他回忆，他当时在圣约翰大学附中读中学，18 岁的他思想十分活跃，担任了中、英双语《晨曦》季刊的中文部编辑主任，他用学来的英语，翻译了但丁、王尔德与莫泊桑的作品，这些作品发表后引起在光华大学任教授的徐志摩的注意。有一天，他被叫到老师休息室，年轻的徐志摩教授和颜悦色地与 18 岁的赵家璧交谈，这让赵家璧十分感慨地说："我记得，徐志摩教授对我说，文学不同于数学，耐心的阅读和思考，会让你把学来的知识拉成一条线。"

赵老又对我说:"徐志摩还说,找到一本好书,这本书就会告诉你还有许多别的好书。编辑的工作就是为读者推荐好书。"从此,赵家璧就常去听徐志摩的课,徐志摩对这个门生也十分喜爱,而这时的赵家璧暗暗下了决心,今后立志要当一个出版人。

赵家璧24岁毕业于光华大学(今华东师大)英文系,他受徐志摩的关爱,毕业后便投身良友图书公司文艺部任编辑。赵家璧说:"当时的《良友画报》很出名,主编是马国亮,还有二位同事是丁聪、万籁鸣,马、丁、万三个人都能写能画,我记得画报编辑部就设在四川北路851号。"

赵家璧先生谈起这段往事,十分兴奋:"我在担任《良友画报》编辑之余,便想出一套现代作家的丛书,我与郑伯奇议定了一个名单,分理论、小说、散文、戏剧十集,请胡适、鲁迅、茅盾、朱自清、周作人、郁达夫、洪深、阿英、郑振铎等十位作家任分卷编选人,并请他们各自写了每册分卷的序言。"

由于这是中国现代文学史第一部系统反映新文学运动与新文学理论的文学丛书,筹划这项工作,在当时出版界颇为震撼。赵家璧亲自北上,请蔡元培先生写了总序,《中国新文学大系》共收小说81家的153篇作品,散文33家的202篇作品,新诗59家的441首诗作,话剧18家的18个剧本。《中国新文学大系》第一辑(1917～1927)于1935年至1936年出版,名不见经传的赵家璧由于主编这套煌煌十大卷的"大系",从此令当时的作家与编辑另眼相看。

谈到这里,赵家璧又告诉我,1982年又启动了《中国新文学大系》第二辑(1927—1937)的编选工作,他与上海文艺出版社社长丁景唐于1982年去北京请叶圣陶、周扬、夏衍、聂绀弩、丁玲任第二辑的编选人,上海方面由巴金任编选人。

应该说,赵家璧先生对新文艺的贡献是很大的,他也成为三四十年代民国出版界的佼佼者。

二、"良友文学丛书"影响巨大

赵家璧年纪轻轻就编了一套"新文学大系",这为他后来的编辑生涯开了一个好头,他先担任《大美画报》《良友画报》主编,后来又出了《一角丛书》《良友文学丛书》。据赵老说,《良友文学丛书》先后收入了许多名作家的作品。

我问:"《良友文学丛书》收入哪些名家作品?"

赵家璧先生说:"如巴金的《雾》《雨》《电》、茅盾的《话匣子》、施蛰存的《善女人行品》、王统照的《春花》、叶圣陶的《四三集》、丰子恺的《车厢社会》等,除了小说,还收入不少游记与文艺评论,如郑振铎的《欧行日记》、朱光潜的评论集《孟实文钞》,总共有 40 种之多。"

赵家璧回忆起自己当年的编辑往事,十分感慨地说:"我当时初出茅庐,把编辑当成一个社会活动家的角色,每天都计划着如何采访名家,如何向名家组稿,想想自己只有二十七八岁,而鲁迅先生已是五十五六岁了,不仅年纪比我大了一倍,而且名望极高。我向这些名家约稿,又得到了他们的热情支持与鼓励,让我十分珍惜。尤其是鲁迅先生,在我编《新文学大系》与《良友文学丛书》时,他都亲切接待了我,亲自为丛书作了编选,并写了导言,现在回忆起来,真是十万分的感激。"

赵家璧给作者的信件

我当时正在执编《新民晚报》刚创办的"读书乐"专刊,赵家璧先生看了我带去的样报,便鼓励我说:"你在'读书乐'设立一个'名家谈书'的专栏,很好!古今中外的大作家无一不是好读书的,他们能够写出留存千古的文学作品,大抵与多读书、读书获益有关。你请今天健在的名家谈读书经验,可以让广大读者从中获得教益,少走弯路。"正是在赵家璧先生的鼓励下,我先后请郑逸梅、唐圭璋、冰心、施蛰存、楼适夷、陈学昭、徐铸成、秦瘦鸥、柯灵、秦牧等名家写了自己的读书经验。为了与时间赛跑,我总是先访问年龄大的名家,让他们及早撰写稿件。

赵家璧在寓所书斋中写作

我先后去赵家璧先生寓所,大约有五六次之多,听他谈当年编稿的惊喜,听他谈访问名家的获益,还有他编辑生涯中一些难忘的记忆。如他1947年与老舍先生在上海创办晨光出版公司,他与老舍一起逛书摊、一起吃夜宵的往事。他在晨光出版公司任总编辑时,与老舍一起策划出版了《晨光世界文学丛书》,其中包括美国作家马克·吐温、夏尔乌特、德莱塞、爱伦坡、海明威的作品,苏联作家卡查克维奇、法捷耶夫的作品,美国诗人惠特曼的作品,其中德莱塞的《珍妮姑娘》,海明威的《有女人的男人》、惠特曼的《草叶集》与爱伦坡的侦探小说,就颇受读者欢迎。

我每次去拜访赵家璧先生,都能从他那里学到许多东西,对我执编"读书乐"增加了勇气,获得了许多约稿、组稿的窍门。

三、赵老对我提出"四个认真"

　　1986年年底,"读书乐"创刊50期座谈会召开,赵家璧先生与徐中玉先生、冯英子先生等前辈出席了座谈会,赵家璧在会上对《新民晚报》创刊一个"读书"版面,给予了热情的鼓励:"50期的'读书乐'已创出自己的特点,使读者乐在其中,引导读者养成博览群书的习惯,认真编辑,认真组稿,认真写文章,认真做人,我看曹正文同志就做到了这四点。"他还对当时《新民晚报》总编辑束纫秋谈了编好"读书乐"的具体建议。

　　赵老说的"四个认真",让笔者十分惭愧,我心中明白,这是老一辈出版家对年轻后辈的厚爱,也是他对新时期兴办读书活动的大力支持。赵老在新中国成立后,先后任上海人民美术出版社、上海文艺出版社副总编辑,中国出版工作者协会副主席,上海作协与上海编辑学会顾问,上海市政协常委,并获得第二届韬奋出版奖。

　　赵家璧先生为我主编版面的"名家谈书"栏目写了一篇《赶上时代》的短文,他在文章中回顾了自己读书的经历,他说:"30年代,读书兴趣甚高。我爱上了美国现代文学。我把刚露出头来的裘屈里、斯泰因、海明威、福克纳等近十位作家的所有英文原著,买得到手的都节衣缩食地买齐了。我利用业余时间仔细阅读,勤做笔记,在读完一本原著后,用铅笔标出年、月、日,然后对每位作家写一篇评价文章,分别刊登在《现代》《文学》《文季》等刊物

赵家璧赠作者的签名本

上，以后汇编成集，列为《良友文学丛书》。"

赵老这一段话，让我们对他当年节衣缩食淘书、看书和做读书笔记的经验了解得清清楚楚，同时也让我们了解了"良友文学丛书"中评论美国文学的出典。

赵老在《赶上时代》这篇文章中，还透露出他晚年仍感自己"书到用时方恨少，就会发现自己的知识与思想已落后于时代"，这是一个78岁的文学老人的感慨，让我们后生好生惭愧。

我至今保存着赵家璧先生给我的信件与他赠送我的签名本《编辑忆旧》《回顾与展望》。回想往事，记忆犹新，我想，这也是我坚持一个人执编"读书乐"22年的动力。

改定于2017年9月6日

秦瘦鸥说《秋海棠》

一、从学金融到从事文艺

认识秦瘦鸥先生,我是先闻其名,后见其人。

20 世纪 70 年代初,我有机会参加卢湾区图书馆(即明复图书馆)书评组,除了每个月参加书评活动,我还有机会进入书库,浏览民国时期的刊物与民国文学作品。在这期间,读了秦瘦鸥的《秋海棠》,据当时报载,这部小说曾被誉为"民国第一言情小说",张爱玲还在 1943 年的《古今》月刊上对《秋海棠》极口称赞。但新中国成立以

秦瘦鸥在清华学堂前留影

后，秦瘦鸥因被列入"鸳鸯蝴蝶派"，《秋海棠》也被归入旧文艺之列。

十年动乱结束后，改革开放的春风让不少劫后余生的老文人重新焕发活力，秦瘦鸥先生就是其中之一。

我在 1986 年至 1987 年期间，先后几次去法华镇路淮海西路公寓九楼拜访秦瘦鸥先生，请他为《新民晚报》副刊撰稿。

记得秦瘦鸥先生当时已过 75 岁，他两鬓灰白，戴一副近视眼镜，文质彬彬，未语先笑，保持着 30 年代知识分子的儒雅风度。

秦瘦鸥亲自为我倒了茶，用上海本地口音说："我是 1982 年落实政策后搬到这幢大楼来的，这幢大楼还住了不少上海文艺界的知名人士。"

我看着阳光明媚的客厅，感到老人有一种劫后余生的快乐。秦瘦鸥原名秦浩，笔名刘白帆、宁远，上海嘉定人，他年轻时就读于国立上海商学院银行系（现上海财经大学），毕业后在铁路局工作，并先后在工矿、铁路及报社当职工，兼任过大学讲师。秦瘦鸥说："我虽然读的是金融，但我年轻时就喜爱文学，好读书，喜欢舞文弄墨。"据秦老说，他在大学期间，就写了一部小说，后来又想当作家。他坐在藤椅上笑着对我说："因为我一生有两大嗜好：写作与看戏，我后来就走上了文学道路。"

二、从翻译家到小说家

谈到秦瘦鸥，必定要说到他的代表作《秋海棠》，但秦老却拿出一本《御香缥缈录》给我看，他说："我最早进入文坛，是想写小说，我写的《秋海棠》交给《新闻报》副刊'快活林'主编严独鹤，但未能刊用，原因是'快活林'副刊正在刊登李涵秋的长篇连载，而接下来又要刊登张恨水的《啼笑因缘》。"

李涵秋与张恨水都是当红作家，秦瘦鸥初出茅庐，论名气与资历都不够。秦瘦鸥谈及往事,一笑了之:"我当时署名'怪风',写连载要看作者名气,被退稿,现在想想也是正常的。"

小说未能发表,正在苦闷之际,美国朋友倪哲存寄给秦瘦鸥一本由德龄用英文写的《御香缥缈录》,他读完之后,觉得末代皇帝的清宫奇闻,读者一定会有兴趣。秦瘦鸥便将学来的英语着手翻译,他在翻译中才发现德龄的原作有不少笔误,比如史实,又比如对人物的评价。秦瘦鸥年轻时做事就很认真,他说:"我就去找来《清史稿》《清史记事本末》及《慈禧传信录》等书籍,边译边作考证,后来译稿又得到德龄的妹妹容龄女士、其兄勋龄的指教。"

秦瘦鸥在翻译过程中,还发觉德龄因从小受慈禧的宠爱,从个人感情出发,对书中乱政擅威的慈禧极力美化。秦瘦鸥是个正直的青年,他译完全稿,心中十分为难,他感到这部小说中的不少提法违背历史,也欺骗了读者,给读者带来了不好的引导作用。

秦瘦鸥当时有个好友陈存仁,陈是当时有名的医生,师从姚公鹤、章太炎先生,他与秦同岁,也喜欢舞文弄墨,当过《福尔摩斯》报的作者,他认为"怪风"这个笔名不好,建议《御香缥缈录》的译者名字改为秦瘦鸥。秦瘦鸥在文学前辈周瘦鹃的推荐下,他写的《御香缥缈录》便在《申报》副刊上连载,连载后,大受欢迎。又出了单行本,并再版七八次,总印数达5万多册。

秦瘦鸥送作者的签名本

当时《申报》总主笔见报纸发行印数大好,便让秦瘦鸥再译一本清宫内幕小说。秦瘦鸥对我说,他吸取了翻译《御香缥缈录》的教训,自己寻找译本,最后选定一本慈禧后半生虐待光绪的传记《清宫续记》，秦瘦鸥改为《瀛台泣血记》，再次在《申报》连载。秦瘦鸥先生说："我想通过这部传记，来改变一下读者对慈禧的认识。"

三、《秋海棠》风靡一时

二十五六岁的秦瘦鸥虽然写的小说未能刊登，但他有了两部译作在《申报》上连载，并大受读者青睐，秦瘦鸥这个名字开始叫座，秦瘦鸥不久也进入报馆任职。他先后在《大美晚报》《大英夜报》《译报》当编辑，主编过副刊，其间还做过体育记者，也担任过要闻版主编。秦瘦鸥谈到这段编辑生活时说，"我当编辑也是谋生，但心中一直有创作的冲动。让我编要闻版，我没有什么兴趣，心里总想着那本《秋海棠》。"

秦瘦鸥在陈存仁的鼓励下，又将旧作《秋海棠》作了修改润色。秦瘦鸥对笔者说，由于他已有两部译作发表，又在几年中读了不少文艺作品，这次修改润色有了很大改动。

秦瘦鸥原来想把花尽心力的《秋海棠》交《大公报》发表，但"八·一三"爆发后，上海不少报刊都争出号外，副刊也纷纷取消了。隔了三四年，到了1941年，秦瘦鸥的《秋海棠》才在《申报》副刊上连载，副刊主编正是对秦瘦鸥有栽培之恩的周瘦鹃先生。

《秋海棠》在《申报·春秋》上连载半年之久，当时读者反映火爆，连载一结束，即发行了单行本，在读者中相当抢手。报刊载文好评如潮，《秋海棠》被誉为"民国第一言情小说"。

随即，由黄佐临任导演，石挥、乔奇、张伐主演的话剧上演了，秦瘦鸥也与顾仲彝当了编剧。话剧《秋海棠》不仅拥有许多上海观众，还有苏州、杭州、南京的戏迷赶到上海争相观看，以致一票难求。石挥演A角，演到精疲力竭，才由B角张伐顶上，张伐又累倒，只得由C角乔奇顶替。与此同时，评弹《秋海棠》也盛极一时，由陆澹安改编，评弹女皇范雪君演出，大获评弹迷青睐与叫好。

　　《秋海棠》虽是一部小说，引起如此之多观众的欢迎与热议，这是秦瘦鸥先生自己也没想到的。据"鸳鸯蝴蝶派"研究学者魏绍昌记载，周瘦鹃父女看了石挥主演的话剧《秋海棠》后十分伤感，周的第六个女儿阿瑛一定要其父周瘦鹃把殉情的男主角救活过来。周瘦鹃在1943年复刊的《紫罗兰》上连载他自撰《新秋海棠》，从"九死一生"写到"皆大欢喜"，悲剧变为喜剧，但这部续作并没引起轰动。秦瘦鸥谈起此事，对我叹口气，摇摇头说："续书往往是很难成功的。我自己写的续书，也不及当时盛况的一点余韵。"

　　秦瘦鸥1982年搬入新居后，《解放日报》记者来访谈，谈起《秋海棠》，73岁的秦瘦鸥先生触动灵感，便写了续书《梅宝》，先在《解放日报》副刊上连载，1984年由上海文化出版社出了单行本，但受欢迎程度大不如前。秦瘦鸥先生很感慨地说："我本来想写三部，现在写了一部，就只好算了。"

　　关于《秋海棠》的创作经过，秦瘦鸥这样告诉我："我在上海读小报时，读到京剧演员刘汉臣与奉系军阀褚玉璞的姨太太互生爱慕之情，褚玉璞发觉后，当即将刘汉臣逮捕，准备枪杀，梅兰芳爱惜人才，请张学良去疏通，不料未能成功，褚玉璞枪杀刘汉臣后还用大刀在刘尸体上乱砍一通。我就根据这段记载写了一本《秋海棠》。"

　　一个京剧旦角秋海棠与一个被军阀侮辱的女性罗湘绮相爱，遭到迫害，秋海棠被毁容，只能放弃艺术带了女儿逃往农村，父女

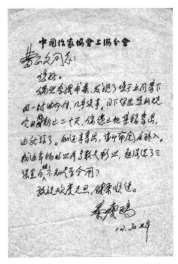

秦瘦鸥写给作者的信件

俩在十年中经历了种种歧视与凌辱，罗湘绮找到女儿时，秋海棠已离开人世。

《秋海棠》的故事大致如此，故事确有感人之处，但要引起今天广大读者共鸣，又谈何容易。

四、劫后余生的谦谦君子

《秋海棠》给秦瘦鸥带来了极大声誉，但上海沦陷后，秦瘦鸥流亡到桂林，他谈起这段历史时说："我因为被列为'鸳鸯蝴蝶派'的一员大将，我就在流亡后想写一本小说来改变自己形象。"

秦瘦鸥在此时，写了一篇以抗日为背景，反映民生的《危城记》，但小说出版后并未引起读者注目，因为兵荒马乱的年代，百姓疲于逃命。日军进入桂林，秦瘦鸥抵达重庆，他应报人张友鸾邀请，担任《时事新报》主笔，后来又进了《新民报》，当时《新民报》是日报，秦瘦鸥晚上进报社，白天则在一家油矿局上班。后来又担任《大英夜报》的副总编辑。1949年秦瘦鸥曾去过台北，后以奉命押运黄金返回上海。

全国解放后，秦瘦鸥先担任香港《文汇报》副刊部主任，并创办了集文出版社，任总编辑。1956年调任上海一家出版社任第一编辑室主任，以后在上海文艺出版社等三家出版社任编审。

听秦瘦鸥滔滔不绝谈了两个多小时，我以为他一定很累了，想终止访谈，秦老却说："我在'文革'时曾被几十次批斗，由于戴上'鸳鸯蝴蝶派'的旧文人帽子，每次开批斗会，我总是挨斗对象，当时我还未满花甲，但心中充满了恐惧，造反派不把知识分子当人，挂上牛鬼蛇神牌子，我听到老舍、傅雷，尤其是尊敬的周瘦鹃已自尽，自己也想一死了之，这'动辄得咎'的日子真没法过。但在一次街头游斗中，人群中有个老人悄悄对我说：你是《秋海棠》的作者，你要多保重。我从中得到鼓励，走出了绝望的深渊。"

临别时，秦老亲自为我签名，送了我一本《秋海棠》，还有一本《梅宝》。秦老将我送到九楼楼梯口，才含笑道别。

后来，我请秦瘦鸥写了读书小品，他文章的题目是《我为休息读书》，再后来，他写的文章，我收入了《一百名人谈读书》。我便写信约他寄一张生活照，他的回信，我至今保存着：

"偶然整理书桌，发现了您于上周寄下的一封油印信，几乎误事，目下超出您所规定的时期已20天，倘您已把集稿寄出，也就算了。如还未寄出，即请审阅后补入。敬祝欢度元旦，健康顺适。秦瘦鸥"

由此可见，秦瘦鸥对劫后余生仍心存惧怕，他是当年有名的民国作家，我只是一个年轻的普通编辑。他写信时口气如此恭敬，令我好生惶恐与难过。秦老因为被戴上"鸳鸯蝴蝶派"的帽子，他后来处世一直十分低调，对人可以说是很谦恭，并保存着旧文人温和的性格。听老报人吴承惠先生回忆，他当年主编《艺术世界》时，请秦瘦鸥先生撰

秦瘦鸥 1987 年赠送作者的照片

稿，秦老竟拟了三个题目，请吴承惠裁决。吴承惠十分感慨，像他这样久负盛名的老作家居然如此谦逊，其实他随便写什么，读者都是欢迎的。后来吴承惠主持"夜光杯"副刊，请秦瘦鸥先生审阅长篇连载，年已高龄的秦瘦鸥看后必附来密密麻麻的两张审读意见，做事如此认真，是前辈中所罕见的。

后来，我又去过秦瘦鸥先生家两次，听说年老多病的秦老还参

加里弄活动，替邻居向街道或政府写反映信，并为邻居家的学子高考辅导作文，还用钱救济里弄清洁工，并在国家发生灾难时捐衣捐款，在当地传为美谈，被邻居们誉为"谦谦君子"。

1989年，江西人民出版社出版笔者的小说自选集，收入我写的心理推理小说《金色的陷阱》、历史言情小说《唐伯虎落第》与武侠传奇小说《犇人棺之谜》。秦瘦鸥为之作序，对后辈鼓励有加，此序文题目为"一个年轻的杂家"。

我记得我最后一次去秦瘦鸥寓所，向他问及他出版了哪些著作，秦瘦鸥让我看一下他的书橱，上有《秋海棠》《梅宝》《危城记》《劫收日记》《第十六桩离婚案》《晚霞记》《海棠室闲话》《戏迷自传》等。他的译著有《御香缥缈录》《瀛台泣血记》《天网恢恢》《万事通》《蒙面人》等。

秦瘦鸥先生说："后三本译著是我1932年出版的《华雷斯侦探小说选》中选出来的，我当时熟悉法文，做翻译，现在由花城出版社出版，我还将法文版《茶花女》译为中文，可惜这个版本由当时春明出版社出版，现在已找不到了。"三四十年代的文人大都熟悉两三国外文，不少人还精通古典文学与文史，真让我们当今的编辑作家们感到汗颜。

秦瘦鸥卒于1993年10月14日，享年85岁。

改定于2017年6月20日

罗竹风讲：编辑应是杂家

一、罗竹风与《杂家》事件

我是在 20 世纪 80 年代中期认识罗竹风先生的。当时罗老任上海市社联主席，兼上海杂文学会会长，我在《新民晚报》编"夜光杯"之余，也喜欢写点杂文，《曹丕学驴叫的遐想》入选《全国青年杂文选》后，我便在上海杂文学会跑跑腿，担任副秘书长。敬重罗老的另一个重要原因，是因为罗竹风先生曾发表了一篇震动报坛的杂文《杂家》。

慈祥而正直的罗竹风

罗竹风先生生于 1911 年，是个老革命。他 26 岁在山东平度组织了一支游击队，27 岁加入中国共产党，曾任八路军胶东支队秘书长、宣传部长，山东大学军代表。新中国成立后，他任山东大学教务长、华东文委宗教事务处处长，后在上海语言文字工作委员会担任领导工作。1958 年他出任上海市出版局代局长，他本是个文化人，对编辑工作十分重视和关心。1961 年，《文汇报》总编辑陈虞孙先生在华侨饭店召开了一个杂文作者座谈会，与会者有罗竹风、蒋文焕、郑拾风、吴云溥、陆灏及姚文元等人，会议期间，大家对杂文的风格作了议论，认为杂文应"有棱有角"，多发点议论。多位作者公推罗竹风来写一篇杂文。

几个月之后，罗竹风用"骆漠"的笔名写了一篇《杂家——一个编辑同志的想法》，刊登在 1962 年 5 月 6 日的《文汇报》上。这篇文章充分肯定了编辑工作的重要性，罗竹风认为编辑需要宽广的知识面，既辛苦，又要有奉献精神，因此领导要重视编辑工作，多关心编辑的疾苦。此文一发表，引起广大知识分子的共鸣，反响极大。

但一周后，遭到姚文元的猛烈炮轰，姚文元读了《杂家》一文后，当晚提笔，写了《两个编辑同志的想法》，刊于《文汇报》5 月 13 日，姚文上纲上线，把《杂家》一文推到资产阶级阵营中去。姚文元的棍子文学一发表，《文汇报》在半个月内收到六十多篇读者来稿，纷纷批判姚文元"坐着花轿说风凉话"，姚氏笔法"是把斧头藏在屁股后，逮着机会乱砍"。《文汇报》总编辑陈虞孙本来就很支持罗竹风写的《杂家》一文，他拟将来信在报上展开讨论，但立即被分管上海文教工作的张春桥扣压了，张春桥不久在上海市委思想工作会议上发难，将《杂家》事件说成是"思想战线上的资本主义复辟"。矛头直指罗竹风，上海市委随即撤销罗竹风市出版局代局长的职务。陈虞孙也跟着作了检查。这些往事，让我们每个当编辑的年轻人都对罗竹风油然而生一种特别的敬意。

"四人帮"粉碎后，已 65 岁的罗竹风还先后写出了《再论"杂家"》《三论"杂家"》等一系列好文章。

我在 1985 年至 1994 年期间，曾十余次来到罗老衡山路寓所，虚心向他请教，并多次听到他语重心长地对我说："编辑不仅要甘心为作者作嫁衣裳，还要努力学习各种知识，编辑是杂家，杂家就应具备各种能力。从某种程度上说，编辑的水平并不低于作者，编辑的综合能力或许比作家要更全面些。"

二、罗竹风谈读书与杂文

在与罗竹风交往的日子里,笔者多次听他谈起读书的重要性。

1986年1月,由我独立执编《新民晚报》"读书乐"创刊,我便立刻到罗老家中约稿。谈着谈着,他和我谈起了自己的读书经历,记得罗老当时已75岁,他身材高大,满头银霜,精神饱满。他操着一口山东口音的普通话说:"我是山东平度县蟠桃镇人,原名振寰,生于辛亥革命那年的11月25日,自幼喜爱读书。"

据罗老回忆,他3岁丧母,五六岁时最爱听父亲讲《三国演义》《水浒传》,还有春秋战国故事,他8岁进了小学,读的是商务印书馆出版的《共和国国文》。12岁考入平度知务中学,他从小对"国文"很感兴趣,十余岁开始写作,他在高中期间读了鲁迅的《呐喊》《彷徨》与《热风》,并第一次阅读《语丝》,那时,他决定报考北京大学。当时北京大学中文系只收6名新生,罗竹风以优异成绩被录取了。

1986年罗竹风(中)、冯英子(左)与作者(右)谈上海杂文学会工作

罗竹风在回忆他少年与青年时期的读书生活时说,熊十力、许地山曾担任过他的老师。他说,他当时读的书很杂,学习内容也很丰富,既读鲁迅、郁达夫、王统照的作品,又读了许多欧美文学作品。他学业之余最大的嗜好是逛旧书摊,他的英语也相当好,并喜欢宗教方面的书籍,还选修了哲学、生物学与心理学的课程。

罗竹风考入北大中文系后,与千家驹等学生编了《北大新闻》报,通过办报积累了采访与编辑的经验,这为罗竹风后来担任《抗战日报》社长打好了基础。罗竹风在读书办报之余,他开始关注语言学,罗竹风认为中国字难识、难学、难写,况且当时的中国有10%左右的人还是文盲。他决心从事文字改革的研究,这为他后来担任上海语言文字改革的领导,并积极推广世界语事业打下了基础,正因罗竹风对中国语言文学有特别的感情,他后来担任《辞海》的副主编,又主编了《汉语大词典》《中国人名大词典》与《中国大百科全书·宗教卷》。

记得罗老分三次与我畅谈了他当年中学、大学与他工作后的读书内容,并为我主编的"读书乐"写了一篇《不唯书,不唯上》的精彩文章。在这篇文章中,罗老首先强调了读书的重要性,笔锋一转,又说"圣贤之外的人著书立说,纵有独创见解,也难免有片面性",他说:"'开卷有益'与'尽信书不如无书'其实并不自相矛盾。"罗老提倡多读书,但人不能做"两脚书架"的"书呆子","不唯书"才是一个正确的观点,是人类创造发明的新起点。同样,三皇五帝、文武周公、孔子孟子

罗竹风赠送作者的签名本

以及其他诸子百家，他们纵然是各个时代的权威，我们也不要对他们迷信，他们某些高论，仍然可以发表不同意见。

罗老写这篇文章时，已超过75岁，但观点很大胆，有些想法很新潮，读了让人很钦佩。

我问起罗老什么时候开始写杂文？

罗老想了一想说："我在北大读中文系时就爱舞文弄墨，后来写了一篇《看画》，借题发挥，写点杂感，不久刊登在陈望道主编的《太白》杂志上。"

在一次杂文作者座谈会上，罗老还专门谈了写杂文的重要性。他说一个杂文作者，首先要人品正直，要敢于说真话。他说在二十世纪二三十年代至四十年代，就先后出现了鲁迅、林语堂、梁实秋、唐弢、聂绀弩等杂文家，他说他自己爱上文学，受鲁迅先生杂文的影响最大。他又谈到新中国成立后的杂文家，他笑笑说："你们《新民晚报》就有两位杂文大家，赵超构（林放）与冯英子。"他还说了上海几位杂文家，如陈虞孙、柯灵、何满子、郑拾风等。

罗老为我编的版面，先后写过多篇文章，虽说谈读书、谈文学，但其实也可以说是一篇有议论、有观点的杂文，他为了鼓励中国杂文发展，先后主编了五册《上海杂文选》。当我几次去罗老家约稿，见他正在细心翻阅选好的杂文，他仔细看完，才同意出版，还为《上海杂文选》写了序言。

三、罗老教我当编辑

罗竹风先生非常关心我主编的"读书乐"。一天，我去他寓所，他就对我说："当好一个编辑，其实是很不容易的。"他除了和我谈了编辑要有牺牲精神，甘为他人作嫁衣裳的重要性，他还和我谈了一个编辑的基本功。

罗老说:"编辑应该是杂家,所谓杂家,就是对各个领域的各种学问,都要懂一点,略知一二还不够,最好是略知二三。作为读书版编辑,对中国历史与中国古典文学尤其要作系统学习。"他还说:"你跟章培恒先生读文史三年,一定有体会,读了中国古代史对中国文学的源头会有真切了解。第二呢,你对哲学、社会学、风俗学、地理学、生物学的知识也要知道一些,你在报上开了一个'书友茶座'的专栏,对读者提的问题要作深入浅出的回答,这种互动形式有利于编者与读者之间的沟通。但要写出好文章,你必须知道,博览群书是编辑的基本功。第三,你请各个行业的专家学者写文章,你必须先读一些他们曾发表过什么文章,还有要了解他们的学术专长与文字特点,这样你才能与名家从容交流,并组到好的稿子。"

我听了罗老的话,后来请谈家桢、谭其骧、苏步青、周本湘、张涤生等自然科学家写读书文章,我先把他们的传记与作品浏览一遍,再去他们单位与寓所约稿,做到心中有数。至于文科方面的作家学者,我更是在约稿前先花好几天时间读了他们的代表作与简历。

罗老对编辑的要求很高,他说编辑是一个值得尊敬的工作岗位,他们通过编的版面向读者宣传文化与思想,因此编辑首先要敢于为民代言;其次是多读书,当个杂家;最后是编辑本人要学会写文章。这三条,我一直铭记在心。

罗老为"读书乐"先后写过十余篇短文,除了《不唯书,不唯上》,还有《苦中作乐》《读书杂记》《学而思》《一本"血书"》《古稀手记》《不读书等于"心死"》等。1992年我编好一本散文集《秋天回眸话人生》,我当时四十挂零,而罗老已八十初度。我再三踌躇,还是大了胆子,请他有空看看,罗竹风先生笑着答应了,他在一周内看完全书,打电话让我去他家。我一进门,他说:"我和你年纪正好相差一倍,我八十出头,你四十挂零。我已为你这本书写了一篇序言,你看合适吗?"我心中十分感激,又喜不自禁。

罗竹风信件之一　　　　　　　　罗竹风信件之二

　　罗老写序,看稿很认真,居然为拙作修改了两个错字,他那篇序言题目是:"春华秋实,硕果累累",他先从我编"读书乐"讲起,再谈到我写的散文随笔。他说"读书乐"的学风、文风都好,对我自学的经历给予了肯定,并说我写的小文"不打官腔,没有火气,娓娓而谈","很重视用词、造句、谋篇","文风清丽隽永,字里行间不断闪烁着智慧的火花"。笔者心中自然明白,这是罗老对后辈的鼓励,因此读后令自己内疚而心生惭愧,并坚持日后不断写作,不辜负罗老之厚望。

　　晚年的罗老,著述与编书甚丰,他先后送过我三四册由他撰写与主编的书,他在一本《杂家与编辑》上为我题字:"海内存知己,天涯若比邻。正文同志教正。罗竹风敬赠　1988年新春"。另一本是《上海杂文选》,他在扉页上题了一行字:"正文同志留念:'金秋'是丰收的季节,在新形势下,上海的杂文必将获得更多成就:作者多,题材广,文风新。预祝您视野开阔,思路敏捷,精力充沛,为上海杂文学会多有建树。罗竹风　1986年12月25日　上海杂文学会成立时"。这些鼓励之言，让我终生受用。

罗老在90年代中期，入住华东医院，我常去他病房探望，他是离休干部，当时住的是两个人的高干病房。他的床沿窗，阳光非常好，我每次去探望，总给罗老带些新书，与他在夕阳横斜的椅子上聊上半天。罗老在病房中又为我写了三四篇文章，《少年儿童的良师益友》《夜半笛声》《第七个本命年》《卫生与礼仪》，陆续在我编的版面上刊出。一个将近85岁的老人还能思路清晰地写出如此鲜活的文字，他的文章观点鲜明，很有感情色彩，能编发罗老的稿子，成了我编辑生涯中的一件乐事。我每次拿了发表他文章的报纸去华东医院看他，罗老慈祥的脸上都会露出快乐的微笑。

罗竹风给作者的题字

罗竹风先生于1996年11月4日去世，享年85岁。我去参加他的追悼会时，见到了许多知名编辑与敬仰他的读者。因为罗老关于杂家的议论，他的名字已为新闻界与出版界的同志所熟悉，罗老永远活在我们的心中。

改定于2017年10月6日

书痴冯亦代印象记

　　"书痴"是冯亦代先生的自况。1995 年我写了一本《珍藏的签名本》书话，交汉语大词典出版社出版之前，我把书稿寄给了北京的冯亦代先生，想听听他的指教。不久，我收到冯亦代先生为拙著写的一篇《书痴说书迷》的序言，

晚年冯亦代

他在序中说："差不多我一生的历史都和书分不开，书为我所钟爱，书也成了我不可须臾离开的友人"，"曹正文的笔名是米舒，米舒，即为迷书之谐音，即此一端，便使我们的友情浓于血。看'读书乐'，常常可以看到新人的稿件，发现新人又是我们两人的共同志趣"。

　　当时，我既惭愧又深感冯老的厚爱与鼓励。我在《新民晚报》编"读书乐"前后 22 年，一直受到诸多前辈与名家的教诲与指点，冯亦代先生便是其中的一位。

一、听风楼里话读书

　　在未见冯亦代先生之前，我就读过冯亦代先生著述的《书人书

事》，还有由他任副主编的《读书》杂志。这本 1979 年创刊的《读书》，我每期必读，杂志内不仅有许多读书佳话与读书观感，还有冯亦代撰写和翻译的读书文章与对海外作品的介绍和评论，让我获益甚多。

1988 年，作者在"听风楼"为冯亦代拍摄

1986 年 1 月由我执编的"读书乐"专刊与读者见面，我一方面学习《读书》《书林》杂志的编辑艺术，另一方面将约名家撰稿和采用新人稿件，作为自己今后努力的一个方向。

我通过认识的范用先生，将"读书乐"版面陆续寄给了冯亦代先生，请他指点。并与冯老在见面前通过一次电话，还收到过一本由他与其夫人郑安娜合译的《当代美国获奖小说集》的签名本。

1988 年我赶到北京，在三不老胡同的旧式里弄房子中找到了冯亦代先生的寓所。我在冯老的住房前有点惊愕，这位著名的编辑家、书评家，这位最早将海明威作品介绍到中国的大翻译家（他还翻译过毛姆、辛格、法斯特、尤利乌斯、霍华德的作品），怎么住了这样的房子？我怀着疑惑，叩开了房门。

门开了，站在我面前的冯老已七十挂零，他身穿一件红色格子衬衫，外面是一件灰色的夹克衫。冯亦代满面红光，他带着微笑说："米舒来了，欢迎欢迎。"说罢，把我引进他的书斋兼卧室。

我打量了一下房间，大约十多个平方米，放一张写字台，一排书橱，另一边是一只四尺半宽的床，这就是他自题的书斋"听风楼"。

冯亦代先生给我倒了一杯茶，说："你编的'读书乐'，我每期都看，编得不错，看来你很喜欢读书，在编这个版面时也动过一点脑筋。"

我赶紧诚惶诚恐回答:"不敢不敢,我把您编的《读书》杂志当作范文学习的,一直想来当面请教,今天终于见到您了。"

冯亦代喝了一口茶说:"读书是一个人的天性使然。从我个人来说,一生都在淘书、读书、藏书、写书、编书。我的藏书分三个阶段,少年时藏书,毁于虫鼠之灾;我后来在香港与重庆工作时,藏书则毁于战乱与流亡;第三次藏书,则毁于十年动乱。我曾把自己藏书的一部分捐给外文出版社的资料室,另一部分捐给北京一家残疾人工厂。'文革'之后,我曾发誓决不藏书,但积习难改,你看我这屋子,又成了书天书地,我身外别无他物,引以自豪的是那些我喜欢的书,新买的书飘散着油墨的清香,旧藏的书则蕴含着潮霉的气息,这两种气味都是我爱嗅的。还有朋友的赠书,扉页上有他们的题字,更令我为之神往。"

冯亦代说到这里,又指了一下杂乱的屋子,我见除了书橱,在墙上装了搁板,搁板上也放满了书,还有茶几上、床头,都是书,果然是个十足的"书痴"。

据冯亦代回忆,他原名贻德,是浙江杭州人。他生下一个月,母亲楼文光就因患产褥热不幸去世。冯亦代说起这段往事,老人的眼眶中有泪花,他说,他对母亲的怀念,全凭母亲生前留下的一张照片。冯亦代自幼喜欢读书,他说:"我七八岁就喜欢逛书店,当时有位同学的父亲在杭州清和坊书店做事,我一走进书店,就被童话书吸引住了。我12岁时经常去保佑坊的光华书店,买到了鲁迅、茅盾、郁达夫、巴金的书,我那时候从书中学会了写作。"冯亦代还说:"最让我难忘的是,我在逛书店时,居然见到了郁达夫先生,因为他是我一个同学的亲戚。郁达夫先生一点架子也没有,他还请我们在陈正和酒店喝了老酒,我是第一次喝老酒。我在读书与文学家的熏陶下,13岁就开始发表作品。"

冯亦代23岁毕业于上海沪江大学,当时读的工商管理专业,他

冯亦代与郑安娜
赠作者的签名本

在念大二时结识了英文剧社的郑安娜，两人相识后便相恋。冯亦代说："我走上翻译道路，与安娜有关。她是英语天才，有这样的伴侣在身边，我不能不搞翻译。"

冯亦代25岁去了香港，见到了已经成名的戴望舒，戴望舒读了冯亦代的作品，就开导他："你的散文写得不错，译文也可以，你应该把海明威写的《第五纵队》翻译给中国读者。"过了几天，他们又见面了，冯亦代很想跟戴望舒学写诗，戴望舒笑一笑对冯亦代说："写诗需要天赋与灵性，依我看你的文笔，你成不了诗人，写散文可以，做翻译家比较适合你。"

冯亦代说："戴望舒说得对的，我这个人天性不够浪漫，处事比较实在，成功的诗人是当不了的，我就听从了他的话，今后从事文学翻译工作吧。"

二、"二流堂"里的"冯二哥"

1941年，冯亦代受乔冠华嘱托，离开沦陷的香港去了重庆，他回忆说："组织上让我去重庆，资助进步文化人士的事业。"冯亦代到了重庆，担任中央信托局造币厂的副厂长，冯亦代说："我挣到钱，便联络四方朋友，当时可以说我是'摆开八仙桌，招待十六方'。"

由于冯亦代为人慷慨，好交朋友，社交圈子广阔，并能周旋于当地文化人的各个领域。在重庆文化界，谁没钱，谁没饭吃，谁没地方住，都会来找冯亦代想办法。冯亦代仗义疏财，扶弱救贫，一时美名远扬，有人便送了一个"路路通"的绰号给他。冯亦代在一些文化人士中，又被称为宋江式的"及时雨"。

冯亦代当时说起他在重庆的这段生活，并没有详细讲"二流堂"，后来我在冯亦代晚年与黄宗英的通信集《纯爱》中才知道了这个"二流堂"。抗战时，上海的文化人金山、吴祖光、凤子、黄苗子、郁风、张瑞芳、丁聪等人都移居到了重庆，他们经常聚集在一所叫"碧庐"的大房子里聚会，又称"二流堂"。堂主是爱国华侨唐瑜，其实是个地下党组织，真正的领导人是夏衍，冯亦代是骨干，由于他家中排名老二，在这些文化人年龄中也排名第二，人称"冯二哥"。

冯亦代离开重庆后又去了香港，他先在香港《星报》任职，后来又创办和出版了《中国作家》《电影与戏剧》与《人世间》等报刊。他对我说："我当时在四五家报社工作，又当编辑，又自己撰稿，每天过得很紧张，但十分充实。我当时用了好几个笔名，如楼风、冯之安、马谷、公孙仲子等，我除了参加爱国救亡运动，还参加了全国文艺界抗敌香港分会。并担任

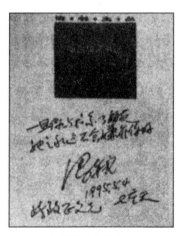

冯亦代赠作者的签名本

《明末遗恨》的编剧，在夏衍的领导下与唐纳组织了中国业余剧社，任副社长。1949年上海解放后，我参加国际新闻局的筹备工作。"

三、《读书》杂志的文风

新中国成立后，冯亦代先生先后任国际新闻局秘书长兼出版发行处处长、美国文学研究会常务理事、全国政协委员等职，他说："我

当时主要的工作是任外文出版社出版部主任,英文版《中国文学》编辑部主任,这两个工作是把外国优秀的文学作品介绍到中国,让中国读者得以阅读世界文学的精品,我想这个工作是很有意义的。但不料到了1966年,我被打成'美蒋特务'与'反革命修正主义分子',被批斗后押送到湖北沙洋地区劳动。经历苦役后,先是我双脚变形,后来在监督劳动中又患脑血栓症,抢救不及时,使我左上肢与下肢行动困难。幸亏我的右肢还正常,今天可以继续为读者写作。"

听了冯亦代的这段回忆,我打量着冯老那张红润但已有不少老年斑的慈祥脸庞,他是一位性格宽容温和的老人,却受了很多苦,我的心情十分沉重。

我们的话题不由落到《读书》这本杂志上,冯亦代从书架上取出一本1979年4月出版的《读书》创刊号,他深情地回忆道:"1978年12月,酝酿很久的《读书》杂志在北京、上海召开了几次座谈会,当时陈原、范用与我参加了座谈会,听取了陈翰伯、钱钟书、费孝通、金克木、吕叔湘、黄裳、丁聪等著名学者、作家的建议,确定了办刊方向与风格。我原来写的'海外书讯'改为'西书拾锦'专栏,在《读书》杂志上连载,同时我与董鼎山、王章华恢复了通信,他们也将《纽约时报书评周刊》与《纽约书评》寄给我,让我有了写《西书拾锦》的资料。每篇介绍外国作家的文字,都由丁聪画肖像,很受读者欢迎。"

我说:"我记得王蒙曾说:'可以不读书,不可以不读《读书》。'"

冯亦代哈哈大笑:"这说明《读书》杂志在当时是很受欢迎的,这些年,杂志发表了许多思想解放、观点新颖、文采洋溢的好文章。'人文精神、思想智慧'这一理念也一直在坚持着。"

我问冯亦代先生最近有什么新著,他说:"我正准备将发表的《西书拾锦》修改后出版,我还计划将自己过去写的散文合起来出一本书。"

冯亦代写的书话视野开阔、文笔流畅、语言精美、信息量大,很受读者欢迎，我们交谈持续了一个半小时，并为他在书桌前拍了一张照片。冯老后来为我编的"读书乐"写了一篇文章《进入角色》，写他痴迷书香的情感，一册在手，废寝忘食。并深情地回忆了他常常在读书时进入角色，为书中人的快乐而喜悦，为书中人的潦倒而流泪。过了几年，冯老又送了我一本《听风楼读书记》的签名本，并在扉页上题字：

冯亦代与黄宗英赠作者的签名本

"一旦你与书交了朋友，她是永远不会嫌弃你的。"

20世纪90年代，大约是1992年，文坛传来消息，说年近80的冯亦代与著名电影演员黄宗英恋爱了。当时我也颇为吃惊，我早就向黄宗英约过稿，她是位演艺出众的表演艺术家，也是一位写作高手，她写的《小丫扛大旗》曾获众人关注，但我也不好意思向冯老打听。

1993年10月，80岁的冯亦代果然与68岁的黄宗英在北京三味书屋喜结良缘，一位丧偶独居三年的文学老人又有了幸福美满的开始。作家袁鹰还写了一首打油诗贺之："白发映红颜，小妹成二嫂，静静港湾里，归隐书林好。"

冯亦代与黄宗英在北京住了一些岁月，后又双双移居上海，我便去淮海中路上的上方花园拜访他们。

1995年，"二哥"冯亦代与"小妹"黄宗英在寓所中接待了我。两位老人都是满面笑容，冯亦代还笑呵呵告诉我，他们早就相识于40年代，他们在1993年结婚前，已通了50万字的情书，后来成为"双叶丛书"之一的《命运的分号》（冯亦代、黄宗英著）。

我打量着这对黄昏恋老人的生活，他们各自有一个写字台，在客厅中看电视、读书与聊天，其乐融融。我们谈了近两个小时，冯亦代谈他的编辑生涯，黄宗英谈她的从影生涯，也谈彼此相识的熟人与写作轶事。在黄宗英离开客厅时，我悄悄问了冯亦代先生关于外面传闻他"卧底"之事，冯亦代老人叹口气说："米舒，当时我也随大流，觉悟不了，对章伯钧先生，我是很抱歉的。"他说到这里，见黄宗英走进客厅，便不说了，我也不便再问。最后他们签名，送了我一册刚出版的《归隐书林》。

冯亦代婚后，中风过几次，幸亏黄宗英悉心照料，有几次病危，冯亦代都以顽强的意志与病魔对抗，在病中还写了一篇《难我不倒》的文章。婚后走过12个年头，冯亦代于2005年病逝，享年92岁。至今92岁的黄宗英仍然在读书看报，也许"二哥"冯亦代写的书，她一直会读下去，留给她无限的回忆与温馨。

改定于 2018 年 1 月 28 日

听周退密老谈书法诗词

一、"四明名宿"谈旧学书法

2018年中秋前夕,我两次拜访和探望周退密先生。

笔者认识这位105岁的文化老人,是在三十年前,当时我正在执编"读书乐"专刊,因为每期要请一位名家题写刊头,便先从书法家开始,如沙孟海、王蘧常、赵冷月、费新我、单孝天、翁闿运、任政、顾廷龙、周慧珺、张森……后来又请上海画家题字,如朱屺瞻、刘海粟、陆俨少、谢稚柳、唐云、应野平、陈佩秋、程十发等,除名动一时的书画家,还有一些年事已高而平日不大露面的名家,如苏局仙、陈莲涛、周退密、范韧庵等,记得当时周退密先生已过75岁,平时也不参加社会活动,我通过上海文史馆馆员顾振乐先生,上门约到了周退密题写的"读书乐"。

周退密从小好读文史经典,稍长即喜碑帖书法,正因他从小打好旧学基础,后与吴祖刚、喻蘅、田遨合称"海上四老",当年我曾拜访田遨先生,田老说,以书法而论,退密先生为第一。

我编著《读书乐印谱》2017年得以出版,细细玩味108位文化书画名家题写的"读书乐",不由无限感慨,这108位名家,半数以上已逝,在100岁之上的仅剩三位,周退密生于1914年,徐中玉与顾振乐都生于1915年。徐先生102岁时,我去他寓所拜年,他虽能坐在藤椅上微笑,但说话已不清楚,只能用表情来表达自己语言。顾振乐先生倒是行动自如,2018年8月我上门与他交谈三次,他还当场挥毫题字。而周退密老如今则很少露面,听喻石生兄说,他仍思维清楚,谈笑自若。于是,我便决定上门拜访。

周退密老人住在徐汇区一条僻静的小路上,开门是他老伴施蓓芳,周师母比退密老小 12 岁,也已 93 岁了。她说话利落,头脑反应还如 60 岁。她为了照顾好老伴,声明只给我五分钟谈话时间,才让我进入退密老的"四明名宿"书斋。那天阳光正好,退密老见我取出《读书乐印谱》与"108 位名家题写读书乐"长卷,不由微微一笑,他一边看"读书乐"长卷,一边说:"沙孟海的字,好的,画家中谢稚柳、颜梅华的画与字很有特点。"我请他点评一下中年书法家,他说:"都不错的。"他对吴长邺、张森、刘小晴的字看了又看,又说:"我过去与徐中玉、陈从周先生有交往,他们的字也很耐看。"

在健在的文化名家中,周退密是多才多艺的书画诗词文史专

周退密在书斋中观沪上 10 位名家题写的"读书"长卷

文·化·名·宿·访·谈·录

家。他早年在宁波读完私塾，便移居沪上，先毕业于上海震旦大学，后在上海法商学院、大同大学当教师。20世纪50年代他曾去哈尔滨外国语学院任法文教师，周退密说到这里，莞尔一笑："我在哈尔滨生活了八年，这个远东的城市建筑非常欧化，我称它'东方巴黎'，这段日子过得很舒心。"我问一旁的周师母施蓓芳："您也一起去的?"施蓓芳摇摇头，她说她住在上海，在青海路44号一住十几年。

我问起周退密老何时返回上海，他回答："好像是1964年。"周退密到上海外国语学院教外语，并在十年动乱中埋头编写《法汉辞典》，于1980年出版。

谈起诗词与文史的修养，周退密说，这些得益于年轻时刻苦学习，是他父亲周慎甫让他养成博览群书的好习惯。他最早读的私塾是"清芬馆"，爱好读书也是受其父的影响，周慎甫一身书卷气，让儿子从小饱读史书，打好了旧学基础。周退密的伯父周湘云是上海滩上大名鼎鼎的地产商与大收藏家，周退密年轻时就在伯父家见到收藏的各种拓本，比如虞世南的《汝南公主墓志铭》、怀素的《苦笋帖》、米芾的《向太后挽词》以及《淳化阁帖》，退密老说："阅读这些书法拓本，对我学习书法获益甚多。"

我问："周老，您最喜欢哪几位书法家的书法艺术?"

周退密喃喃说道："古人的书法艺术各有造诣，我以欧阳询书法入手，上溯二王，隶书从《华山碑》至《礼器碑》。"他顿一顿又说："好的书法应具疏朗、方正、高洁之气韵。"

二、喜得《红豆词唱和集》

周退密，原名昌枢，1914年生于浙江宁波，属虎。他出身于名门望族，又为中医世家，家中藏书甚富，他自幼恋书，将晒书、补书与理书归为"清福"一类。童年时代,他从私塾清芬馆放学回家,便向母亲要书楼钥匙,独自上楼读书为少年之快事。

由于退密老父亲周慎甫当年曾在汉口开过一家"保和堂中药店",周退密也受其影响,在中学毕业后考入上海老西门石皮弄上的中医专科学校,后又拜宁波中医陈君诒先生学习岐黄之术。20岁后周退密弃中医而接受西方文化熏陶,入上海震旦大学深造,他毕业后领到律师证书,并加入上海律师公会。

周退密赠作者签名本

因周退密老人已105岁,侃侃而谈已非易事,我便把自己了解到关于他的经历一一向周退密老人求证,他不时点头,又说:"我的职业是做法文教师,但我兴趣在诗词文史方面。"

由此可见,周退密年轻时学岐黄之术,一生以教书为生,却以诗词、文史、书画与收藏闻名于文坛。我环顾左右,见其卧室四壁皆书画作品,五斗橱上还有一些古玩杂件,我随口请教,周师母摇摇头说:"他没有什么收藏。"退密老也说:"小玩意,看看的。"我又说:"我当年访问郑逸梅先生时,他说您是'海上寓公'。"施蓓芳马上摇头,总之,周师母为人十分低调。

我又问起退密老吟诗作词之事,他似乎来了精神,他号石窗,室名"红豆宦"。他喜作诗词,擅长书法,确是他一生之所好。

周退密曾出版《周退密诗文集》《墨池新咏》《退密楼诗词》《安亭草阁词》《四明今墨咏》多种,我想得到他的签名本,周师母一口回绝,说书找不到了。

当我告诉他,我已将收藏的4 800余册签名本,悉数捐赠给了苏州图书馆,退密老随即一笑,他可能体会到一个爱书者的渴望,便同意送我一本2013年12月再版的《红豆词唱和集》,此书由钱定一题签,周退密亲自辑录,设计者为周退密老人的孙女周京。

当谈到远在澳大利亚昆士兰的周京,老人咧嘴一笑,他说此书初版于2001年,他当时送了一册给孙女周京,题写:"京孙女诵读",并随册附了一小包红豆。周京赴澳后因终日忙碌,未及细看,2012年周京在整理收藏箱时发现了那包红豆,还有那本《红豆词唱和集》,她一翻就放不下来,便翻来覆去读了两三遍,而袋中的红豆,共六颗,是三个品种,明艳不一。周京告诉祖父,她读来兴趣益然,想将这本小册子重新出版,于是便有了再版的500册,听周师母说,余本也已无多了。

我十分幸运地获得了赠书,退密老在书的扉页上题了一行字:"正文先生惠存正谬,退密时年百又五岁",真令我激动欣喜不已。我虽然已拥有4 800余册签名本,但105岁老人赠送的签名本,这是第一本。退密老人的题字刚劲有力,大气自如,正如我上个月去南社参观时,看到他93岁时书写的一副对联:"积善云有报,校书亦已勤",字体庄重厚实,内力深厚。

三、他对古诗词的新解

喜获退密老的《红豆词唱和集》签名本之后,我回家细细阅读,发现退密老对诗词唱酬的功力,实不多见,正如田遨先生在序一中所言:"艺林耆宿,翰苑名流","乐府莺声,雅擅词章之学"。又如退密集句所吟:"老去羞花懒赋诗,拈来红豆记相思。玳梁海燕新棠稳,胜比琼林捕帽时"(集钱谦益、汤大绅、毕源、孙中湘诗词),又如他吟的《浣溪沙》小令:"人在玲珑记曲廉,画师词客旧神仙。一双红豆一华年。忍把浮名轻换了，消磨何止日三竿。短萧唱出柳屯田。"
那诗词之文句与意境，分明浸沉在宋词之中。尤其韵调与文采也与
古人之词相合，俨然当今名士之风采。

在国庆节前，我再去拜访周退密老。想聆听他对读唐诗宋词的
高见。这次还是由周师母开门，但她仍要求我只能谈五分钟。

周退密老当天换了一件白衬衫，更为精神。他见我进门，微微
一笑。我向他问好后，取出一个刚写好的"读书名句"长卷，说："周
老，这是您老认识的几位老朋友最近为我题写的'读书名句'长卷，
请您过目。"

周退密见我展开长卷，不由频频点头，他见第一个题字的是顾
振乐，便指指玻璃板下的一封信，说："他最近给我写了一封信。"我
一看，果真是顾振乐先生写的字，两位百岁老人，还互相问好。

周退密老又看了颜梅华、韩敏、汪观清、王克文、刘小晴、吴颐

作者于 2018 年在周退密先生的寓所

人、童衍方、张森题写的读书名句，不觉来了兴趣，一一指点其妙。

他看完读书名句长卷，时间已过五分钟，周师母因新换保姆，要教保姆如何做事，便催我结束讲话，幸亏周退密老人善解人意，说："还有话没说完呢！"我感激地坐下来，也向周师母连连道歉。

这天天气蛮好，周退密老人精神也非常好，我觉得这是一个好的机会，便说："您的大作《红豆词唱和集》，我已拜读，觉得您写的古典诗词中吸收了不少古人诗词的精华与韵味。"

周退密老说："在唐诗中，杜甫的诗最有味道，还有王维与白居易的诗，相当好。"

说到宋词，周退密便推崇苏东坡、黄庭坚与陆游，他说，"苏轼的词以豪放为主，但婉约的词，如哀悼他夫人的词，就情意缠绵。用词之精妙，苏轼做到了。"

我又问："您老还喜欢宋词哪位作者？"

周退密老沉吟了一个，说："陈与义的词很不错。"

我眼睛一亮，陈与义写的"杏花疏影里，吹笛到天明"，"古今多少事，渔唱起三更"，还有"寂寞小桥和梦远，稻田深处草虫鸣"，这些词的韵味，仿佛在读《红豆词唱和集》也有这样的妙句与意境。

我说："陈与义的曾祖陈希亮曾激励过苏轼。当年让苏轼经历了一番磨难。"

周退密老人一笑："陈与义本人很推崇苏东坡，他写的词作前期清新明快，后期雄深沉郁。"

"陈后期词作如杜甫。"我说。

周退密老人点头表示赞同："他写的《登岳阳楼》诗，感慨多，诗句悲凉。"他顿一顿又说："可惜他死得太早了。"

我说："仅49岁，他性格内向，不苟言笑，处世谦和。"

退密老人又喃喃说："他的诗深入浅出，不好用典，正像《沧浪诗话》对陈与义评价很正确。"

我接口说:"严羽在《沧浪诗话》中称陈与义的诗为'陈简斋体'。"

我们正谈得起劲,周师母又来催促,我也不忍心多打扰老人,这才向周退密老人与周师母道别,希望有机会再次向退密老请教。

徐中玉谈中国文论研究

徐中玉先生是我最尊敬的师长之一。我与他相识于1985年，当时我正在报社执编"夜光杯"，那年刚加入上海作家协会。在一次作协的座谈会上，我见到了身材高大、四方脸庞、慈眉善目而气度不凡的徐中玉先生。他是华东师大中文系教授，以研究中国古代文论和写文学评论著称。1986年我开始独立执编"读书乐"专刊，便有机会向徐中玉先生请教，久而久之，便成为他师大二村30号寓所的常客，每逢在编辑与写作上遇到困惑时，我首先就向他讨教。徐先生为人和气厚道，宽容待人，对向他请教的人都尽力帮助，作为后辈，我一直感铭在心。我曾先后对他作了三次访谈，现整理如下：

一身正气的徐中玉

一、求学与教学

徐中玉先生1915年2月15日出生于江苏省江阴县华士镇，我那天去他寓所约稿，他问起我的家境，我谈到自己1966年家遭浩劫后，生活十分窘迫。徐先生便也谈起了他少年求学时的经历，他说："我的祖父是个茧行小职员，父亲是个中医，但家父对自己的工作并不满意，在当时农村中当中医郎中，只能糊口而已，我母亲来自农村,识不了几个字,除了忙于家务,晚上还要织布。因为我家除祖父、祖母、父母之外,我上有两个姐姐,下有一个弟弟,一家八口人过得很清贫,两个姐姐读完初级小学就缴不起学费,只能辍学在家。"

"请问徐先生,您读完中学吗?"

徐中玉用有点沙哑的口音说:"也许我是男孩子,父母省吃俭用,执意要送我去读书。我记得我读初小时,偶尔能吃一顿'优待菜',那就是一碗蛋汤。我进初中时仅12岁,三年初中生活,我是寄宿生。也就是说,从我12岁起,就开始独立生活。这三年学习生活过得很艰苦,但也让我在少年时树立了节俭、独立、自尊、自信的生活观念。我初中毕业后,也没钱去读大学,后来打听到省立无锡中学有个高中师范不收学费,还提供免费午餐,我就去应试,当时只有一个心愿,就是继续学习深造。"

我问:"徐先生,听说您在读书时已经读了不少文学作品?"

徐中玉回忆了一下,说:"在我读书时,一有间隙就读些小说,我对新旧小说都很有兴趣,尤其是林琴南翻译的外国小说。"

"那么您怎么会走上文学道路的?"

"我在读中学时,文、史、地三门功课的成绩都不错,后来我想报考青岛的国立山东大学中文系,因为我在报上了解到山东大学校长是杨振声,中文系主任是闻一多,外语系主任是梁实秋,还有沈从文也在山东大学教书,我想有这样的名师辅导,对自己帮助一定很大。"

"山东大学是不是很难考?"

"录取率大约是20:1,当时除了考语文,还要考英语,我死记硬背了一些单词,总算过关了。"

"您好像进了大学后,就开始创作文学作品?"

"是的,我考入山东大学中文系后,生活仍很窘迫,我为了第二年的学习费用,就开始写些文章去挣点稿酬,但一个穷学生,又没有社会关系,我对投出的稿子石沉大海,自己是有思想准备的。但民国时期的报刊,还是比较注重稿件质量的,当时言论也较自由,因此我写的稿子居然投中了不少,每篇千字文有两三块稿酬(当时一块银元可以买 4—5 斤猪肉),但'一二·九'运动爆发后,我就转入到'抗日救亡'工作中去了,我参加了'山东大学文学会',并被同学们推荐为会长,在洪深老师的指导下,我们学生排练了《寄生草》,还上街演了《放下你的鞭子》《张家店》等小型话剧。在我读大三时,'卢沟桥事变'突然发生,山东大学被迫内迁至四川,并入国立中央大学,我在国立中央大学读完大四,又去云南澄江的国立中山大学研究院深造,毕业后留校任教,前后有五年,1946 年抗战胜利后,我才离开广东。因此在抗战八年中,我一直在四川、云南、江西、广东四所大学内当教师。我当时对国内大事很关心,并在教学实践中养成了自己一生坚持的'求真务实'的做人原则。"

"请您说说'求真务实'的具体内容?"

徐中玉先生喝了一口茶说:"在治学中,对于不同见解的资料与文学观点,我养成了仔细比较的习惯,不盲从任何'权威',乃至'权力'高压下的定论。我想,做学问要'知之为知之,不知为不知',不妄说,不自欺欺人。所谓正解的立论,一定要以实践来证实才是正确的途径。"

我又问:"您对学术研究采取什么态度?"

徐中玉先生回答:"我认为学术研究,就是要尊重各方面的独特见解,不能由某个人(某个领导或某个权威硬性论定),比较好的方法是'和而不同'。'和而不同',才能促进学术研究充分发展。如果双方意见存异,那也是应该允许存在的,中国文学的道路都充分证明了不是一条道路可以通向前方,而是'条条道路通罗马'。我个人认为,无论是做人、治学,都应提倡博采众长、和衷共济,切忌唯我独尊,一言九鼎。"

"我读徐先生的文章,有一个深切感受,您的文风朴素自然,平易而大度,您是如何形成这一文风的?"

徐中玉笑笑说:"过奖了,我只是觉得文章是写给人民大众看的,中国古代先贤就讲过,'通道必简','深入才能浅出',有些艰深的文章,佶屈聱牙的文字,并非写作者高明,故弄玄虚地卖弄才情,其实是多了不少烦琐的废话,让读者读得莫名其妙,这未必是好文章。"

我听徐先生说得很委婉,这似乎与他一生处世的厚道有关,便连连点头:"您讲得真有道理。"

2000 年,作者陪同 85 岁的徐中玉访问杭州

二、谈古代文论的治学

徐中玉先生一生是个教书匠,他从事中国古代文论的研究长达80 年,一版再版二十余次的《大学语文》教材,就是由他主编的,我想请他谈谈如何会把研究中国文论作为他一生之追求。

徐中玉先生想了一想,说:"这要从我初中读国文课开始,我当时读的是文言文,背诵的也是文言文,中国古代的文选,抑扬顿挫,文词秀美,意境深远,我一边朗读一边思考,这些好文章是怎么写出来的? 但当时我还年轻,不能得出结论。1934 年我进入山东大学中文系,我在那里选修了游国恩先生的《名著选读》课、台静农先生的《诗经研究》课与老舍先生的《小说作法》课,我开始有所悟。在读大三时,听叶石荪先生讲'文学批评原理'和'文艺心理学'课,我才开始慢慢领悟，原来，中国古代文论就是一个庞大的文学艺术宝库，欧阳修、苏东坡、严羽、王国维的文学评论就引导我们去认识中国古代文学精华之所在，《文赋》《文心雕龙》与《诗品》和宋代的不少诗话、词话与画论，都让我认识到中国文艺理论的重要性。"

我问："您就是由此而走上从事中国古文论研究道路的?"

徐中玉回忆道："学习中国古代文论，我一是受中国古代文学精华熏陶所致，二是由不少老师对我学习作了辅导。我于1934年考入中山大学文学研究所，冯沅君、陆侃如等先生担任我校内指导老师，而校外指导老师是郭绍虞、朱东润先生，正是在他们指导下，我在宿舍的微弱灯光下，查资料、做卡片、写论文，在两年后我终于完成了30万字的《宋代诗论研究》硕士论文。通过对宋诗的系统学习研究，使我对中国古代文论产生了浓厚的兴趣，也使我写了《论苏轼的创作经验》等小册子，并让我定下这一辈子要从事中国文论研究的决心。"

我又问："新中国成立后，您仍坚持中国古代文论的研究?"

徐中玉说："我的一生几乎都在大学任教，在中山大学任教5年后，又去山东大学任教。1947年我到了上海，在上海沪江大学任教授，后来到华东师大当教授，1957年被打成'右派'，'文革'中又被打成'牛鬼蛇神'，这二十年虽不能上讲台，但自己仍在研究中国古代文论，并读了七千余种书籍，做了四五万张卡片，总计有一千多万字。我当时也不知道哪一天可以重上讲台，但自己总觉得多读一本书，多做一张卡片，也算对得起自己，也算心有所托，没有白白浪费日子。"

"您认为在中国古代文论中，哪一部作品最有价值?"

徐中玉说："陆机的《文赋》、刘勰的《文心雕龙》、钟嵘的《诗品》是最著名的三部，其中《文心雕龙》不过三万余字，但已成为中国古代文论中'集大成者'，而且言简意赅，是古代最成体系的文学评论重要著作。"

"在中国古代文论中,您最钦佩哪几位作家?"

徐中玉说:"第一个是孔子,我认为孔子在《论语》讲的许多名言,是最值得我们学习而参悟的,孔子讲'知之为知之,不知为不知',再讲'知之者不如乐之者',又讲'转益多师,当仁不让',这三层意思对我们学习都极有帮助,也讲了一个学习的态度。孔子还说'巧言乱德'与'见利忘义',要我们对那些巧言惑众与见利忘义之徒,必须警惕。并强调做人的基本原则,也是对自己诚勉的人生格言,至今重温,仍有启迪。"

我问:"第二位呢?"

徐中玉赠作者的签名本

徐中玉说:"宋朝有不少卓越杰出的人物,如欧阳修、范仲淹、司马光,其中最让我钦佩的是苏轼。苏轼才气纵横、文采洋溢,他历经打击与诽谤,但仍能处世达观,这是大家公认的。他最伟大的人品是具有人格魅力,他提出'言必中当世之过',是他敢于对社会上不公正、不公平现象进行批评与揭露,他不是那种文过饰非、胆小如鼠的官吏,而是一个敢于独立思考,坚持实事求是的正直文人。"徐中玉先生说到这里,顿一顿,又接下去说:"第三位就是顾炎武先生,他也是关注现实,敢于为民代言,没有一点帮闲文人的媚态软骨,他说的'有益于天下,有益于将来',也是对一切文章评定的一个尺度。这些都是中国古代文论的精华。"

我又问:"您对推广中国古代文论研究做了哪些工作?"

徐中玉先生回答:"我发起成立了中国古代文论研究会,还创办了一本《古代文学理论研究》的杂志。我在创办研究会与办杂志中,更深切体会到中国绝大多数知识分子对中国这片土地是充满了诚挚之爱、忠诚之爱,而且能够一再忍辱负重,甚至委曲求全。我说中国的知识分子特征是:价廉物美,穷也穷不走,打也打不走。更可贵的是有一种'书生意气',即知识分子的是非感与责任感,还有忧患意识与始终保持对高尚理想的追求。"

三、求真务实　达观硬朗

在我执编"读书乐"专刊22年间,徐中玉先生的家,是我去过最多的地方。这是一套90平方米的旧式老工房,旧铁门框、狭长过道、踩在陈旧的地板上会咯吱咯吱作响,他的卧室与书房里放了几只老式杂木书橱,客厅也很简陋,但几间房都是朝南的。我去他家,一是他为我编的版面写过几十篇文章;二是我请名家大师写自己治学经验,很多教授作家都是徐先生为我介绍的,如施蛰存、许杰、冯契、黄药眠、钱谷融、郭豫适、方智范等。我除了经常去徐先生家约稿请教外,还在2000年春天与文友何鑫渠陪同徐中玉去杭州采风。当时徐中玉先生已85岁,但他抵达杭州后,在下榻的饭店并不午睡,我们下午便陪他去参观了胡庆余堂与胡雪岩故居。在与徐先生同游西湖时,虽然杭城寒意仍在,但徐先生一路上谈笑风生,健步如飞,那坚实有力的步伐踏在苏堤上,令吾如沐春风,尤其听他说起自己一生的经历,这位厚道的老人的骨子里却是非常硬朗。

徐中玉先生1952年调整到华东师大中文系后,他就出任中文系主任,他尊重人才,把一些有名望、有学问的学者教授请到学校来给学生上课。但好景不长,1957年下半年,施蛰存遭批判,徐中玉谈起这段往事,表情很愤慨。

我问："您与施老认识于何时？"

徐中玉先生说："大约在1939年吧，我在云南澄江县的中山大学研究院读研究生，施蛰存先生已在云南大学任教，我前去拜访了比我大10岁、当时在文坛已很有名气的施先生。我一直把施公视作我的师辈。1952年，因为院系调整，我们又成了华东师范大学的同事。"

"听说您在施老被批判时曾据理为他辩护？"

徐中玉神色如故，但语气中有明显的不平："施蛰存当时写了一篇《才与德》的文章，他引经据典，说'乱世'以'才'取人，'盛世'用人宜注重'德'。这篇文章被姚文元抓住，姚在文章中批判：'自从右派分子向党发动进攻以来，他们就把最大的仇恨倾注在共产党头上，

徐中玉在家中度过102岁生日（米舒摄）

不论是储安平的党天下，葛佩琦的杀共产党，徐仲年的乌鸦啼，施蛰存的才与德，其剑锋都是对准了共产党的领导。'这篇文章就给施公定了一个调子。我当时读了很不服气，就仗义执言，在会上，当众为施蛰存先生这篇文章辩护。1957年，我也被划成了右派。后来上海作协开会批判我，赴会前，我在华东师大的几位老友都劝我不要硬顶，我岂肯服气，心想这次'横竖横'了，对会上批评者给我乱扣帽子，我也据理反驳。"徐中玉说到这里，笑了一下说："当时开会的人都大吃一惊，有人还悄悄说，看徐先生平时挺和气的，想不到他发起脾气来如犟牛，扳也扳不过来。我最后被定为'右派分子'。还有一件事，在70年代批孔高潮中，我听了发言，也忍不住站出来

力挺孔子，我说，'孔子是大学问家、大思想家'，开会的人都大吃一惊。"

徐中玉先生谈到这里，哈哈大笑，他又说："我除了为施蛰存辩护，还在钱谷融遭到不公正批判后为其说话。"

原来，徐中玉的同事钱谷融教授因学校动员老师写学术论文，平时不大发言的钱谷融正好读到苏联作家高尔基讲的"文学"是"人学"的话，他本来就反对把"文学"视为工具，就大着胆子写了一篇《论"文学是人学"》的文章。不料，文章在《上海文学》上一刊登，立即遭到声势浩大的批判，华东师大还专门召开了一个批判钱谷融的会议。批判会上一面倒，但徐中玉先生却敢于为老朋友说话。我后来听华东师大几位老教师说："徐中玉先生那天在会上还说过：我就是不怕那些信口雌黄的混蛋！"由此可见，厚道仁慈的徐中玉先生真是有中国古代知识分子最值得骄傲的硬朗风骨。

徐中玉先生身材高大，处世开朗，他不轻易生气，但在大是大非上，一生敢于坚持己见。他九十多岁后，依旧每天坚持走路一小时，他常在华东师大的校园内走路，只是脚步不如八十多岁时快捷了。有一次我陪他一起去散步，我问他，每晚临睡前，还服用安定镇定药片吗？他笑笑说："我现在不吃了，年轻时生活动荡，后来被打成右派，压力大，遭遇十年浩劫，也睡不好觉。动乱结束后，我已六十挂零，但被任命当了系主任，工作千头万绪，到了晚上还在想第二天要干什么事，这样我就形成了长期失眠，每天不吃安定，睡不着觉，最多时一天要吃五至六片安定。"

我走在徐先生身边，他高大的身影与爽朗的谈话声一直令我很受鼓舞。他仁慈厚道而又达观硬朗，我有一次暗中把他与我敬仰的苏轼比较了一下，在某些方面，他与苏轼的人生观十分相似。他们都是"务真求实"的人，敢于说真话，敢于办实事，在历经坎坷后，依旧不改初衷，不在权势的压力与淫威下弯腰，在困苦与打击下始终保持一个正直知识分子的良知与风骨，他的硬朗与达观，可以与东坡先生媲美。

徐中玉先生一生除主编《大学语文》《中国文论》等教科书，还留下著作几十种，如《唐宋诗》《美国印象》等，他不仅送了我《古代文艺创作论集》《激流中的探索》《徐中玉自选集》《写作与语言》《美国印象》等七本签名本，还为我两本小书写了序言。并先后为"读书乐"专刊写了42篇文章，列"读书乐"作者写稿数量之第二（第一位是蒋星煜，发表47篇）。在他102岁生日之际，我和文友陪徐中玉先生一起度过了生日。今年他已103岁了，盼这位生活中的睿智文化长者健康长寿。

改定于2018年1月26日

冯英老教我当报人

一、拜冯英老为老师

1981年《新民晚报》为复刊招聘年轻记者编辑，我于当年夏天参加了作者座谈会与进行了笔试和现场采访考试，并于当年9月顺利进入《新民晚报》社当记者。

敢于直言的冯英子

在《新民晚报》的座谈会上，我第一次见到了冯英子先生。当时主持会议的是《新民晚报》总编辑束纫秋，旁边是《新民晚报》老社长赵超构（林放），还有《新民晚报》的副总编辑张林岚、沈毓刚、周珂及老报人陈亮、周丁、吴承惠（秦绿枝）、李中原、赵雨等《新民晚报》业务骨干。我当时暗中观察，发现这些人态度都很严肃，只有坐在一旁的一位身材不高、四方脸庞、浓眉阔口的老人神情轻松自如，他眉目间还有一点悠闲自在的风韵，后来我才知他就是《新民晚报》副总编辑、著名报人冯英子先生。

我当时进报社后分在政法组当记者，主要负责采访社会新闻，跑四个区（虹口、黄浦、卢湾、南市）的街道、区政府与公检法以及区街道工厂。记得第一年我几乎跑遍了这四个区的主要街道，每天早晨 7 点前赶到报社，下午 6 点参加部务会，晚上 8 点回家写稿，每天工作到 11 点后才上床睡觉。星期天也是在采访与写稿，几乎天天与笔墨打交道，第一年自己写的稿子与编发通讯员稿件见报共 325 篇。

在晚报紧张的报人生涯中，我与冯英子先生有了交往。冯英老（晚报后辈都这样尊称他）为人随和，没有一点架子，他当时除了审读大样，以"方任"笔名写言论，还喜欢与年轻的记者聊天，谈采访选题。每天中午，我在九江路 41 号的食堂一见到他，便端着饭碗在他旁边坐下。冯英老对年轻记者很亲切，对时事评论很尖锐，既有独到的看法，又有大胆的点评。他有时候的说话，就如一篇杂文。很多年轻的记者都喜欢围着冯英老，听他议论风发，褒贬古今……

我听冯英老讲了不少写作知识，他还赠送了新出版的书给我，这本《苏杭散记》，是他游览苏州与杭州的游记选，但他写的游记文字精简而文风朴实，有观点，夹叙夹议，与过去我读过的刘白羽、杨朔的散文游记风格完全不同。他写散文游记用的是新闻笔法，在描写中有议论，颇有杂文的味道，令我大开眼界，于是我在写作中时常以冯英老的文章作范文学习。

久而久之，我把冯英老视作自己的老师，学习他的新闻业务知识，学习他为人的正直与知识面的宽泛，学习他写文章的技巧，还有他幽默的谈吐。终于，我有一天大了胆子对他说："冯英老，我想拜您为老师。"冯英子没有回答，看了我一眼，说："让我们来个试用期，三个月，我考核你及格，才算数。"

冯英老对我考试的要求是三条：第一就是多读书，读书要杂，还要求我"尽信书不如无书"，要学会独立思考，切勿人云亦云；第二条是要求我每天坚持写作。他说做记者就要关心发现社会存在的问题，并每天晚上用笔记录下来，还要有自己鲜明的观点。在冯英老的关心下，我当时无论工作多忙，都坚持每天写一篇文章，约 3 000 字，这个写作习惯一直坚持了二十多年。第三条，冯英老强调新闻记者要对得起自己良心。冯英老说，尽量不写违心的文字，写的文章要经得起历史的考验。

冯英老对我这些教诲，我始终牢记在心头，尽管没有完全做到，但自己一直在努力。三个月后，冯英老终于认了我这个不很聪明的学生。不久，我的《咏鸟诗话》出版，冯英老亲自为我写了一篇序言，对我的写作给予热情鼓励。

二、自学可以成才

我们这些新考入《新民晚报》的记者编辑，大都没有大学文凭，有点自卑，冯英子知道后笑着对我说："你还有初中文凭，我只读到小学五年级呢！"

我听冯英老这么一说，更想知道他是如何闯入报坛的。一天下午，我和苏应奎（《新民晚报》党委办公室主任，他也非常崇拜冯英老）去冯英老在武康路寓所（休假天我们常去他家作客），听冯英老谈他进入新闻界的往事。

冯英子参加"读书乐"创刊
50 期座谈会，与作者合影

冯英子原名冯锡泉，别名冯轶，是苏州昆山人，他父亲是个手工业者，母亲当过女佣。夫妇俩省吃俭用，把儿子送到二铭小学读书，为补贴家用，冯英子一边上课，一边在外当小堂名（吹号手）挣钱糊口。读到五年级，冯英子因交不起学费，便休学了，后来到叶启源南货店当学徒。听冯英老说："当时当学徒，清晨第一个起床，晚上要忙到众人进入梦乡，才去关门，然后在店堂里打地铺睡觉。"

喜欢读书的冯英子失学后，一直渴望读书，他偶尔借到一本《三国演义》或《说岳全传》，便会读个通宵。学徒生活结束后，冯英子更加迷恋读书，他省下钱订了一份《生活》周刊，从中了解时事新闻。日本飞机轰炸了昆山，17岁的冯英子便写了一篇《沉痛的回忆》，投给《吴江日报》，想不到很快发表了。不久，冯英子进入《昆山民报》当了一名记者。

冯英子认为当记者可以为民代言，当地有户农民结婚，几个便衣警察便来敲竹杠，结果发生冲突，一个警察白食没吃成，掉在河里淹死了。这一下昆山警察局便抓了不少农民，用酷刑拷打。冯英子得悉后去现场采访，写了一篇主持正义的文章，谴责警察局，结果冯英子被关入牢中，一关便是一个多月，还被警察局罚了300元大洋。

冯英子赠作者的签名本之一

冯英子出狱后，便向江苏省政府请愿，告倒了那个昆山县县长，从此大伙便送冯英子一个"火种"的绰号。但冯英子没有高兴多久，他就被《昆山民报》解雇了。

冯英子离开昆山，去了苏州，他敢于直言的勇气为苏州《早报》所赏识，冯英子再次当上记者。他一边采访，一边开始读鲁迅的杂文，读长江的战地通讯《塞上行》《中国的西北角》，读了大为佩服。冯英子订阅了一份《热血》。他除了采访、编报，还和同人组织了"苏州实验剧院"与"民众歌咏团"，先后上演了《扬子江的暴风雨》《放下你的鞭子》等揭露社会黑暗的戏剧。由于冯英子不会看上司的眼色行事，不久又丢掉了饭碗。

"八·一三"战争爆发后，冯英子在苏州《明报》当战地记者，他奔走于炮火硝烟之中,对报社出版粉饰太平的"胜利号外"极力反对,又被赶出报界。

冯英子当时因为在苏州报道"七君子"事件,认识了《大公报》名记者彭子冈,他开始参加抗日活动,并决定追随当时的著名记者长江。

冯英子读了长江的不少新闻特写,但他并不知道长江姓什么,他听人说长江姓张,便写了一封信给张长江(其实是范长江),三天后,收到范长江打来的电报:"如愿共甘苦,请即来沪。"冯英子喜出望外,赶到上海见到了范长江同志,在范长江的鼓励下,23岁的冯英子担任了《大公报》战地记者,不久又任《力报》采访部主任。他写出了一篇又一篇战地通讯。

冯英老一面喝茶,一边回忆,他说,他先后在《昆山民报》《新昆山报》《早报》《大光明报》《明报》《大晚报》《大公报》《力报》《正中日报》《前方日报》《中国晨报》当过记者与采访部主任,还当过七八家报社总编辑。1945年,冯英子任南京《中国日报》总编辑、《新中华日报》总经理、《大江日报》社长。1949年他奉夏衍之名,去香港,任《周末报》总编辑、香港《文汇报》总编辑,他以吴士的笔名写了不少军事评论。他笑笑说:"当时我们办报,只有五六个人,一个办公室,几张桌子,几只椅子,总编辑自己当记者写稿,还要负责编排、校对,负责发行,从白天要忙到深更半夜才下班。"

冯英子赠作者的
签名本之二

三、要敢于为民代言

冯英老以自己闯入报坛的经历告诉我:"当记者,就应为民代言,学历只是一个方面,写作知识是可以通过新闻实践而获得的。"

冯英老在香港办报后,奉夏衍之命,返回上海,但不久与夏衍失去联系,冯英子凭自身本事进入上海新闻界,先在《新闻日报》任秘书,不久当夜班编辑,几年后任编委兼编辑部主任,负责写国际评论。1960年调入《新民晚报》任编委,负责写时事评论。"文革"期间他吃尽苦头,造反派说冯英子是"派遣特务",说:"你为什么丢掉香港两个报社总编辑职务,返回大陆?"冯英子被迫去干校养猪、种田,五年中受尽磨难。"文革"结束后调到上海辞书出版社工作。1981年《新民晚报》复刊后,冯英老任副总编辑,后任民盟上海市委常委、上海市政协常委、大地文化社社长。

1984年末,我从政法部调到副刊部编"夜光杯",冯英老对我说:"一个编辑或记者,要努力成为写作上的多面手,当记者要学会写新闻、特写、报告文学,还要会写言论,言论要敢于褒贬时事,为民代言。你调到副刊当编辑,是报社领导了解你喜欢读书,你读的书又很杂,编辑应该是杂家。你当了编辑,要学会改稿子,副刊'夜光杯'上有各种风格、各种题材的文章,你要改作者稿子,自己首先要学会写各种题材的稿子,学会写散文、杂文、小说,还要会写文艺评论。"正是在冯英老言教与身教的指导下,我开始学写小说、写游记、写杂文,通过实践,逐步提高了自己的写作能力。

冯英老在与我交谈中,经常提到读书与写作的关系,他说:"我当年为报纸写社论时,错把'南京条约'写

2007年,作者在恩师冯英子寓所
与92岁的冯英老合影

成'马关条约'，结果第二天其他报社发出了批评《异哉，何来'马关条约'》。"这让冯英子认识到读书、读报的重要性，他开始读书读报，并把重要事件作了笔记。他后来当战地记者，也读了不少地方志和地理常识、军事常识的书。他特别向我推荐了顾炎武的《日知录》，他说这本书既有知识性，又开创了一种夹叙夹议的文风，值得学习领悟。

遵照冯英老说的编辑要多读书的教诲，我每天回家必读一两种书，读到深夜才睡觉。在我35岁到55岁的20年中，我几乎每晚只睡5个多小时，把业余时间都给了读书与写作。

1985年末，《新民晚报》决定扩版，总编辑要每个编辑出谋划策，谈设计新的版面。我因为喜欢读书，在冯英老的支持下，便写了创办"读书乐"版面的设想。经过报社领导讨论通过了。冯英老当时叮咛我："民国时期的许多作家、教授还健在，你赶紧去他们家拜访，请他们谈读书经验。"我于是便去拜访郑逸梅、柯灵、施蛰存、徐中玉、陈学昭、秦牧、唐圭璋、陈伯吹、赵家璧等学者、作家，请他们为"读书乐"撰稿。

冯英老认为当好一个记者除了多读书，更应该敢于直言，他说自己闯入新闻界就是凭着一股正气，路见不平，敢于挺身而出。用笔做武器，冯英老写了许多褒贬时事的杂文，《孔狗江马论》《摇头婆婆与孤臣孽子》《要有一点移山精神》，其中《要有一点移山精神》更是惊动上海文坛的一篇力作。他的《冯英子杂文自选集》1996年由百花文艺出版社出版，他还担任了上海杂文学会副会长。

在我当编辑之后，向天南地北的名家组稿，时常在报上发表一些著名学者、作家的好文章，有的文章写得比较尖锐，冯英老都很支持，如罗竹风、许杰、施蛰存先生的文章，但这些文章经领导审阅后往往很难通过，冯英老便点拨我说："王元化先生是位思想很开放的领导同志，你可让他看看。"于是我把这些文章送到王元化先生寓所，请他审阅,在他的支持下,这些文章略作修改,一一通过发表了。

冯英老90大寿时,我们为他祝寿,他鹤发童颜,身穿一件大红衣服,有人问他长寿秘诀,他爽朗一笑:"因为我通过针砭时弊的文字,把肚子中的怨气都发泄掉了,剩下的便是快乐了。"

冯英老92岁生日时,我还到冯英老新居拜访,听他重谈新闻往事,与他合影留念。2009年8月5日,冯英子因病医治无效,在上海华东医院逝世,享年95岁。

改定于2017年9月27日

金性尧说《唐诗三百首新注》

我认识中国古典文学专家金性尧先生，始于 20 世纪 80 年代中期。当时我在《新民晚报》主编"读书乐"专刊，联系的单位是全国各家出版社，尤其是上海各大出版社，我几乎每周都要去跑几家，一是打听他们社有什么新书出版计划，二是参加这些出版社召开的新书发布会。其中上海古籍出版社是我常去的单位。因为古籍出版社内汇聚了一批文史专家，记得当时的领导是钱伯城、魏同贤与李国章先生，我还见过上海古籍出版社的名誉社长李

75 岁的金性尧在书斋中
（金文男提供）

文·化·名·宿·访·谈·录

俊民，而影响最深的是上海古籍出版社编审金性尧先生，他注释的《唐诗三百首新注》，深受当时唐诗爱好者热捧，一本小书前后竟发行了三百余万册。在未见金先生之前，我就对他充满了敬意。

一、活跃在 30 年代的"文载道"

我第一次与金先生见面，是在上海古籍出版社，当时金性尧已年近 70，但他好像还担任上海古籍出版社社外编审，协助做些书稿的终审工作。我知道他学识渊博，文字又特别好，就向他致意，并请

他为"读书乐"专刊写点小文章。金性尧是位精瘦而有书卷气的老人，他虽貌不出众，但一接触便知其才思横溢，学识渊博，又有点恃才清傲的文人气质，我只是一个年轻的普通编辑，向他约稿，想不到他立刻笑着应允了。

大约过了个把星期，金性尧先生为"读书乐"写了一篇谈文史的小品《魏延无反骨》，这篇文章通篇没有谈读书的好处，也没讲他读书得益，但却以史实来证明过去多年流传的"魏延有反骨"，是一个误解。金先生这篇文章简练而有新意，刊出后颇获好评。

我在读周作人作品时，曾知金性尧先生亦是周作人的忘年交，便想去请教他，请他谈谈民国文坛往事，金性尧便让我去他北京西路1110弄的寓所。那天下午我赶到他家前，接到报社一个电话，要我回报社开会，因此只是匆匆去拜访了一下，算是认识了他的家。金先生的家是上海新式石库门里弄房子，离上海辞书出版社很近，我向他问好后，金先生很客气地倒了茶，还介绍了他的女儿，我们寒暄了一会，我便匆匆告辞了。

过几天，我再去拜访，听金性尧先生讲起了他的一些往事。

金性尧，生于1916年，笔名文载道，浙江定海人。据他回忆，他幼年读的是阮氏家塾，从小读《三字经》《论语》《古文观止》，打好了扎实的古文根底，18岁即在《舟报》上发表文章。金性尧的父亲金炳生是一家化工颜料公司的投资人，在当地造了前后三进大院，后来生意兴隆，于30年代又在上海买了地，并建筑了十几幢房子（即北京西路1110弄），除自住外，其他房子出租。因此，其父本想把儿子金性尧培养成接班人，但金性尧从小酷爱文史，对做生意毫无兴趣，家人只得作罢。金性尧随全家迁入上海后，对文学更加专注，并爱读报刊。其妻武桂芳也是一位文学女性，她毕业于上海务本女中，在上海市高中会考中名列第一，并在中学时已在报上发表文章。这对年轻的文学伉俪结合后，便开始撰稿、编杂志，武桂芳跟随许广平一起搞文学工作,金性尧18岁时与鲁迅有过四次通信,他后来不仅参与编《鲁迅风》杂志,还以"文载道"的笔名写了不少文章。

我问:"我想请教您当年的处女作与一些早期文章发表在哪些刊物上?"

金性尧找出几份民国时期的旧报纸,说:"我的早期短文大都刊于上海的几张小报上,如《小日报》,就发表了我初见林语堂的短文,还有我写阿英的文章,我当时年少气盛,也写点观戏的剧评与谈书法的小品。"他顿了一顿又说:"今天观当年旧作,一是文笔太古拙,二是当时写字很潦草,报纸曾误将金性尧名字错印为金性克,从此以后,我写字就认真许多了。"

我又问:"金先生,听说您在鲁迅先生去世后,曾参加了他的葬礼?"

金性尧说:"我是和我夫人武桂芳一起去参加鲁迅先生葬礼的,后来又在1939年与许广平、柯灵等人捐款筹备了《鲁迅风》杂志,当时的发行人是冯梦云,实际上的主编是我,这本杂志在版式与目录上都仿《语丝》,坚持鲁迅办刊时风格,主要撰稿人是巴人、郑振铎、王统照、恽逸群等。前后办了19期。停刊后我又与桑弧办了文学杂志《萧萧》。"

我又问:"听说您的散文受周作人文风影响很大?"

金性尧点点头:"我写杂文与散文,确实受鲁迅与周作人的文章影响很大,一段时期特别醉心于魏晋文学,后来我又从写杂文

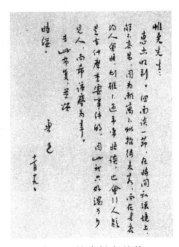

鲁迅写给金性尧的信

转向写散文，先后用'文载道'与'星屋'的笔名写了《星屋小文》《风土小记》《文钞》三本小册子。"

我说："周作人先生读您文章后，曾说就像'他乡遇知己'，还撰文在报上推荐过您与纪果庵的文章？"

金性尧先生说："这是知堂老人抬举我了，我写的《文钞》，是他为我小书写了序文，当时令我十分感动。"

我又问："听说您在新中国成立后也与周作人先生见过面？"

金性尧答道："周作人曾被囚禁在南京老虎桥监狱，他于1949年出狱后来到上海，大约住了半年左右时间。我在李健吾的舅舅家见过他，请知堂老人吃了一顿饭，同桌的还有徐讦与周黎庵。上海的小报编辑听说周作人到上海，便想请周作人先生撰稿，记得《亦报》上就刊登过周作人几十篇文章，周作人开始辟的栏目是'隔日谈'，意思是隔天写一篇。因为受欢迎，后来又改为'饭后随笔'，即每日一篇，我想一方面也是解决老先生当时手头之拮据。周作人撰写的小品用了十多个笔名，为避嫌疑。"

二、因认识蓝苹而戴"帽子"

在三四十年代，金性尧就是活跃在文坛的文学青年，他是《鲁迅全集》第一版的校勘者，后来成为知名编辑，1949年他由孔另境介绍去春明出版社任编辑，与施蛰存为同事。新中国成立后，他才进入上海文化出版社任编辑。

因金性尧先生擅长古典文学，后来便离开上海文化出版社，1956年调入中华书局上海编辑所（即上海古籍出版社前身）任文史编辑，他与胡道静、朱金城、钱伯城成为上海古籍出版社50年代最负盛名的编辑。由于他有扎实的学术功底与认真仔细审稿的本事，他在策划和编辑方面都有很大建树，他写的关于刘大杰的《中国文学发展史》与陈寅恪的《金明馆丛稿初编》的审读意见就显示了他扎实的编辑业务水平。金性尧先生还参与了《中国古典文学作品选读》《中国古典文学基本知识丛书》与《中华活叶文选》三套品牌图书的编辑工作。

我问："听说您后来因说认识江青,被戴上'反革命分子'帽子?"

金性尧先生口气很平淡地

巴金写给金性尧的信

说："大约在1963年前后,我们一些编辑都要参加体力劳动锻炼,我与同事到苏州河畔的一家印刷厂去劳动,与几位同事不知怎么会谈到电影演员蓝苹,我便说:'我在抗战前曾见到过她一次,地点在锦江饭店,当时召开一个各界人士营救七君子的运动,蓝苹也参加了,她穿了一件蓝印布旗袍,戴了一副白手套。'我因说过这几句话,在'文革'中被人告发,后来单位里贴了大字报对我揭发围攻。"

我感到很惊异,说:"您只是讲认识江青,出版社造反派为什么揪住你不放?"

金性尧先生说:"这可能与我在三四十年代的经历有关,我在30年代就开始投入文坛,曾与鲁迅先生通过信,获周作人先生写的序言,与阿英、柯灵、巴人、唐弢、王统照、张爱

1979年,金性尧在注释《唐诗三百首》

玲、苏青、桑弧等文化人都有交往,用现在的话说,社会关系比较复杂。又因为在沦陷时期,我担任过《古今》杂志的编辑,我当时年轻,政治观念也不强,开始接触《古今》杂志时,只知这是一本谈掌故的学术小品杂志,后来才知道这本杂志与周佛海有关。这本杂志出了五十多期就停刊了。造反派便抓住我这个历史问题不放,把我与古籍出版社几个同事打成'现行反革命分子小集团',还上门抄家,把我平生珍藏的许多字画、古籍、文物全部抄走,我被迫去干校养猪,我的大女儿本是某大学外语教师,也被赶往农村劳动,后因不堪污辱而服毒自尽,而我又在被迫交代和强令汇报思想之际,无法保护自尽的大女儿,这段日子真让我欲哭无泪。"

三、《唐诗三百首新注》风靡海内

"文革"结束后,金性尧先生终于回到上海古籍出版社,他当时已六十挂零,但他却不服老,不计个人得失,热情投入编辑工作,在他退休那年被评为社先进工作者。

我问:"听说您退休后,并没有停止对古籍的整理工作?"

金性尧说:"我主要是想对大家喜闻乐见的《唐诗三百首》重新加以注释,让中国古典文学更为年轻读者所喜爱。"

我问:"您怎么会想到对《唐诗三百首》作新注?"

金性尧先生喝了一口茶,缓缓回忆道:"在《唐诗三百首新注》出版之前,已有好几十个唐诗选本,规模最大的是收有四万八千多首

金性尧赠作者的签名本

唐诗的《全唐诗》，当然这部庞大的诗集只有研究者才会拥有，一般读者只能看薄的选本。沈德潜编选的《唐诗别裁集》，因选了1928首诗，仍然不适合带在身边常备。后来又有出版社出了《唐诗三百首新编》，这个选本从今天角度看，比较左，影响力当然比不上蘅塘退士的《唐诗三百首》影响大。我因为参加过上海古籍社《唐诗一百首》的编辑工作，又在70年代末赴昆明出席了中国历代文论选的学术会议，会上吴组缃先生谈到提议编一本适合广大读者阅读的唐诗选本，我就在翌日碰到吴组缃先生，谈了自己想做白话文注释本的想法，吴组缃听完，高兴地说：'很有必要。'我返沪即上报了这个选题。"

我说："听说您后来花半年时间把313首唐诗全部写了新的注解，又为各位诗人写了简介。"

金性尧补充说："我当时查阅蘅塘退士的生平，一时查不到有关详尽资料，特别要感谢胡道静先生，他是版本文献专家，他知道上海图书馆有《唐诗三百首》同治十二年的状元阁版本，便抱病去借出来，还有一本《名儒言行录》与《梁溪诗钞》，他就亲自抄录，然后交给我。胡道静当时已65岁，比我大3岁，新注附录中所记载的孙洙简史，也是胡道静抄录给我的。"

"请教您的新注有什么特点？"

金性尧先生侃侃而谈："唐诗选本，历来众多，以蘅塘退士编选的《唐诗三百首》流传最广，读者最多，因其篇目选定适度而体裁兼备，所选唐诗内容丰富，作者众多，风格各异，因此我决定仍以此版本，将'新注'在'博而能约，浅而能切，迫而能清'方面作些努力。"

我说："我读过您的《唐诗三百首新注》，这本书的前言是写得较长的，也反映了您新注的思想观点，比如唐诗的各种风格、各种体裁、各种人物都能兼收并蓄；又比如所选的唐诗以浅近晓畅的风格为主。还比如很注重艺术性表现的多种抒情方法。"

金性尧先生说:"我将'诗人小传'改为'诗人简介',对唐代各位诗人的介绍更为贴近其身份,我认为定语需要准确,还有我写的说明,有谈写作背景的,也有谈引述资料的,既有前人的评价,还有我个人不落前人窠臼的新释,即自己个人的独到见解。"

"我个人读了这本新注,感到您的前言与您写的说明,都很有你本人行文的文字风格,简练古朴而清新雅致,这想来与您的古典文学修养有关。"

金性尧先生谦逊了一下,又说:"我因为除了致力于中国古典文学研究,还在不断写点文史小品的小文章,因为文史小品的文字短小精致,让我在写唐诗新注时,也注重了这一文字风格。我在编选这本'新注'中比较注重写作的角度与语句的文采。"

金性尧除注释的《唐诗三百首新注》颇受广大读者欢迎,他还写了许多文史小品与文史掌故随笔,如《炉边诗话》《伸脚录》《三国谈心录》《闲坐说诗经》《夜阑话韩柳》《饮河录》和《清代笔祸录》《清代宫廷政变录》《六宫幽灵》《奸佞春秋》《清宫掌故》等。看其著作篇名,便知金性尧精通文史,他的文笔简约而精练,经我编发的文章,几乎每一篇都不需要作修改润色,作为一个老编辑,他写的短文即是成品。

作者与金性尧女儿金文男(右)合影

在中国史学界,金性尧的文学成就颇高,有"北季南金"之称,将季羡林与金性尧并称。金性尧去世后,由其女儿金文男整理出版的《金性尧全集》《金性尧集外文编》共十三卷,收入内容按体裁、类别及写作时间为编次,包括作者生前出版的二十多本著作及已公开发表而未结集的文章,附随感、旧体诗与编辑手稿、作家小传等,颇具学术与文史价值。

令我有幸的是,金性尧先生在1996年还为拙著《花鸟诗话》写过一篇序言,对我写的文字,给予了点评:"本书以花鸟为轴心,伸向左邻右舍,串起一个故事,一段历史,才情之外,兼富功力,因而又有史料价值。"金性尧先生称我"读书种子",令我感愧而又感激,至今回忆,仍感其教诲之恩。

改定于2017年11月6日

认识民国作家无名氏

　　1998年秋天,南京作者李伟来上海看我,我在《新民晚报》社接待了他。他说:"您不是很想见《北极风情画》的作者吗?现在无名氏已到了上海,我想请您去采访他。"我当即应允,半小时后,我们在上海一条旧式里弄中,见到了暂住上海的无名氏。

一、民国新文学畅销书小说家

风华正茂的无名氏

　　民国作家无名氏的名字,我是在1970年左右参加卢湾区图书馆书评组时知道的。位于陕西南路上的卢湾区图书馆,藏书甚富。我因从小好读书,当时正处于十年动乱书荒之际,借书已停止,我想看书,便参加了这个书评组,后来当了书评组组长,得以进书库看书。那时就读到了无名氏的两本书,一本是《塔里的女人》,另一本是《北极风情画》。

　　据当时报纸报道,这两本书让无名氏一举成名,这两本书也成为轰动一时的畅销书,并经久不衰,成为民国新文学第一畅销书。今天这位作者来沪逗留,我当然很愿前去拜访。

　　无名氏,本名卜宁,又名卜乃夫,我见到他时,他已是一位81岁的老人。但他开门之后,我才发觉卜乃夫(无名氏)先生并不衰老,他人很精神,五官端正,面容清秀,手脚轻快,思路敏捷。其服饰也相当整洁而体面。他含笑请我入座,那是一间布置很普通的房间,卜老给我递上茶杯,又取出新出的一本书说:"听李伟先生说,你要我的签名本,这是《塔里的女人》《北极风情画》的签名本,送你留念指正。"

我赶紧站起来接受签名本,扉页上的字迹清秀而端美,其字与其文风相仿,更与无名氏的外形类似。我打量着他,说:"我很想请您谈谈自己的文学经历,您怎么会成为民国新文学第一畅销书的作者?"

无名氏微微一笑,他把手一摊说:"这完全是个误会,我自己也弄不清楚,我的前半生活得有点惊心动魄。"

无名氏说,他原籍江苏扬州,1917年生于南京,祖父卜庭柱是个做绸布生意的小商人,其父卜世良自学中医,行走江湖,后来在中医考试中名列第一。他的母亲卢淑贞乃"扬州美女",他自己的面相酷似其母。卜世良与卢淑贞婚后生了六个儿子,无名氏排行第四。

无名氏喝了一口茶说:"我小时候在中央大学实验小学读书,这个小学有点名气,是接受美国教育家杜威先生的思想而建立的,听说胡适先生也来视察过我小学读书的教室。我小学时喜爱文艺,在我读五年级时,我的一篇作文《夏天来了》,被老师推荐给上海中华书局《小朋友》杂志发表,当时《小朋友》的杂志主编是陈伯吹先生,我这次到上海来,很想见一下陈伯吹先生,向他表示一点谢意。"

我叹一口气告诉无名氏:"我与陈伯吹先生很熟,如果健在,应该是92岁,可惜他去年逝世了。"

无名氏一连说了两声:"遗憾遗憾!"他继续说:"我17岁时,向天津《大公报》投稿,得到编辑赵惜梦的赏识,我当时家境很清贫,但自己读高中时已能靠投稿卖文度日。我后来当了北大中文系的旁听生,我觉得最让我兴奋的是,我听过周作人、钱玄同教授的精彩演讲,我因反对联考,未能进入北大,但当旁听生已让我接受了新文学的熏陶。"

无名氏说到自己年轻时意气风发的岁月,不由眉飞色舞,非常得意。在民国文人中,无名氏确实是值得骄傲的一位。他不仅小学时就发表了文章,中学时以赚稿费贴补生活,而且他在1940年"八·一三"上海抗战三周年时,一夜写成四千余字的《蕹露》一文,献给遇难的将士,此文刊于《时事新报》副刊,当时中央广播电台全文广播,被黄炎培先生创办的中华职业学校选入语文教材。无名氏补充说:"我80年代去台湾,在台湾的语文教科书中,她还有一席之位。"

无名氏当时23岁,在新文学文坛已有影响。他写的抒情散文《梦北平》,在《新蜀报》刊登之后,四川自贡中学将《梦北平》选为高中语文教材。与巴金共同执编《文季》的名作家靳以主动给无名氏写信约稿,并赞赏其文笔。无名氏谈到此事,只笑了一笑:"我这个人好独来独往,我曾在西安华山独居一年,与人很少联系。"

我们的话题转而谈到了他的成名作《北极风情画》。无名氏说:"我当时认识了光复军的参谋长李范奭,他这个人有不少传奇经历,在大韩民国临时政府里当过客卿,因此肚皮里惊心动魄的故事很多,我与他住在一个旅馆,每天8点到12点,听他海阔天空谈传奇往事,一谈便是三四个小时,听故事成了我当时生活的主要内容。"

由于李范奭经历传奇,又健谈,口才极好,因此他讲的关于他在俄国佳木斯克时的一段爱情经历让无名氏十分感怀,李范奭与波兰中学教师杜尼亚的相遇、相爱,乃至杜尼亚殉情自杀。李范奭讲得声泪俱下,无名氏也为这哀婉的动人故事含泪而泣。

无名氏后来便把这个动人的故事讲给周围的朋友听,他的二哥卜宝源(后改名卜少夫),听了便说:"乃夫,这个故事写出来一定很感人、很轰动。"

但无名氏没有写,过了两年,《华北新闻》总编辑赵萌华正考虑报社要有一个精彩的长篇来吸引读者,他听了这个故事,便力劝无名氏赶紧动笔,无名氏当时正好有时间,便一口应允了,他花了20天时间,完成了这部13万字的中篇小说《北极风情画》。由于他还没发表过这么长的文学作品,便没署自己的真名卜乃夫,而是用"无名氏"这个笔名。

《北极风情画》在《华北新闻》副刊上一炮打响,轰动西安,人手一纸,洛阳纸贵,无名氏也成了文坛名人,从此卜乃夫遂以无名氏自居。

半年后,无名氏又推出《塔里的女人》,《塔里的女人》也是无名氏听来的一个爱情传奇故事。当时无名氏与中俄混血女郎塔玛拉(中文名刘雅歌)爱得死去活来,刘雅歌后移情于他人,无名氏在悲伤中一蹶不振。他的朋友周善为开导无名氏,便讲了自己恋爱中的伤心事。周善是小提琴家,又是南京鼓楼医院的化验室主任,他爱上了大学校花瞿侬,因其妻不愿与他离婚,瞿侬在爱情无望时,嫁了一个并不爱的男人。抗战爆发,周善抛弃原配,与朋友的妹妹陈小姐私奔西安,这位陈小姐工于心计,途中曲意逢迎,车过广元时,故意发了一份周善遇车祸的讣告,周善只得与陈小姐结婚。抗战胜利后,周的原配夫人获悉周善未死,便上西安进行"夺夫之战"。无名

无名氏成名作《北极风情画》
《塔里的女人》

无名氏赠作者的签名本

氏根据这段经历编成了一个文学故事。

无名氏讲到这里,苦笑道:"我写的两篇成名的爱情传奇小说,都是听了别人的爱情故事而产生创作欲,成全了我小说家的名声。"

无名氏失恋之后,专嗜绘画,因而结识了杭州艺专校长林风眠,林风眠爱其才,本想将女儿林蒂娜许配给年轻英俊的无名氏,可惜林蒂娜患上肺结核,后又随母迁居西班牙。无名氏不久认识了林风眠的学生赵无极,赵无极的妹妹赵无华在文学、音乐、美术各方面都极有天赋,人又柔顺贤淑,无名氏自然十分喜爱,才子佳人本有一出好戏,但赵无华不幸也染上了肺结核,他与她只相爱了两个月,赵无华就去世了。这场刻骨铭心的恋爱让无名氏万念俱灰。无名氏说到这里重重叹了口气:"我这个人的命中恐怕是只见开花,不见结果。"

二、蛰居隐身于杭州的昔日名流

我与无名氏第一次见面,只谈了半个小时,便约定改日再谈。

翌日,我又对无名氏作了一次访谈,听他谈新中国成立后的生活。

新中国成立时,无名氏正患上肺结核,这时他便隐居在浙江杭州。此时,无名氏的二哥卜少夫与六弟卜幼夫都早已移居香港与台湾,无名氏自知自己海外关系复杂,也不敢出来工作,蛰居家中,闭门谢客,埋头写作,他当时用的名字是卜宁。

我问他:"那你当时生活依靠什么?"

无名氏说:"我年轻时挣了些稿酬,早已花天酒地用完了。我当时书桌上放的都是医药书,以此来遮掩稿纸,我的生活全靠二哥与六弟接济。"

我又问:"听李伟说,浙江省文联与浙江省民革曾找过你?"

无名氏回答:"我家里雇了一个女佣,让她为我穿衣、烧饭,他们见我连生活都不能自理,来了一次,便没有再找过我。"

到了 1954 年,37 岁的无名氏与一个叫刘宝珠的女人结了婚,因为刘宝珠不搞文学,也无从得知无名氏当年的盛名。而无名氏一直在写"无名书系列",直到 1960 年夏天,才完成了这部书稿的最后部分。他本想将这部 260 万字的书稿作一次修改,但后来他被下放到农村,无名氏说:"我写作的宁静被打破了,我也不敢在农村写作,只能在空闲时临帖摹碑,以研习书法来打发时光。"

在十年动乱中,无名氏由于复杂的海外关系,被抄家,他写作的"无名书系列"全部被抄走,使他心痛悲愤之极。后来,无名氏又遭横祸,因他结识了浙江大学法律系教师方为良,方为良在"文革"中遭红卫兵毒打,只得逃至无名氏住处,两人成莫逆之交。但不久遭人告密,方为良被抓走,无名氏也以"反革命包庇罪"被关押,一年后,无名氏才获释。

1974 年,妻子与其离婚。后来,无名氏的老母亲也病故,他在杭州大运河畔徘徊行走,不知所措。他想到了死,不如投河自尽,但是黑夜过后,东方一丝破晓而出的曙光,又让他产生了活下去的希望。

就在无名氏孑然一身,生活无望之际,十年动乱结束了。无名氏回忆当时的自己,他说:"我听说'四人帮'粉碎了,就去买了一瓶绍兴黄酒,欣喜如狂地喝醉了。"

令无名氏高兴的事一桩又一桩到来,他辛苦十年写成 260 万字"无名书系列"书稿被发还了。无名氏将这些尘封 20 年的小说,悄悄以各种形式,带到了香港,在二哥卜少夫的帮助下得以出版,这些作品在香港又掀起一股"无名氏爱情小说热"的高潮。

1981 年浙江文史馆上门拜访无名氏,聘请他担任浙江文史馆馆员,欲付他月薪 60 元。

无名氏从包里取出聘书,说:"我现在走南闯北,但这份聘书我一直带在身边,这是政府对我的关爱。我当时向浙江省文史馆的官员说了三点。第一,谢谢政府。第二,我无功不受禄,这 60 元月薪暂存文史馆。第三，我一向自食其力，我还是以自己一支笔来养活自己。"

1982 年，无名氏获准离开中国大陆，先飞香港会晤其兄卜少夫，后又转飞台北，见到了他的六弟卜幼夫，卜幼夫是台湾《展望》杂志社创办人。其时，无名氏已是 65 岁的老人。

68 岁的无名氏与 29 岁的马福美新婚合影

我问起无名氏在台湾的生活，无名氏从皮夹子里取出一张照片，照片上是无名氏与一位青年女子的合影，他莞尔一笑说："这是我台湾的妻子马福美，我们相差 39 岁。"照片上的无名氏已 68 岁，他穿了一件雪白的衬衫，满头黑发，显得很年轻。

原来，无名氏 1982 年飞抵香港后，成为当地的一大文化新闻，而其弟卜幼夫从台湾赶至香港与其会面，并传递给他一个信息，台湾有一位 27 岁的马福美小姐有一封信让他转交。写信者马福美是台北师专音乐系毕业生，曾获台湾电子琴大赛冠军，她现在是一位钢琴教师。她在文学作品中了解了无名氏的生平与才情，对他不胜惊羡，并直率表示，要与无名氏共度一生。

无名氏说到这里，便欲言又止，我问他后来如何？他淡淡一笑：我们认识两年后结婚了，曾有过一段忘年恋的生活。

因有人来访无名氏，我们的谈话就此终止。

三、"情圣"无名氏的悲喜剧

我与无名氏先生匆匆见过两面，前后谈话不过两个小时。1998 年 11 月 4 日，我在报上发表了一篇《我读无名氏》的文学评论。后来在报社我又接到无名氏从台湾打来的电话,他说起自己的写作计划与其书稿在大陆出版的情况,好像说上海文艺出版社要出版他两本关于他与他女友之间的情书,他还兴奋地说:"在收入的情书中,有的情书我已保存了五十多年,也有近几年大陆女孩写给他的一些情书。"

一个八十多岁的老人兴致勃勃与我聊情书这个话题,令我十分惊诧,我不由心中感叹,脱口而出:"您真是一个文坛情圣!"

无名氏听了我的调侃后,反而哈哈一笑,说:"说我是个'情圣',我是很高兴接受的。我抽个时间,和你谈一谈我一生中前伏后起、汹涌奔腾的情爱吧!"

我因为忙,也没兴趣,但我从李伟先生处,却获悉了不少无名氏晚年的情事。

据李伟说,我访问无名氏时,无名氏正想结束他与马福美 12 年的婚姻生活。

无名氏 1982 年 12 月 23 日飞抵香港后,出席了香港文化界为他举办的各种欢迎会与作者、读者见面会。他在其弟卜幼夫安排下,于 1983 年 3 月 23 日由香港飞抵台北,由于他在民国文坛的影响,他很快成了台北新闻记者争相采访的文化名人。

对台湾少女马福美主动求爱,无名氏原先是不同意的,他回了一封信:"你是早晨的花,我是夕阳西下。"不料马福美不肯放弃,她写道:"我这朵早晨的花就是献给夕阳的。"在马福美的热烈追求下,两人经过八百多天的交往,在 1985 年,68 岁的无名氏与 29 岁的马福美正式步入婚姻殿堂,结婚当天,无名氏写了一首诗献给他的新娘:

> 她是一条船,悠悠驰入我的港湾,
>
> 这一刹,宇宙像一朵玫瑰,静静在我心田开放。

那晚,68 岁的老人喊出了"结婚万岁!"

1998 年,无名氏重回大陆,他去了上海、南京与杭州,在旅途中,李伟获悉无名氏与马福美婚姻生活已有裂缝,马福美不仅未与无名氏同行来大陆,而且无名氏悄悄告诉李伟,他在台北与马福美已分居两年。大概正因如此,无名氏与我提到马福美时,只淡然一笑。

无名氏 68 岁新婚时照片

据李伟说,无名氏一生爱人无数,真正结婚的只有两位:刘宝珠与马福美。与无名氏先生有情爱故事的女性,据他自己透露及他发表文章提到的女性就有近十位,而且非常有趣的是,无名氏先生从青年时情窦初开至他晚年 85 岁,他一生都在恋爱,好些时候都爱得死去活来。

我查询了有关资料,无名氏先生确实是"情痴",他写了一辈子,也爱了一辈子。他在《绿色的回声》中讲述了他与中俄混血女郎刘雅歌的爱情故事;他在《抒情烟云》中讲述了他与大画家赵无极妹妹赵无华的恋爱经历;他在《光棍自述》中讲他 1954 年与刘宝珠的结婚事实,刘是他母亲的养女,他居住在杭州,而妻子在上海一家幼儿园工作,直到 1974 年分手。他在杭州落难,刘宝珠与其分手后,无名氏与一个陈姓女子相好,那个女子原是昆剧演员,长得相当漂亮,中年的无名氏则玉树临风,又才气横溢,两人虽未结秦晋之好,但情同夫妻。无名氏 1982 年离杭赴港前,曾允诺陈姓女子,今后将她带到海外去。后来,无名氏接受了马福美,但两人性格不合,无名氏说马福美好吃懒做,给她几十万美元做生意全亏了。无名氏这时又想起了陈姓女子,两人通信、打电话互诉衷肠,不料被马福美暗中发觉了。马福美非常恼怒,悄悄把他们通话录了音,后来也成为马福美"鞭尸"的证据。

据马福美后来出版的《单独的新娘》透露,在蜜月期间,两人就发生了不少争执,大她 39 岁的新郎婚后依旧在谈恋爱,除他与陈姓女子旧情复燃,还有无名氏 80 岁时,与山东一位在校女大学生通了很长一段时间的信。两人以兄妹相称,那女子称无名氏四哥,无名氏称她三妹,两人信中的语气十分亲热,这些信札大都公开发表了,那位女大学生好像并未嫁人。而无名氏先生在《谈情》《说爱》两书中收入了许多与他有热情交往的女性情书,可见他爱人之泛,无愧"情圣"之名。

无名氏给我的印象,第一,他的作品有才气,为人坦诚,写作上执着而有毅力。他在如此艰难的环境中完成"无名书系列"260万字,实在不容易。关于他的毅力,也可以其字为证。无名氏年轻时写的字很蹩脚,常遭人讽刺,说他文章好而书法差。无名氏40岁后苦练碑帖,居然写出一手漂亮的书法,成了台湾有名的书法家,其字还在韩国展出,并拍出高价。第二,无名氏迷恋声色,举止浮夸而好张扬,亦为其人之短。

无名氏虽在情海屡经风波,但他进入生命晚年,身体居然出奇的好,他81岁与我见面时满头黑发,耳聪目明,腰板挺直,身手敏捷。后来他又奔走于南京、上海与杭州三地,苏、沪、浙三家出版社争相为他出书,无名氏为广大读者签售,其新书十分畅销。

无名氏在离世前一周,还为文史哲出版社写了一篇短文,说中国新文学运动至今还存活两位小说家,一位是上海的巴金(当时98岁),另一位是台湾的无名氏(85岁)。巴金缠绵病床多年,85岁的无名氏却仍在写作,他借夏志清、司马长风与南京大学教授汪应果的赞语,来张扬其小说的伟大与辉煌。但这篇短文寄出不久,无名氏在10月3日突然吐血,病危。10月5日回光返照,清醒后的无名氏大说王阳明与王夫之在困顿中著书立说。10月9日再次病危,至10月11日凌晨去世。

无名氏是个有故事的人,他一生的悲喜剧,烙下那个时代的深深印痕,性格即命运,他的幸与不幸,也是性格使然吧!

改定于 2018 年 1 月 13 日

徐兴业谈"宝庆路 3 号"

一、听徐兴业讲《金瓯缺》

　　我在未见历史小说作家徐兴业先生之前,就听上海文艺出版社老编辑谢泉铭多次谈到他的名字。老谢说:"徐兴业写的长篇历史小说《金瓯缺》艺术水准很高。"

徐兴业晚年留影

　　老谢是我当年学习文学写作的老师,我在十年动乱中被分配到一家马铁厂当翻砂工,业余时间喜爱读书写文章,在投稿中认识了借在《解放日报》编副刊的谢泉铭。老谢很关心业余作者,他曾到卢湾区工人文化宫来辅导工人作者写作。老谢知道我好读历史,并正在写历史小说《李白》,他在 80 年代初对我说:"徐兴业先生是一位历史小说作家,他正在写长篇历史小说《金瓯缺》。"

　　我考入《新民晚报》后,老谢又告诉我:"徐兴业已基本完成了四卷本 100 万字的《金瓯缺》,正在修改润色。我与他约好时间,介绍你与徐先生见一面。"

　　但我与徐兴业先生俩人同住在一个上海,一年过去了,却始终无缘得以相见,原因一是我刚踏进《新民晚报》当记者,每天工作到很晚,休假天也在赶写稿子。二是徐先生也很忙,老谢本人又是个忙人，三个人始终约不到一起。当时真令我遗憾。

一直到1984年夏天，我应邀参加《历史文学》召开的首届全国历史小说作者座谈会，我意外在广州见到了徐兴业先生。徐兴业先生当时64岁，他中等个子，举止老派，态度宽和，学识渊博。他当时已完成了四卷本的长篇历史小说《金瓯缺》，上海作协正准备选报给北京，参加茅盾文学奖的评奖。记得当时参加笔会的作者有写历史小说的作家任光椿、杨书案、刘斯奋、林贤治等人，姚雪垠与写过《陈胜》的刘亚洲因忙，特地写了信请假。会议由花城出版社副总编辑李士非主持。徐兴业在我们这些作者中无疑是全国历史小说作家中的佼佼者，而我只是在《上海文学》《小说界》上发表过两三篇中短篇历史小说的作者，年龄才30出头。因此对同居一室的徐先生很尊重，也有点敬仰。但徐先生与我交谈，一点名作家的架子也没有，他在会上的发言，也谦和而儒雅，显示了深厚的文学修养。

与徐先生相处一周，我们除开会，也游览了广州与深圳，从中了解到徐兴业先生是浙江绍兴人，其父徐春荣是一位民族资本家，开办过闸北水电公司。他20岁毕业于无锡国学专科学校，专攻历史专业，他在上海国学专修馆与稽山中学任教师，后来又到上海立信会计学校任教，并担任过上海教育出版社编辑，他退休后到上海师院历史系主讲宋金史，1980年开始发表作品，我开始对徐兴业的了解仅限于此。

广州一晤后，回到上海。我就有机会经常去徐先生家拜访，徐先生也对我写的历史小说给予指点，当然更多的时候，我在徐先生家中，看他与老作家吴强弈围棋。写过长篇小说《红日》的吴强当时是上海作家协会

徐兴业赠作者的签名本

副主席，徐兴业先生也是一个围棋的迷恋者，两人水平都不高，可以说相差无几，对弈时互不认输。有时我去宝庆路3号坐两个小时，竟没有找到插话的机会，因为他们一旦对阵，双方都极认真，仿佛身旁没有第三个人。

徐兴业先生对我历史小说创作的帮助，主要是我听他讲塑造历史人物的思想内涵，还有他如何选择史料，以及对写历史小说的总体规划。他有好几次郑重其事、一本正经对我说："我写历史小说，是想通过作品揭示中国封建官僚机构的腐败。这一点，你在阅读中一定要有所领会。"

我收到他赠的签名本《金瓯缺》后，曾花好几个晚上读这四部长卷，但读了一两个小时，心态便有点浮躁起来，一是作品的语言用了不少文言，还有宋代的俗语；二是情节安排并不吸引阅读。与当时蒋星煜写的历史小说的风格截然不同，但我逼迫自己再次阅读，在很长一段时间内都无法领悟其妙。

有一次，我向徐兴业先生请教时，他说："我年轻时十分喜欢老托尔斯泰写的《战争与和平》，我觉得这是史诗般的写法。"

我当时心中自忖："我读《战争与和平》也读了三遍，至今还没读完，也是碰到类似问题。"同时，让我想起在《金瓯缺》中常常读到托尔斯泰式的长句与复句，还有一些旁白与历史典故，这固然反映了作者的文史功底深厚，但也给读者阅读带来了不够流畅的特点。

我后来便听徐兴业讲了他写作的初衷，这部小说他构思于1939年，他读了《三朝北盟会编》一书，联想到当时抗战正爆发，决定以两宋历史为背景，以宋、金、辽三朝对抗为故事结构，徐兴业通过爱国将领刘锜、赵隆、马扩的爱国行为，来批判蔡京、童贯为首的官僚集团如何卖国求荣，还对宋徽宗这个皇帝作了鞭挞。

我听了这番话后再去读《金瓯缺》，才知徐兴业借这段历史来抒

作者与徐兴业(中)、谢泉铭(左)合影于 1986 年 2 月

发自己的爱国情怀,书中经略相公种师道与种师中为权臣所掣肘,也是对当时政府的一种影射。他想通过历史小说来鼓舞当时抗日的斗志,由于前两卷写于 40 年代至 50 年代,后两卷在 80 年代中期完成,对马扩后半生的交代,有点匆促。

徐先生说到这段写作经历,也说到自己当年与妻子周韵琴离家出走后,两人感情特别好,他写马扩的妻子赵婶娘,就把自己对妻子周韵琴的一些美好的印象写到了马扩妻子的身上。

我乘机问他:"徐先生您写这部长卷,也表达了您对自己亲人的感情!"

徐兴业先生说:"这是肯定的,一个作者无论写长篇,还是写短篇,他一定会把自己的爱憎倾诉到某个或某几个人物的身上。"

长篇历史小说《金瓯缺》的文学价值,终于得以承认,1991 年,《金瓯缺》获第三届茅盾文学奖荣誉奖,可惜作者徐兴业先生已在一年前去世了。

二、宝庆路3号的故事

徐兴业先生当时住在宝庆路3号，这座占地4 774平方米的欧式花园，是我平生在上海见到的最大的花园洋房，它位于淮海中路宝庆路的交叉口。当我第一次踏进这座城堡般的顶级别墅，心中不免有点惊诧而赞叹。

记得有一次听徐兴业说起这幢房子，他说，他们一家只住了这幢建筑面积为1 048平方米的别墅的十分之一还不到，而且那是原来的仆人住的最差的房间。至于其他房间，都紧锁着。我唯一能观光的是这座私人宅邸的庞大花园，依我估计，至少有五千多平方米，并不亚于一个小公园，园内有参天大树，还有西洋雕塑，绿茵般的草地，丛木中有盛开的鲜花。因此当时人称宝庆路3号为"上海第一私人花园"，确实名副其实。

由于我后来经常去徐兴业家请教，我也成了宝庆路3号的常客，并且认识了徐兴业先生的公子徐元章，还有他的儿媳妇，一个面孔有欧洲特点的中德混血儿黄亨义。元章长相平平，但极有艺术天赋，人很豪爽，他见了我便主动自我介绍，他是音乐、绘画的顶级爱好者，他拥有几百张世界大音乐家的音乐唱片，他说他曾跟著名画家张充仁与哈定学过西洋画，他说自己迷恋爵士音乐与水彩画，他是为艺术而生的。他说起宝庆路3号，有点自负，像个大户人家的公子哥儿。旁人则称徐元章是上

宝庆路3号花园别墅外貌

海滩上的"老克勒"。

我对此虽然半信半疑,因为听老谢说,虽然徐兴业的父亲也有实业,但他本人只是一个穷读书人,一个在民国社会中的穷教书匠,他怎么会居住在这幢"上海第一私人花园"内,成为这幢豪宅的主人呢?我一直怀着好奇的念头。终于在一个阴雨连绵的晚上,徐兴业先生因为与老谢一起喝了不少绍兴黄酒,便与我们谈起了往事……

据徐兴业先生说,这幢欧式花园豪宅,原来是上海"染料大王"周宗良的宅邸——它有高高的围墙,广阔的花园,其住宅内有主人楼、用人楼和厨楼,形成三个独立的建筑。这种注重隐私的居住方式,便是西方贵族生活的缩影。

徐先生又说,周宗良(1875—1957)是浙江宁波人,他以经营染料与土产贩运起家,1929年资产达330万美元,至40年代,已达400万美元,是上海滩上一等一的大亨。他在1930年从德国商人手中购得这幢花园洋房,并在原建筑上花了7年时间加以扩建,使宝庆路3号成为上海当时最有名的深宅大院。周宗良前后有四房太太,他生有6个儿子、7个女儿,徐兴业夫人周韵琴是周宗良的第四个女儿。

据徐兴业那天带了醉意说,他这段婚姻有点像司马相如与卓文君爱恋故事的影子。当时周宗良为女儿周韵琴请了一位家庭教师,这位长相普通的家庭教师就是徐兴业,沉默寡言的徐兴业每周给小他7岁的周韵琴上两次国学课,包括文史与古典诗词。

周宗良原来是想让已在音乐、绘画上很有天赋的女儿增长一点文学修养,但他想不到的是,浪漫的言情故事居然会发生在周家,貌美而精通绘画、钢琴的千金小姐周韵琴与既不风流倜傥又有点木讷的国文教师徐兴业一见钟情。

徐先生说到这里,喝了口酒,咧开嘴笑道:"我的相貌与口才与司马相如很不相符，年轻时也没有花言巧语的本事。在众人眼里，我是一个貌不出众而又面相老实的穷教书匠。但是，让我讲国学，是我的拿手好戏，也许我讲的中国历史故事与中国古诗词，让我的女学生陶醉了，但我认为韵琴当时真正爱的是我的人品。"

老谢在旁笑着插言："我看你年轻时的照片，蛮英俊的，惹女孩子喜欢是极有可能的。"

我在两位前辈面前无语，只是点头。

徐兴业那夜说得有点兴奋，他已经68岁了，他说周韵琴能义无反顾地爱上他，可能她从小接触的都是些摆派头、吊儿郎当的公子哥儿，才会对正直的读书人怀有好感。由于他们两人门第不对，引起周宗良的极力反对，但女儿周韵琴像卓文君一样，立刻离家出走，与徐兴业同居于淮海中路的中南新村徐家。周宗良没有参加他们的婚礼，但一年过去以后，终于勉强同意了这段婚事，给了女儿一笔嫁妆。因为周韵琴第一个儿子已经出生了，那个男孩就是徐元章。到了1948年，周宗良带了他的儿子、女儿经广州去香港，宝庆路3号空关了。一直到1951年，周韵琴才与丈夫徐兴业携二子一女回到宝庆路3号居住。

在返回宝庆路3号的日子里，徐兴业依旧研究他的国学与教学，并继续他的历史小说创作。周韵琴抚养她的二子一女，生活很和谐，但可惜的是，她最小的女儿在9岁时患脑炎夭折，令她悲伤欲绝。而到了1957年，其父周宗良在香港去世，周韵琴获准去香港奔丧，一去不返。据徐兴业说，妻子周韵琴几次让他去香港与她同赴法国巴黎定居，但徐兴业认为自己的事业在大陆，拒绝了妻子的要求。从此徐兴业与徐元章父子俩便成了宝庆路3号这幢豪宅的临时主人。

我记得徐兴业先生也经常邀请我们一些文学爱好者到宝庆路3号去开"文学沙龙"，老谢和我，都参加过几次。他讲宋史，讲历史小说的内涵,也讲一点文学写作技巧,在这种文学氛围中,对我写作帮助很大。在1985年,徐兴业与老谢做了我加入上海作协的介绍人,两年后,我又加入了中国作家协会。1987年我的历史小说集《苏东坡出山》出版,徐兴业先生写了一篇序言,对我的创作给予了总结与鼓励,令我十分感激。

三、笔者与徐元章的交往

关于徐元章母亲的故事,后来我是在与元章交往成了好友后才慢慢知道的。

徐元章生于1945年,我见到他时,他正四十挂零,中等个子。他的相貌与母亲周韵琴差异很大,倒是与其父徐兴业有一点相像,其相同之处就是两人的面相都太普通了。而他对人的热情却胜过了他父亲。

徐元章每次对我的到来,都笑意盈盈,他让夫人黄亨义倒了茶或咖啡,又让其漂亮的女儿叫我曹叔叔。他是1952年进入宝庆路3号的,当时是7岁,元章比我大四五岁。我和他交谈之后,他说:"母亲离开后,让我的童年有点孤独而凄凉,也许正是这种忧伤,让我生有一种艺术家素质。"徐元章又说:"母亲虽然离沪去港,一去不回,她还是很关心我,我因为小时候不想去学校读书,父亲也同意了,母亲就以重金聘请水彩画家李咏森与人像画家俞云阶教我素描、水彩与油画,前后有六年,其间还由母亲写信介绍我去张充仁画室学画。"

徐元章说到这里,带我去参观了他的画室,那里有徐元章的不少水彩画,还有油画,都是以宝庆路3号这幢别墅为背景的,可以称为"老上海风情系列"。

这幢中西结合的欧式建筑本身就是最好的西洋画素材,徐元章偶尔还画一些油画,他以美女为模特,他拿出几十张(包括素描)画,都是一些靓丽清雅、千姿百态的少女与少妇,他骄傲地说:"这些大多是我的女学生,跟我学绘画的,也有跟我交流音乐的。"

我记得我们第一次长谈后,徐元章就指引我去参观了花园的一小部分,他指指点点,说明他是坐在那里画素描的,或在那个角落,他完成了他的哪一幅水彩画作品,他向我讲述了自己画技中如何用光,这些建筑与树木在什么时候是最美的。

面对郁郁葱葱的绿树丛与欧式建筑,他讲得眉飞色舞、滔滔不绝,让他平庸的面孔一下子变得生动而可爱起来。临别时,徐元章不无得意地告诉我:"现在不是宝庆路3号最漂亮的时候,下次请你晚上参加我的派对,夜色中的宝庆路3号才好看呢!"

大约过了一个月,我突然接到徐元章的电话,邀请我去参加一个派对,他还特别关照:"最好穿西装,侬懂的,今朝夜里的客人都有点身份的。"我迟疑了一下,终于答应了。

那天晚上7点半,我敲开了宝庆路3号的大门,好像有一位年

徐元章(左)在宝庆路3号别墅内悠然自得

老的仆人用苏州口音的上海话招呼大家。我走近客厅，西装笔挺的徐元章与艳丽妩媚的黄亨义正满面春风地迎接客人，我记得那个可以跳舞的客厅内有钢琴，地板是小木格子的，由于是双层地板，跳起舞来有弹性，以我见过的派对场面而论，仿佛只有南京西路那里的上海市政协文化俱乐部里才有这样的地板。

参加舞会的大约有近十多位有头有脸的人士，男的皆西装革履，女的皆花枝招展，听元章跟我一一介绍，什么"钢铁大王的孙女、面粉大王的孙子，还有盛宣怀的外孙……"，我一共参加这样的聚会有五六次，认识的只有钱绍昌与程乃珊两位，聚会的内容是听徐元章介绍他欣赏的音乐，他说曾跟范继圣学过钢琴，但他平时不弹钢琴，弹琴者是他的夫人黄亨义。徐元章有一次私下告诉我："我太太原来也是我的一个学生，她15岁跟我学绘画，我们谈了8年恋爱，她23岁嫁给了我。你看她是不是很漂亮？"他见我点点头，又说："我爱她，给她画了许多人像画，她不仅人漂亮，而且才艺出众，学过芭蕾，又跟言慧珠学过京剧，随温可铮学过声乐，曾经被周小燕一眼看中，可惜'文革'发生了，她也离开了上海声乐团……"徐元章讲起她太太黄亨义好像永远讲不完，一个绝顶漂亮的太太，又为他生了一个俊美的女儿，这是他永远的骄傲，也有人悄悄告诉我，徐元章与黄亨义的婚姻仿佛是徐兴业与周韵琴结合的翻版。因为黄亨义貌美艺术天分高，当时追求她的男人可以排成一个连，但这位姿色出众的美人，却爱上了自己的绘画老师——外貌平常的徐家公子。

由于我们成了无话不谈的好朋友，徐元章便要送我一幅油画，我推辞不掉，只得说："法国画家维安的人像油画我特别喜欢，你能临摹一幅送我吗？"徐元章马上说道："是《沐浴中的希腊贵妇》吗？侬有眼光的，这是他的拿手杰作，我抽时间来临摹一幅，不过要有一点时间。"大约一个月以后，他让我去观赏，他的临摹果然酷肖原作。这幅画，至今还挂在我的客厅里，来过的客人无一不称赞。

徐元章为笔者临摹了一幅
法国画家维安的世界名作

后来,宝庆路 3 号不见了黄亨义与她的女儿,元章告诉我:"她们母女俩去了美国。"我问他:"你呢?"他笑一笑说:"我还要终生守着这幢老洋房。"在那天的派对上,依旧轻歌曼舞,依旧美女如云,徐元章身边永远不缺风情万种的美女,他教那些灵秀的女孩子学画,永远敞开免费的大门。

徐元章后来没有结婚,他和他的女友只谈朋友,不说结婚,他说,因为这些美女都是树木,他不愿为了一棵树木,而放弃了一片森林。

但过着上海老克勒生活的徐元章一直没有工作,他父亲徐兴业在世时,有退休工资,还有稿酬收入(当然八九十年代的稿酬也不高),徐兴业于 1990 年因病住院动手术,但最终死在手术台上。徐元章的妻子黄亨义又于 1995 年离开了宝庆路 3 号,这个花园洋房的开销,还包括这座花园的管理与维护,他如何支撑这个家庭的基本生活,我无从得知。

到了 90 年代末,我才听说周韵琴虽然被指定为宝庆路 3 号豪宅的 17 名合法继承人之一,但她后来离开香港去了法国巴黎,开始还与雕塑家张充仁见过几面,与徐元章弟弟、一位科学家徐元健见过,但后来竟杳无音讯,下落不明。而徐元章在这座豪宅居住的时间已超过了 50 年,但他却无继承权,因此官司缠身的他,最后被迫迁居到闵行区的一套小公寓房里,我曾与他通过一次电话,他的心情之坏,是可想而知的。

从 2007 年深秋起,62 岁的徐元章就远离市中心,在闵行区一套 55 平方米的一室一厅的工房内苦度余生。对于法院的判决,对他来说,他是绝对心里不平衡的。

　　记得离开宝庆路 3 号的徐元章当时就为自己作了预言:"我离开宝庆路 3 号,我是要死忒的呀!"果然,仅仅过了 7 年,徐元章于 2014 年严冬到来前夕的 12 月 3 日因病去世,68 岁的"上海老克勒"走得如此无声无息,直到元章死后很久,我才从一个文友处获悉这不幸的消息,让我黯然神伤。徐元章结束了他曾经让无数人羡慕而又让人惊奇的一生,他与宝庆路 3 号的余韵只能在历史的长卷中慢慢消失,但我想这个传奇故事却不会让人忘记,而且永远让人嗟叹不已。

改定于 2017 年 12 月 5 日

秦牧谈"文人贵正直"

一、去广州访问秦牧

秦牧赠送作者的照片

记得我们这一代人,年轻时读了一些好书后,就好浮想联翩,就好舞文弄墨,当时的文学青年往往最初学写的便是散文,我亦如此。

在二十世纪五六十年代,中国散文园地百花齐放,其中以"南秦北杨"最为引人瞩目。"南秦"指的是广州的秦牧,"北杨"即是山东的杨朔。早在读初中时,我就读过秦牧的《花城》,还买了一本《艺海拾贝》视为写作的范文。在1978年又读到刚经历腥风血雨、劫后余生的秦牧先生写的《鬣狗的风格》一文。在这篇杂文中,秦牧巧妙使用了鲁迅式的"借题发挥",以鬣狗喻人,把那些跟随"四人帮"后面的党羽与风派帮闲文人比作"鬣狗",这些卑鄙的帮凶亦步亦趋,争相告密,跟风而动,仿佛如鬣狗吞食剩余的尸体,连"骨头也要细细嚼碎"。这篇杂文发表后引起当时文坛的极大反响,也显示了秦牧杂文有一种尖锐、犀利的风格。

1981年我考入《新民晚报》社,先当了两年多时间记者,后调入副刊部,执编"夜光杯"。我当编辑之后,便在1983年给秦牧先生写了封信请他赐稿,并承他回复,他对我在业余时间选学《二十四史》

给予了鼓励，又在信中谈道："我是重是非超过重利害的。因此，常常遭遇挫折，但也不见得就很倒霉。余年无几，更是一本初衷，走完人生的道路。"秦牧这番话，表明了一个作家要敢于坚持真理，首先在人品上要保持正直的襟怀，在大是大非上要敢于旗帜鲜明。我读后，油然而生敬意。我于1984年初秋去广州参加全国历史小说作者座谈会，便去拜访了秦牧先生。

秦牧的家很有书卷气，他的夫人紫风女士为我沏了茶，我与他在客厅内作了访谈。秦牧当时已65岁，他长得很高大，宽大的脸庞，高高的鼻梁上架着一副棕红色的眼镜，说话带点潮汕口音，笑起来很爽朗。他当时担任《羊城晚报》的副总编辑，并任广东省文联副主席、广东省作协副主席、中国当代文学研究会副会长、暨南大学中文系主任、《作品》杂志社主编等职务。

二、秦牧谈自己经历

我首先请教秦牧先生，怎么会走上散文创作的道路，秦牧喝了一口茶，说："是读书让我爱上了写作。"

秦牧，原名林觉夫，又名林顽石，他是广东澄海人，1919年生于香港，后随父母迁居新加坡。他的童年在新加坡度过，生活很艰苦，他10岁那年随父母返回广东澄海，小学毕业后，在汕头读初中，后来又去香港读高中，在他读高三那年，抗日战争爆发，他毅然抛弃学业，走上了抗日救亡的前线。

秦牧娓娓讲起了这段经历，他说："我在童年与少年时代就经历了动荡与贫穷，在香港、新加坡与澄海三个地方流浪漂泊。"

我问："哪些书对你当时的生活很有影响？"秦牧想了想，说："我在汕头读初中与在香港读高中的两年间，课外读了不少书，如《西游记》《安徒生童话》《鲁滨逊漂流记》，还有《三国演义》，稍大就读先秦时期的散文,唐宋八大家的散文,还有现代文学作品与社会科学著作。这些书后来成为我生活中的明灯,我通过阅读,热爱上了写作,并开始参加社会实践活动。"

据秦牧回忆,19岁的他在广州参加抗日救亡宣传活动,先后担任《中华论坛》《再生》《中国工人》杂志社编辑工作,他后辗转广州、桂林、重庆等地,从事战地记者、演员、教师等职业。1942年秦牧在桂林时,一家电影院征集《浮生若梦》的影评,秦牧写了一篇影评,被评为第三名,而获第二名的是后来成为秦牧夫人的紫风,他们因共同爱好走到了一起。

秦牧在22岁加入中华全国文艺界抗敌协会,25岁又加入中国民主同盟,后任中国民盟中央机关刊物《再生》编委,这一年秦牧出版了第一本书《秦牧杂文》。1949年秦牧投笔从戎,参加了中国人民解放军粤赣湘边区纵队。

我采访秦牧时虽已在《新民晚报》任编辑工作,但并没有大学文凭,秦牧听了我的经历,哈哈一笑:"我虽说是个作家,我也没有大学文凭,我读高中还未毕业,后来读的是'社会大学'。"他接着说:"文凭、学历,固然可以反映一个人的部分水平,但决不是全部水平,社会需要真才实学的人,刻苦自学可以成才,也可以成为各行各业的专家。"秦牧又喝了一口茶说:"我记得俄国学者罗蒙诺索夫说过一句特别精彩的话,他说,第一个教大学的人,必定是一个没有念过大学的人。"

三、秦牧谈散文写作

秦牧在新中国成立后,在广州工作,他开始走上专业写作的道路,并担任报社的领导工作。他创作的题材十分广泛,先后出版了短篇小说集《珍茜姑娘》《贱货》,散文集《贝壳集》《花城》《艺海拾贝》，儿童文学集《回回》《在化妆晚会上》《蜜蜂和地球》，以及文论集《世界文学欣赏》，报告文学集《祖国的港市》，杂文集《星下集》等，其中以他的散文集在当时文坛最负盛名，成为新中国散文的一大家。

我请秦牧谈谈他的散文创作。秦牧说："我写散文，是受了中国古人写散文的优秀传统与其风格的影响。"他说，先秦至汉，我国就出现了

秦牧写给作者的信件

庄子、荀子、李斯、韩非到贾谊、司马迁、诸葛亮等人写的优美散文，到了唐宋时代，"唐宋八大家"无一不是第一流的散文大家，尤其是韩愈、欧阳修、王安石与苏东坡的散文成就特别高。明清文学虽以小说闻名于世，但明清时期散文的成就也相当高。中国历代优秀的散文大都收入《古文观止》这部书中，他建议年轻文学爱好者要写好散文，一定要读这本《古文观止》。谈到"五四"新文化运动，秦牧说，鲁迅的散文就很别致，寓意深刻。秦牧还推崇周作人、梁实秋的散文。新中国成立后，散文的风格也多姿多彩。50 年代周立波编了一本《中国散文特写选》，把国内有特色的散文几乎都选了进去，各种风格，百花齐放。

我请秦牧先生结合自己写散文的经验谈谈怎样写好散文，秦牧谦逊地说："我也是一个普通的散文作者，我以为写好散文有三个要素，第一是思想，第二是生活，第三是技巧。"

据秦牧先生的看法，散文是不是优秀，首先是这篇散文要有思想，立意要高。他说鲁迅的散文不能说是艺术水平最高的，但他写的散文有思想，有独特的见解，分析事物很深刻，就经得起时间的考验。秦牧又谈了生活对散文创作的影响，他说，人的知识一部分来

源于直接获得，如亲身经历。另一个是间接获得，那就是启发我们必须多读书，读万卷书，知识积累多了，写的文章才能摇曳多姿。读书还可触动人的灵感，让人产生联想，这些都是生活给作家的启迪。第三个问题，秦牧才谈到技巧。他说，散文也是语言艺术的表现，搞文学创作的人，没有语言表达能力，没有独特的语言艺术，那是很大的失败。我们在探索语言艺术方面，要下很大的努力，要掌握丰富的词汇，要学会用比喻，尽量采用新鲜的口语。写散文要自然，切忌煞有其事，装腔作势。最后，秦牧又谈了"熟能生巧"的问题，文章只有多写，多练笔，在不断修改中提高自己的文字表达能力。

作者于 1984 年赴广州，
为秦牧拍摄的照片

我问："您的散文以知识性见长，您怎么会形成这一风格？"

秦牧莞尔一笑："我想，读者读报刊上的文章，目的之一就是增加自己的知识面，获得过去不了解的知识。如果一个作家只是单纯追求技巧，文章中并没有什么新的知识告之于读者，读者读了之后，又能获得什么启迪呢？我想，一个散文作者应该在学习读书与观察事物中，有所悟，将获得的知识告之读者，一篇文章要说明一个观点，必须旁征博引，也就是材料要多、资料要新，才能让读者有茅塞顿开的快感。我以为，知识性这也是文章应具备的魅力之一。"

秦牧的散文不仅精巧更以知识性见长，而且他的散文中有诸多隽永而发人深省的哲理。我取出一本读书笔记递给秦牧先生，我在笔记本上写了许多摘录，如"优秀的书籍像一个智慧善良的长者，搀扶我一步步向前走，并且逐渐懂得了世界"。又如"错误的知识比无知更可怕"。再如"思想像一根线串起了生活的珍珠，没有这根线，珍珠只能够弃散在地"。秦牧先生看完,笑了。

四、文人贵在正直

秦牧是新中国散文的一大家,但他却对我说:"我最早写的是杂文,是当时严酷的社会现实让我愤慨地提起了笔。"

秦牧说,"七七事变"发生时,他还不足 20 岁,他亲眼目睹日本军国主义侵略者迫害手无寸铁的中国百姓,这时许多中国民众投身于救亡图存的抗日运动中,但在大后方,许多官僚富商与帮闲文人依旧歌舞升平,醉生梦死地寻欢作乐。秦牧在桂林当教师时,就亲眼目睹这一现象,他忍不住提笔抨击,这也促使自己走上了文学道路。秦牧说,他当时是想通过笔来表现生活的真善美,批判现实中的假丑恶。

秦牧话锋一转,又说:"我们今天已经进入了社会主义新中国,但有些封建专制的意识仍在不少人头脑中作祟。"他说,新中国成立了,宣告了中国封建专制制度的灭亡,但封建观念仍然会残留在不少人的头脑中,社会上一有风吹草动,有些极左思想的人就会跳出来打棍子,煽风点火,表现一番。因此,写文章的人首先要在大是大非问题上坚持原则,只有正直的人,才能写出光明磊落的好文章。作文先学做人,作家要有思想,要敢于独立思考,不能人云亦云,不能盲目崇拜,不能听到风就说雨。同时要划清理性的尊敬与盲目的崇拜之间的界限。

秦牧还说:"我们每个人的成

秦牧赠作者的签名本

长，都受到人民的教养，文学创作者首先要敢于为普通老百姓代言。"他还举了唐代诗人宋之问的例子。宋之问写过两句动人的诗"近乡情更怯，不敢问来人"，他的文字技巧很不错，但他的人品却很卑劣，武则天执政时，他为了取媚于上，就写了不少奉承拍马、吹捧武则天的诗。宋之问为了谋取官位向上爬，还出卖了帮助过他的朋友，甚至为了把自己外甥刘希夷的一首诗"年年岁岁花相似，岁岁年年人不同"占为己有，因刘希夷不同意，宋之问竟然暗中把自己的亲外甥弄死了。这种人品极坏的小人，只能是"无行帮闲文人"。秦牧说，这是一个反面典型，写文章的人都要以此为戒。

访问秦牧先生前后约一个小时，告辞时，秦牧先生送了我他的签名本小说《愤怒的海》与签名本散文集《秋林红果》，并答应要为我编的版面写稿。

我主编的"读书乐"专刊创刊后，秦牧先生过了半年才写来一篇《漫谈读书方法》的短文，他在文章的开头写道："《读书乐》创刊后，我觉得这个专版办得颇好。编者几次来信让我谈谈自己的读书方法，我想在探求读书方法之前，先得解决一个决心、信心、韧性、毅力的问题。"秦牧先生在文中批评了那些为了无聊消遣而读书的人，他说一个人为了饭碗而读书，为了出人头地而读书，为了把读书当作敲门砖而读书，那都不是正确的读书方法。秦牧认为一个读书人要为社会进步而读书，为民代言而读书，读书可以让我们打开知识的一扇扇窗子，通过阅读来懂得人生的价值和社会价值以及对人类现代文明生活的启迪。文人贵正直，只有做一个正直而敢于坚持真理的人，他的读书才真正会有收获。

秦牧先生于 1992 年去世了，但他关于怎样读书与文人须正直的教诲，至今仍在我心中回荡，让我每次提起笔时，得以重温。

改定于 2017 年 9 月 15 日

曾彦修讲"移山风波"

在我认识的中央部级干部中，于光远、曾彦修与赵启正同志是我最尊敬的三位。在中国出版界，曾彦修以其人品正直、敢于说真话而闻名于世，他为我老师冯英子打抱不平，使一起政治风波烟消云散，至今让人们赞叹不已。

冯英子遭遇"移山风波"

我于1981年考进《新民晚报》不久，便听一些老报人讲起"移山风波"，虽是暗中议论，但不少老报人还是很愤慨。后来，我拜冯英子先生为师，偶然问起此事，冯英老只笑一笑说："这事已经过去了，但杂文怎么写，很可让人咀嚼。"冯英老因写一篇《要有一点移山精神》杂文，差点被整，作为学生，我也不好多问。

1987年初秋，我想去北京组稿。因为我已从编"夜光杯"副刊，开始独立执编"读书乐"专刊，当时有个请名家谈读书经验的栏目叫"乐在书中"，由于上海名家已请

90初度的曾彦修正气凛然

得差不多了,我便想去北京组一点名家谈读书的稿子。北京名家多,除了我已联系的王蒙、刘绍棠、李国文、丛维熙、邵燕祥等作家、评论家,主要是想拜访一些民国时期活跃在文坛的作家、学者。我拟了一个名单,如冰心、夏衍、周而复、陈荒煤、严文井、端木蕻良、张中行、金克木、张光年等,给冯英老看,冯英老便写了一个人名字:曾彦修。他写完后又写了地址与电话号码,再写了一张便笺,让我一定要去拜访曾彦修。

对于曾彦修的大名,我是早已如雷贯耳,因为编"读书乐",我联系过全国各地的出版社。曾彦修于1954年曾任人民出版社的副社长兼副总编辑,1957年反右,各单位上报"右派"都有指标,身为领导的曾彦修感觉完不成规定指标,他不想伤害社里的同仁,考虑再三,就把自己名字报上去。于是,他便成了被《人民日报》公开点名批判的第一个"党内大右派"。"四人帮"粉碎后,曾彦修于1978年出任人民出版社社长兼总编辑,他在出版界享有很高的声誉与威望。同时,曾彦修笔名严秀,他又是中国最有名气的杂文家之一。我当时任上海杂文学会副秘书长(会长是罗竹风,副会长是冯英子),我曾把他写的《论数蚊子》《九斤老太论》《论"歌德派"》《浅·浮·空·散·板》等杂文名篇,视为自己写杂文的范文学习。曾彦修先生在80年代中期还提倡并主编了《全国青年杂文选》,我有幸也有一篇杂文《曹丕学驴叫的遐想》被选入其内。虽说没见过面,但心向往之。这次由恩师冯英老写了推荐信,更是如获至宝。

我迫切想见到曾彦修先生的另外一个重要原因,是因为冯英老当年(1981年)因写杂文《要有一点移山精神》遭批判后,居然没有一点事,据说是曾彦修出手力挽狂澜,这等正气凛然的重要人物,我是极其钦佩的,于是赶紧买了机票,满怀激动与兴奋作北上之行。

听曾彦修讲"移山风波"

我到北京以后，当晚便先去拜访了冰心，因为预先写好信，寄了样报，当晚便约到了冰心老人写的《读书》稿子。

翌日去拜访曾彦修先生，曾老生于1919年，四川宜宾人，当时年近70。他住在一幢高层的公寓里，房子有电梯，我敲门之后，便有个戴眼镜、穿着衬衣的老者出来开门，我从照片上已认识了曾彦修，赶紧说："曾老，您好！我是《新民晚报》的编辑曹正文。"

曾彦修操着四川口音的普通话笑笑说："你老师冯英子已打过我电话了，听说你在编一个'读书'版，很好很好！"

因曾彦修是出版界的前辈，我们先从读书谈起，谈了最近上海新出的几本书，又谈到杂文，曾彦修说："鲁迅先生提倡写杂文的，但今天写杂文与过去不同了！冯英子就因写杂文，差点被抓住辫子挨整。"

1987年，曾彦修在寓所向作者谈"移山风波"（米舒摄）

我听曾彦修主动说起"移山风波"，不由得说："听冯英老说，是您救了他？"

曾彦修爽朗一笑："我有多大能耐？是我们的耀邦同志主持了正义。"

"移山风波"发生在上海，发生在冯英了身上，但外面流传好几个版本，而冯英老也不愿多谈。因此，我想请曾彦修先生透露一下详细经过。

曾彦修喝了一口茶，侃侃而谈：

1981 年夏天,《解放日报》一位领导请冯英子写杂文,冯英子写了一篇《要有一点移山精神》,刊于当年 7 月 12 日的"朝花"副刊上,冯英子对我们社会存在的各种"山头主义"现象,很看不惯,对这种现象作了批评,当时颇为引人注目。过了两个月,《解放日报》副刊上突然又发表了一篇署名"振千"的杂文,题目是《也要移一移》,此文对冯英子的《要有一点移山精神》作了迎头痛击,指责作者的思想与立场有问题,代表了遗老遗少的观念。这顶帽子很大,令不少读者为冯英子捏了一把汗。

我当时也听冯英老说过这段经历,心中诧异,为什么那位领导先约冯英子写稿,后来又组织人批判呢?

曾彦修喃喃说道:"因为那年夏天召开了一个思想工作会议,有人觉得'山雨欲来风满楼',一些跟风文人便开始主动发难,以为文化界又要搞'文革'了,便把冯英子的杂文挑出来当作靶子批。"

中国"反右"时,我才 7 岁,没有身临其境,因此我也不大懂得"反右"的厉害,但想起当年参加《新民晚报》大会时,冯英老坐在那里不言不语,也许他也心有余悸。

曾彦修又说:"我当时看了振千《也要移一移》的杂文后,我觉得这是'棍子'文章。便给周扬写了一封信,同时把冯英子的文章、振千的文章附在信后。请周扬同志转给胡耀邦总书记阅处。"

我读过曾彦修的原信,他在信中写道:"我把二文找来反复看了几遍,始终看不出冯文有什么错误(个别字句当然可以修饰得更平稳些),而批判他(指冯英子)的文章,真可叹为观止了。欲加之罪,何患无辞,不是上纲太高,就是无中生有、捏造罪名。"

曾彦修还气愤地对我说:"有些风派文人一见什么高层座谈会,就要辨风向,为了紧跟,就抢先抓辫子,这与古代的文字狱,有什么两样?"

让我更钦佩的是,曾彦修在信上还写道:"冯君(指冯英子)自青年追随党四十余年,对党一片赤诚,对如此可靠的党的老朋友,保护爱惜之不暇,何能作此种诬告与毁谤,看来有的人又手痒了,不打倒一大批好人,有些野心家如何得势?"曾彦修还表明了自己态度:"这不是一件小事,堂堂上海,竟然如此,其他地方,又将如何?""我如果也属于'自由化'倾向代表人物之一,很简单,我即日起即可辞去一切职务,专心读读书好了。"

当时曾彦修任人民出版社社长兼总编辑,是中国出版界的重要角色,他能如此仗义执言,实在是在中国文化史上写下了光辉一页。

周扬"照转"此信给中共中央总书记胡耀邦同志,耀邦同志很快在冯英子文章上批示:"我看没有什么问题,至少没有什么大问题。"他在振千的文章上批示:"不必作一些联想的论证,看来话厉害一点。"

此事已过七年,但我听曾彦修的娓娓道来,心里还是极为震撼。冯英子只是个民主党派人士,因生性耿直,敢于直言,写一篇杂文,意在为民代言,却不料引起"移山风波"。如果不是曾彦修为之打抱不平,将信送至高层,由思想开明、作风民主的耀邦同志亲自批阅,并写了批示,冯英老当时也许又会成为批判的典型。更让人兴奋的是,由于胡耀邦的批示,便让那些思想僵化的人与"风派文人"想借"自由化"的名义大张讨伐的声势骤然停止。

曾彦修一生关心杂文事业

访问曾彦修后返沪,我便向冯英老转达了曾彦修的问候,冯英老笑笑说:"曾彦修同志可是老革命了,他18岁到延安投身革命运动,在延安马列主义学院做过张闻天的学生。他后来在中共中央宣传部工作,1949年随军南下,任中共华南分局宣传部副部长,是《南方日报》首任社长。"

我问起冯英老怎么会认识曾彦修先生,冯英子说:"我于70年代后期在上海辞海编辑所编《辞海》，曾彦修也在那里编《辞海》，做过好几个月同事。他比我小 4 岁。"事后，我从上海辞书出版社老编辑嘴里获悉，曾、冯二人都属于性情中人，敢于直言，都喜欢写杂文。而"移山风波"发生后，冯英老并没有把此事告知曾彦修先生，而是曾彦修先生从一则内参上获悉后主动打了抱不平。

认识曾彦修先生后，我常与他书信、电话往来，曾彦修一直对中国的杂文事业寄予厚望，他不仅提议编了《全国青年杂文选》，还主编了《中国新文艺大系·杂文集》，并协助湖南文艺出版社编了一套《当代杂文选粹》，如邵燕祥、牧惠、李普、王春瑜、刘征的杂文集都是由他极力推荐而约稿的。这套个人杂文选粹陆续出版后，颇受广大读者欢迎。曾彦修先生寄了一本他个人的杂文集《当代杂文选粹·严秀之卷》给我，并在扉页上题字："正文老弟指正　严秀"，令吾激动高兴了好一阵。

曾彦修除了写杂文、编杂文，他还研究杂文理论，他认为好的杂文有两个性，第一个是思想性，是杂文的质；第二个是艺术性，杂文既要一针见血，又要文质彬彬，说理要让人心服口服。那年春节，我打电话向曾彦修先生问候新年好！曾老说他为《杂文月刊》办了一件好事，第一是支持他们把《杂文月刊》办成半月刊；第二，为《杂文月刊》定了具体选文标准，杂文要短小，但也要有中、长篇杂文，作者要广泛，内容要杂，立意要高。他还建议《杂文月刊》在石家庄召开一次全国杂文作者座谈会，会议日程精简，会议期间不要请领导接见，也不搞参观活动，更不要铺

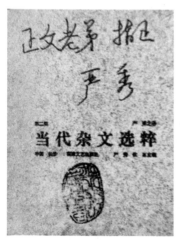

曾彦修赠送作者的签名本

张浪费、虚张声势。总之要实在，要精选好杂文。曾老说到这里又说："我还要《杂文月刊》请你们上海的冯英子先生、何满子先生去呢！"我赶紧在电话中回答："冯英老已89岁了，他身体虽然不错，但可能去外地开会有困难。"曾彦修又说："何满子比冯英子小，他可以去么？"我说："我前些天见过何先生，他也已85岁了。"曾彦修在电话中用四川口音长叹一声："真是岁月不饶人呵！"我心里计算了一下，曾老当时也85岁了，但他说起写杂文，劲头仍十足，还像个年轻人。

2013年，我在《文汇读书周报》上读到曾彦修的两篇杂文，一篇是《徐铸成先生"卧底"说，恐不能成立》，另一篇是《关于"四大名著"的调查很好》。这两篇文章的文字很有杂文味道，文字朴实而立意鲜明，因为我采访过徐铸成先生，也听人说起冯亦代先生当过"卧底"之说，我虽同意曾老的见解，但又想，在当时那个形势下，有良心的知识分子被迫做些不合适的事，也是极有可能的。我就这个话题，曾与曾彦修先生在电话中提到过，曾彦修很坦然地说："我也是一家之说。"

2014年，曾彦修先生花3年时间写成的回忆录《平生六记》，由三联书店出版，他将自己一生中几件记忆深刻的事，作了如实叙述，他在书中说道："唯独有一件事，我以为绝无例外，那就是：良心。"他还在卷首写了一首诗来概括自己一生："碌碌庸庸度此生，八千里路月与云。夜半扪心曾问否？微觉此生未整人。"这是一本好书，我读了好几遍。

曾彦修卒于2015年3月3日，享年96岁。在追悼会上，党和国家领导人习近平送了花圈，送花圈的还有前国家领导人乔石、朱镕基、温家宝等。

曾彦修身为高官，屡经风波，但严于律己，宽以待人，是出版界公认的"好人"，这是对曾老一生的公正赞誉。

改定于2017年11月4日

王元化谈读书与独立思考

一、首次访"清园"

独立思考的王元化

我是 20 世纪 80 年代初在公众场合见到王元化先生的,他当时是上海市委宣传部长。在我印象中,他不仅是位高级领导干部,而且还是一位著名学者。我记得我当时在《新民晚报》副刊部当编辑,王元化先生就为"夜光杯"写过不少出色的短文,如《批旧愈深,爱新弥切》等,他写的文字情深意赅,每一篇仅千余字。因为喜欢王元化的文章,我就买了他出版的一些书,如上海古籍版的《文心雕龙创作论》、上海文艺版的《文学沉思录》,还从贾植芳先生处借得王元化 1952 年出版的《向着真实》,并听贾植芳先生提到王元化在 1955 年时敢于坚持自己观点的胆略,对他十分钦佩。

1986 年起,我独立执编"读书乐"专刊,便想向王元化先生约稿,他当时已从上海市委宣传部部长位置退了下来,而我单位总编辑老束当年从事地下工作时,王元化曾是老束的领导。我以约稿为名,便从老束口中获悉王元化寓所的电话与地址,先去电去信约稿,后又上门求教。

王元化当时住在吴兴路 246 弄 3 号 10 楼,我去拜访时,是王老的夫人张可女士开了门，张可是翻译家，也写点戏曲理论文字。她温和地一笑，站在她背后的王元化先生是一位温文尔雅的学者，他戴一副银丝边的眼镜，镜片后有一对很大很亮的眼睛，记得他当时已66岁了，额头上有明显的皱纹。他很亲切地招呼我在客厅坐下，我因为在"读书乐"上设了一个"乐在书中"的栏目，请各界知名人士谈读书经验，便把自己约稿的想法谈了。

但王元化先生并没回应，只是说："晚报新创办的'读书乐'专刊很好。"他问了我一些情况，知道我并没大学文凭，是经自学考进晚报当记者的，他笑一笑说："你的领导，晚报总编束纫秋也没有大学文凭。"他又说，自己虽在清华大学校园中长大，年轻时考入大夏大学，但读的却是经济专业。搞文学研究则是受了读书与社会实践的影响。

听他说到读书，我问王元化先生喜欢读哪些书，哪几本书对他影响最大。王元化先生让我参观了他的小书斋"清园"，"清园"斋名的来历，我想是两个，一是王元化幼年居住在清华南园；二是书斋是清静之地，斋主以读书来抵抗世尘。一个老式的书架上，有一套《皇清经解》的石印本，还有罗曼·罗兰的《约翰·克里斯朵夫》、朱生豪翻译的《莎士比亚剧作选》、黑格尔与鲁迅的著作，《文心雕龙》的几个版本，还有诸子百家的小册子。

那天谈了十来分钟，因为王元化先生还有其他事，我就告辞了，并没有详细谈约稿的事，但我心里已很满足，一位前任市委宣传部长的家，与我见到过的复旦大学与华东师大一些教授家的书斋大致相同，但布置很精致，书卷气很浓。1986年

學 術 集 林

卷 一

王元化赠作者的签名本

12月,"读书乐"创刊50期举办各界知名人士与读者座谈会,柯灵、徐中玉、赵家璧、罗竹风、于伶、苏步青、秦牧、谈家桢、草婴等30位学者、作家题了字,王元化很佩服熊十力先生,他也题字赠"读书乐":"读书之要,我想集熊十力先生两句话供参考:'沉潜往复,从容含玩。谨守阙疑,触处求解。'"给笔者很大鼓励。1987年"读书乐"再次举办创刊100期大型作者、读者座谈会,王元化亲临会场,并作了发言。

记得我后来又去过王元化先生寓所,他当时为"夜光杯"两任主编吴承惠、严建平写了不少稿子,如《编余杂谈》《鲁迅谈梅剧》《怀念冯契先生》《〈舒同书法集〉书后》等,题材很广泛,我一次去取稿,也乘机向他请教一些读书问题。王元化先生谈起他读的书,他说自己从小喜爱读书,大约是受清华大学这个环境所影响,他说,他1岁时就住在清华南园12号,当时清华的国学大师赵元任住1号,陈寅恪住2号,王国维住17号,这些著名学人热爱读书,并坚持独立思考的精神,在他幼小的心灵播下了读书的种子。他因为怀念那段清华校园的生活,后来便把自己上海寓所的书斋取名清园。他曾在"读书乐"创刊1 000期(2006年)时为"读书乐"题字,署名不是王元化,而是清园。

王元化(右)出席"读书乐"创刊100期座谈会

二、读书贵在独立思考

王元化先生1955年因胡风事件而离开新文艺出版社总编辑的位置,后被安置到上海作协文学研究所工作。他说,在这段时间内,他潜心埋首读书,他读黑格尔的《小逻辑》《美学》,并做了好几本读书笔记,并以《文心雕龙》为研究对象,沉下心来研究这本古典文论,他先后写了十几篇关于《文心雕龙柬释》的读书笔记,曾获著名教授、文学批评家郭绍虞先生批阅。他后来写过一篇关于《文心雕龙》的读书笔记,交我刊发。

王元化先生说,他对鲁迅著作是十分喜爱的,鲁迅的书,是他的案头书,鲁迅是他精神上的导师,他曾写过一篇《鲁迅与尼采》的文章,对鲁迅先生独立思考的精神十分佩服。

正因为王元化先生热爱读书与坚持独立思考,他写的文章就不同凡响。他为"读书乐"写过一篇《一百元哲学》的短文,这个题目很让人费解,也很吸引人。他在文中列举了黑格尔讲一百元钱在一个人的钱袋中与在一个人的思想中,是有很大区别的。以此他推论近年来在学术界,有人将客观存在与主观思维之间的界线抹去了。而有的评论家则对古代思想过度"救活",并不尊重原著内容的客观性,而加以想象与漫画化,也就是把思想中的一百元当作实在的一百元钱了。王元化通过对黑格尔讲的一种现象,阐述了他对当前一种超越原著而加以漫画化的倾向作了批评,反映了他读书后善于独立思考的精神。

而他另一篇为"读书乐"写的《走下神坛》一文,则对《论语》的一个优点作了详述。他说《论语》编者没有为尊者讳,书中有对孔子的讥嘲指责,也忠实地记录下来,虽然编者十分崇拜和尊敬孔子,但孔子作为一个有血有肉的人,也必然有常人之失意,乃至感慨,他的"四体不勤,五谷不分",他的愤懑、感伤、发脾气都被如实地记录下来,这才显得孔子的真实,但后来《论语》的注释者却设法冲淡或掩盖孔子的某些缺点,起到了神化孔子的目的,进而达到了迷信孔子的地步。至明清,孔子已成完人,"乃是一种亵渎"。王元化的读书体会是"让孔子走下神坛",也是对我们读一些古代圣贤的书,提出了要独立思考的倡议。

三、马悦然说：王元化著作我常读常新

王元化先生是著名的书法家，他写稿子不用电脑打字，他每次寄来的稿件，有的字龙飞凤舞，我仔细阅读后再发排，排字员因有些字不认识，常有字排错。我拿到小样后，会仔细核对原文，稍有疑惑，我就拿了小样，送到王元化家里，让他在小样上订正，王元化先生对此较为满意，他曾给我一信："正文同志：拙文发表，无一错字，这是近几年来我在报上投稿的头一次。由于高兴并报答您编辑工作的认真，特写了四则'夜读抄'寄呈审定。"王元化为人儒雅而宽容，信中还写了"如您认为不合用，也请不要客气，掷还就是"。我读了十分感动，也很感激王元化先生对普通编辑的厚爱与鼓励。

王元化写给作者的信件

1997年春，王元化先生向瑞典皇家科学院院士马悦然教授推荐我去参加诺贝尔奖颁奖仪式，马悦然教授通过瑞典外交部向我发出邀请，我于当年12月赴斯德哥尔摩参加了诺贝尔奖颁奖仪式，并应邀赴马悦然教授寓所作了采访。在马悦然的大书房里，我见到了王元化先生为他写的书法条幅，马悦然谈起他与王元化先生交往的经过，说还是钱钟书先生介绍他认识了王元化先生，并谈了王元化先生文学研究在西方学术界的影响。这次会谈近两个小时，马悦然还对中国文学在世界文坛的影响，作了详尽介绍，并谈到了老舍、沈从文、柯灵、曹辛之、叶君健、艾青、赵家璧、莫言与张贤亮。在马悦然的书架上，我看到了他翻译的《水浒传》《西游记》《桃花源记》《春

秋繁露》，他指了一排王元化先生的学术著作，说："请代我问候王元化先生，他的著作我是常读常新。"

我返沪后，即向王元化先生转达了马悦然教授的问候，并汇报了马悦然对中国文学发表的见解。王元化先生笑笑说："愿中国文学早日入选诺贝尔文学奖。"

王元化在 2000 年后，就长期居住在庆余别墅，那里有医护人员，我也常去向他请教与约稿。王元化先生的妻子张可于 2006 年去世，这让王元化先生

2000 年访王元化先生

十分伤心，他们几十年的夫妻生活十分恩爱和谐，我记得有天去庆余别墅看望王元化先生，王元化先生脸上布满了悲伤与痛苦，他说要写点文字，送别爱妻。他这面容与神情深深地刻在我的记忆之中。他后来写了《送别张可》一文发表在《新民晚报》上。

张可女士去世后，王元化先生仍写了好些文章。过了两年，他于 2008 年 5 月 9 日在华东医院去世，享年 88 岁。他自 80 年代中期至 2008 年先后为《新民晚报》撰稿 122 篇，绝大多数发表在"夜光杯"上。王元化先生走了，他留给我五本签名本：《文心雕龙创作论》《文学沉思录》《学术集林（卷一）》《京剧与文化传统丛说》与《清园夜读》，连同他读书的经验与他独立思考的精神。

改定于 2017 年 10 月 8 日

柏杨谈"以史为鉴"

一、"揽翠楼"中访柏杨

81岁的柏杨先生在书房中（米舒摄影）

2001年春天，我接到台湾佛光大学邀请，赴台参加一个学术会议。报社领导同时委派我采访"台湾十大文化名人"，我把拟出的名单向上海市台办作了申报，获准同意，便于2001年6月从上海先飞香港，至香港已是中午12点，我从机场搭乘地铁至中环，在那里换取入台证，再从中环赶往机场搭乘下午4:30的飞机飞赴台北。我小跑步赶到机场入口处时，离这架飞机关闭舱门尚剩15分钟，这是我第一次飞赴台北。由于当时大陆与台湾没有直飞，才让我忙出一身大汗。

我那次赴台北访问台湾十大文化名人，包括散文家兼诗人余光中，文物书画家秦孝仪，台湾第一制联高手张佛千，女小说家李昂、曹又方，电台主持人罗兰，电影明星胡茵梦，漫画家蔡志忠等。其中排在第一位便是我敬仰已久的柏杨先生。

我早在飞赴台北前，就托朋友把信转给了柏杨先生，一到台北，我便和他通了电话，话筒里传来他河南腔的国语声音："欢迎你到台北来访问。"我与柏杨约好时间,翌日准时来到他在台北市郊新店的寓所。

柏杨先生的寓所在半山腰上,我叩开门,站在我面前的是一位气质温婉而让人赏心悦目的半百妇人。她就是柏杨先生的太太张香华。张香华女士笑盈盈把我引进客厅,我终于见到了一位身材高瘦、满头银霜的老人,他就是我仰慕已久的柏杨先生。

柏杨先生当时已八十挂零,他穿了一件白色的衬衫,一条灰色的裤子。他书斋兼客厅正面对窗外起伏的群山,碧翠满目,风景旖旎,好似一幅天然的风景画,故柏杨将书斋取名"揽翠楼"。

柏杨请我在客厅坐下后,亲切地对我说:"谢谢你在《新民晚报》介绍我的书《丑陋的中国人》。"我赶紧说:"大陆读者都很喜欢您的著作,尤其您的《柏杨版资治通鉴》在大陆初版就印了16万册。"

我见柏杨先生开心地一笑,又说:"我这次赴台访问台湾十大文化名人,第一位就是您,读者想了解您怎么会花十年时间将这部400万字的《资治通鉴》改写为白话版?"

柏杨喝了一口茶,喃喃地说:"以史为鉴,历史就是人类的一面镜子。"

我与柏杨相见前,已做了一些功课,通读了有关柏杨先生的大部分著述以及评论他著作的各种文章。

柏杨,原名郭衣洞,河南辉县人,他出生于 1920 年,父亲郭学忠当过河南通许县县长。但柏杨自幼丧母,年幼时便受到继母虐待,他继母曾拿着西瓜刀要砍他,他度过了饥饿斥骂的童年与少年。柏杨 17 岁那年被迫离家出走,他由于没有高中文凭,为

柏杨赠作者的签名本

了继续求学,他就伪造高中文凭,先后考进了三所大学,但因"东窗事发",都被赶出校门。柏杨在天津、沈阳、北京、济南、青岛、南京、上海各地流浪、徘徊,他一度想投海自尽,但还是在朋友的帮助下,来到了台湾。

我知道柏杨先生初入台湾时也受了不少苦,亲耳听他讲了他入台后的经历,他说:"我流浪到台湾,开始的一些岁月,是担任几所学校的教师,其中到一个中学当历史教师,让我静下心来读了一些古籍,比如《左传》《战国策》《吕氏春秋》,这些历史书让我思考:为什么很多历史人物与历史事件,被后人误解与误读,而拥有五千年优秀文化和文明的中国,为什么在一段时间内社会进步如此缓慢,甚至到了20世纪中叶处于衰退、落后?"

我知道50年代初,柏杨已创作并发表了第一篇小说,便问:"您的处女作也是当中学教师时发表的?"

柏杨点点头说:"是的,我当时在报纸的新闻上读到'中华中文奖金征文委员会'的征稿启事,便把自己的经历写成一个短篇,取名《人民》,投出后忐忑不安,没想到很快被采用了,还收到了我人生第一笔稿酬——800元新台币。"

由于柏杨文学天赋被挖掘,他决定利用自己的笔展示才华,并为平民呼吁,他不断向《自由中国》投稿,通过投稿认识了写小说的聂华苓、林海音,写散文的张奇君,写诗的周弃子、彭歌,还有女作家郭良蕙,他们这些文人雅士每月在台北中

1957年,37岁的柏杨(左)风度翩翩

山北路上的"美而廉餐厅"聚会，每次轮到柏杨主持聚会，他都会想出一些别开生面的方式，让大家畅所欲言。柏杨随即拿出他当年拍摄的照片，照片上的柏杨意气风发、玉树临风，是个颇有魅力的中年男子。

60年代初期，柏杨已进入了他创作的第一个旺盛期，他当时在《自立晚报》开设每日一篇的"绮梦闲话"的杂文专栏，每篇800字左右，长的可写到一千六百余字。他以幽默的文笔，谈中国女性问题，进而探讨人生百态，并揭示传统文化对中国女性的迫害。由于引人注目，他每天都收到许多读者来信，正处不惑之年的柏杨风度翩翩而学识渊博，他的杂文尖锐而发人深省，成了许多女读者崇拜的对象。

二、被囚"绿岛"写史著

因为柏杨的杂文写到了"酱缸"文化，写到了潘金莲哲学，谈到了"窝里斗"，批判了中国封建皇权以及"官本位"制度下的酱缸文化，他从汉武帝刘彻的"罢黜百家，独尊儒术"，谈到明王朝暴君朱元璋的大考八股文与大兴"文字狱"，对此一一作了无情的批判，这就成了台湾政府注意的对象。

正在柏杨声誉鹊起，事业蒸蒸日上之际，1968年发生了"大力水手事件"，据柏杨先生回忆："1967年时，我妻子倪明华在《中华日报》主编'家庭'版副刊，当时刊登了美国画家的'大力水手'漫画。文字部分由柏杨翻译，由于图文并茂，'大力水手'在青少年读者中颇受欢迎。1968年元旦那天，我协助妻子刊出一幅'大力水手'漫画，内容大致为'大力水手'父子俩合购了一个小岛，父子俩为了谁当小岛的总统而发生了争执，父亲说：我要发表竞选演讲：'全国军民同胞们'。"柏杨说到这里，停下来喝了一口茶说："大约这个口号很像当时国民党政府元首蒋介石的口气，于是政府当局便下令传讯我妻子与我，理由是蒋介石当时已年迈，正准备传位于其子蒋经国，而画中父亲的口气，与蒋介石历次发表元旦文告的原话一样，于是倪明华被传讯之后，48岁的我再次被传讯，进入监狱后，一直到我57岁才出狱，当时判了我12年徒刑。"

柏杨在台东市海上的绿岛监狱一关近10年，我就问："您在封闭的监狱中，做了一些什么？"

柏杨回答："我被判刑以后，惊悸的身心稍稍安定下来，我觉得这是一个让我冷静思考的机会，我想读一点报纸与世界史，但牢房狭窄而拥挤，晚上睡觉时人挨着人。有一天我在监狱图书馆看到了北宋史学家司马光主编的《资治通鉴》，这部书稿足足有四百多万字，我不由拿起来翻阅，一读，我就被深深地吸引住了。正是读这本巨著，让我想到了在漫长的监狱生涯中要写三部书稿，第一部是《中国历史年表》，第二部是《中国历代帝王皇后公主世系录》，第三部就是《中国人史纲》。"

我说："我看您发表的文章，您在读这部史书时，曾'一读一流泪，一哭一抚胸'？"

柏杨娓娓而道："我是一个个性倔强的人，但也是一个极易动感情的人，历史上的正人志士遭受不幸与迫害，无不令我悲愤填膺。"

在柏杨关押期间，孙观汉等一些有良知的爱国者都在设法营救，并且把当局对柏杨的起诉与柏杨在监狱中写的答辩全文，刊登在香港《人物与思想》杂志上，其中由台湾留美学者姚立民写的2万字的《评介向传统挑战的柏杨》文章向台湾当局抗议，柏杨在狱中虽然并不完全知道，但他依旧在"放风"时看看报纸，并待在牢房中唱一首刚学来的《绿岛小夜曲》。

1975年，蒋介石去世，蒋经国决定对在押政治犯实行赦免，柏杨获得了4年减刑，也就是他到1976年3月7日，可以走出监狱之门。

但迎接柏杨归来的罗祖光、梁上元、陈丽真等人赶到台东,依旧是一场空欢喜。因为政府规定,柏杨不能离开绿岛,他要留在绿岛指挥部任教官,柏杨闻讯发怒:"这是对我变相的囚禁。"国际人权组织发起了全球性的人权外交,一直到1977年4月1日,历经磨难的柏杨先生才出现在松山国际机场,一下飞机的柏杨便和前来迎接的朋友们深深拥抱。

三、通过讲解历史来改变观念

柏杨尽管已经出狱,但他并没有被解除监视,他家的电话被监听,出外行动有人跟踪,面对这一切,柏杨说:"我突然想起了苏格拉底的一句话:'当你对一个制度不满时,你有两条路可供选择,一是离开这个国家;另一条是遵循合法的途径并通过非暴力的手段去改变这个程度。'"柏杨明白自己过去对当局的批评,已经让他付出了牺牲10年自由的代价,他决定用另一种方法来生活与工作,既然不能对时事发表言论,那就将他当年在狱中曾读过的《资治通鉴》这部文言巨著,改写成让人人都能读懂的白话版。

我说:"我读过好几本有关司马光的传记,每次阅读都深感非常激动。司马光记载的每一件历史事件都很重其真实性,并作了严谨、多方面的考证。"

柏杨说:"我记得30岁的司马光进入史馆住'馆阁校勘'之后,他有一次去查宋夏战争时期的有关档案,没有发现刘平战败降敌的记载,司马光觉得很奇怪,与同僚商议后,决定如实补写,但史馆修撰孙抃居然一口拒绝,原因是'国恶不可书',也就是说国家存在的问题、错误与耻辱是不能写进历史的。为此,轻易不动怒的司马光怒斥了孙抃的不学无术与毫无历史感的厚颜无耻。他说:遮掩犯错误的历史,我们这些'文过饰非'的历史记载还有什么价值?"

柏杨说到这里，眼睛有点湿润，说："只有一腔正义感、敢于说真话的正人君子，才能主持编纂《资治通鉴》，才能使这部史书真实地还原历史真相。"

我问："在中国古人中，我特别钦佩司马光，您呢？"

柏杨回答："中国史学界的'二司马'都是我平生最为崇敬的人物。"柏杨又说："司马光这个人为人极其诚实，他为了坚持信念，拒绝宋神宗的高官厚禄，在闲居洛阳15年中，完成了这部编年体的历史巨著。司马光对历史的研究、整理与对历史事件的评价，都有极大的真实性，这是由他的进步的人生观决定的，所以这部《资治通鉴》有极大的教育作用与借鉴作用。"

我又说："您把《资治通鉴》改写成白话版，是一个庞大的工程。"

柏杨说："这幸亏台北远流出版公司王荣文董事长，他不仅极力支持我，还给我配备了谭焯明、麦光硅两个助手。"

由于柏杨确立了这一心愿，他马上着手进行，1983年5月，《柏杨版资治通鉴》第一集《帝王之死·可怕的掘墓人》出版了，担任总编辑的詹宏志仿效《牛津字典》分期出版的方式出版，一征订，就有6 000位订户，这个固定的读者群，给出版社与柏杨吃了一颗定心丸。同年9月，《柏杨版资治通鉴》订数达10 000册，一个小小的台湾，居然有这么多人争相购买这样一本书，王荣文眉开眼笑，柏杨更是喜上眉梢。一年后，《柏杨版资治通鉴》被读书界、文化界评选为"1983年最具影响力的书"之一，并连续四个月蝉联台湾"金石堂排行榜"小说类第一名。此书在香港及海外华人市场也十分畅销，不久，大陆也由中国友谊出版公司购买版权，更名为《现代语文版资治通鉴》，第一册就印了16万册，创下了当时历史类学术著作印刷发行的最高纪录。

我在访问柏杨先生前夕，对这部书的成功发行已做足功课，但我仍然要请柏杨先生自己回答："请您说说这部宋朝人的著述，为什么至今仍拥有这么多的读者？"

柏杨想了一想说："我想，首先是这部史书记载的公正性、客观性与真实性。其次，我对《资治通鉴》文言文的改写，不仅是对古文的官名、地名附上今名，而是每十年的历史，我亲自绘制了一幅地图，以图片来印证历史事件。为了点题，我在一些重要历史事件旁都插有'柏杨曰'，即对古书的眉批。我在此发表辛辣而深刻的评述，并注入我的新思想，帮助读者读史。"

我补充说："好像在书上读到，华人作家江南曾说您的白话版则是一个'新的起点和新的解放运动'？"

"这个不敢当，不过我的白话版有我个人对历史的独特见解与看法。"他顿一顿又说，"白话版的第二个特点是生动体现了远流出版公司的经营方法，'整体规划、分期出版'，这让读者有所期待，因为中国历史是一条长河，可以吸引读者继续读下去。而分期出版，也可以及时收回成本，让资金得以周转。"

我点点头说："这个办法好，正如报上的连载小说，读了上集，让读者急于知道下回分解的内容。"

柏杨又说："白话版第三个特点是：每本书后有'通鉴广场'，专门发表为读者提供意见的园地。我认为，一本书出版，不可能没有差错，无论是史料上的，还是观点上，有偏颇，有争议，都是正常的，尤其是对某个人或某个历史事件，每个人都可以发表自己不同的看法，我提供一个互动的园地，这对广大读者也是一个吸引。"

我说："司马光完成这部《资治通鉴》整整花了 19 年时间，您完成这部《柏杨版资治通鉴》一共用了多少时间？"

柏杨重重叹了一口长气："我花了 9 年时间，我动手写这部白话版时，已 64 岁，完成时已经 73 岁。"

"您最想通过《柏杨版资治通鉴》表达什么观点？"

柏杨说："中国历史的长河非常壮阔曲折而浩浩荡荡，我在改写的过程中，必须把记录的历史事件仔细'过'一遍，不仅是读与翻译，还要认真思考，让我用现代民主的思想来分析历史事件的起因与引发的后果，注入我个人的观点，让读者通过读这部书，了解历史、了解什么是封建专制，从中看出统治阶级的心态与权术。司马光先生当年写这部书是写给皇帝大臣看的，而我改写这部白话版是写给今天的官员与老百姓看的，让他们看到什么是中华民族的正气，什么是封建专制的血腥镇压，以及奸恶之徒的诡诈与伪善，并让读者从中汲取历史教训与人生教益。"

与柏杨、张香华夫妇在台北寓所合影

据张香华女士旁证："柏杨在着手翻译这部《资治通鉴》时，我们还没结婚，到他完成72册《柏杨版资治通鉴》时，我儿子中中已经上了小学。我记得，他一个字一个字翻译，案牍劳形，翻书阅卷，真够壮烈，幸未成仁。这本书每册印到10 000册，在二千万人口的台湾，真是令人快慰。"

"一本历史著述白话本，竟有这么多读者争相购买，真是一个奇迹！"我赞叹之至。

柏杨又说："在《柏杨版资治通鉴》全书问世之日，我记得在台北诚品书店举办了一个庆祝酒会，我与次子郭本垣一到现场，便见到了陆铿与孙观汉先生，还有陈丽真等老朋友，当时致辞的是蒋纬国先生，他在台上很有风度地对我说：'我要代表我老哥向您柏老致歉。'说完，蒋纬国下台与我紧紧握手。"

不知不觉两个小时过去了，夕阳西下，我与柏杨夫妇合影后告辞。柏杨的"揽翠楼"离新店地铁站约有 10 公里路程，端庄丰润的张香华女士主动提出由她开车送我下山，这位已年近花甲的女作家兼女翻译家看上去不过五十挂零。她原是一位"闺秀派"女诗人，文笔雅致。张香华后来为我编的"夜光杯"写过一篇《妻子们》的短文，她写夫君柏杨坎坷传奇的一生，她说，柏杨一生中曾有不少伴侣同行，她只是最后陪伴他的一位。她的胸襟之开阔大度，和她的车技一样令我钦佩。

改定于 2018 年 1 月 9 日

蒋星煜的文史癖与历史小说成就

一、蒋公 96 岁收我为关门弟子

2017 年 9 月 10 日，上海艺术研究所召开"蒋星煜逝世一周年追思会"。我因事先不知会期，在三个月前预订了去日本访问的机票，失去了赴会的机会，心中十分愧疚。回想起 2014 年至 2015 年，我曾多次去蒋公上中西路寓所拜访，听蒋星煜先生讲述昔日往事的情景——奔涌到眼前，令我情不能抑。

记得蒋公星煜师当时虽已 96 岁，但他仍是一位耳聪目明，思维十分活跃的健康老人。坐在我对面藤椅上的蒋公，谈他少年时读书的坎坷经历，谈他当年投稿的趣闻轶事，还谈在 20 世纪 60 年代奉命写历史小说的详细经过，又谈在"文革"中被陷囹圄的不幸遭遇，再谈他劫后复出的创作冲动，他在谈笑之间，无意间透露了他养生之悟的妙语心得。每一次访谈，都在不知不觉中过去两三个小时，我怕鲐背之年的他讲得累了，蒋公却莞尔

1986 年，蒋星煜（左）、姚雪垠（中）、萧军参加历史小说座谈会

一笑，自得其乐，他回忆往事如数家珍，令吾如沐春风。

我根据记录，先后写成《试谈蒋星煜和他的历史小说》与《蒋星煜养生有妙语》两篇文章。因为涉及诸多史实，我便送到蒋公寓所，请他亲自校正。

他看了十分高兴，当场做了一些修改。那天谈得兴起，我便说："蒋先生，读您的文史小品与历史小说，让我写作受益颇多，您说一生爱好旅行、看戏与写文章，也与我平生之追求相吻合。我一直有个念头，不知您肯不肯收我为学生？"蒋公听了，微微一笑，说："我已为你的作品写了三篇序言，在我这一生中，你是唯一的一个。"他话锋一转，说："我韩国的女学生吴秀卿（韩国汉阳大学教授）上个月来看望我，还给我叩了头。"我一听，知道蒋公有意收我为弟子，赶紧在他面前跪下，叩了三个头。蒋公含笑点点头，这让我很激动。蒋公又喃喃而语："你喜欢写历史小说与文史小品，与我蛮相像的，我还特别喜欢读你的武侠评论。"

天有不测风云，不料 2015 年 7 月，蒋公星煜师因多痰而入医院治疗，听蒋公子金戈兄说，他精神尚好。我本想 10 月初去看望老师。金戈兄在微信上回复我："蒋老虽住院，但身体尚好。因老年病用药要有几个疗程。你的关心已告诉蒋老，他要我谢谢你。"我与金戈兄通了几次电话，他又说："过些日子蒋公好一点会出院，你再去上中西路看他。"12 月 14 日我问他："蒋老师回家了吗？"金戈兄回复："还没有，回来即告之。"不料此时星煜师已发了一次热，肺部功能正在衰退，后导致肺阻塞，蒋公在 12 月 18 日凌晨不幸病逝。当金戈兄 18 日告我详情，我心中十分不安，内疚自责，深以为憾。吾未能在蒋公临终前见他老人家一面，是弟子之不孝也。

蒋公逝于高寿之年，听金戈兄说，他逝世时也无大的痛苦，又得到其子女与孙辈的悉心照顾，可谓享尽天伦之乐。我一连几天沉浸在回忆之中,又重读了蒋星煜先生文集及其手稿,不由追溯与蒋公相识的往日岁月,恍惚中一幕幕情景在眼前奔凑,令吾由衷深感蒋公人品之正直,师恩之宝贵。

二、蒋公是中国文坛的文史杂家

屈指数来,我与蒋公星煜师相识已三十多年了。在未见蒋公之前,我就拜读过他写的《中国隐士与中国文化》,那是 20 世纪 40 年代的版本,我是在上海旧书店偶然淘到的。一读之下,便对蒋先生的许多见解,十分赞同,并心生敬意。

20 世纪 80 年代初,我学写历史小说,在《青年一代》杂志上连续读到蒋先生写的诸多历史小说新作,如《公主的镜子》《大理寺卿的失踪》《河伯娶妇》《张敞画眉》等。我当时参加上海市作家协会举办的青创班,已写出了《三个独生子》《萧相国夺宅》与《唐伯虎落第》(分别刊于《上海文学》《小说界》与《今古传奇》)等作品。在《青年一代》主编夏画先生的引荐下,我终于在 1984 年秋天认识了蒋先生。蒋公个子不高,人精瘦,谈吐幽默、儒雅而学识渊博,由于彼此都有相同的爱好(后来蒋公为我编的副刊写过一篇《提倡"三并举"》的读书千字文),他爱旅行、爱听戏、爱写作,与我所好(爱旅行、爱听评弹、爱写文章)完全一致。因两人年龄正好相差 30 岁,故结成忘年交,我尊他为良师益友。1992 年,我出版文史小品集《史镜启鉴录》,承蒋公不弃,为之作序鼓励晚辈。

蒋星煜先生 2015 年 3 月
在改稿(米舒摄)

2014 年岁末，我正在筹备撰写《行走欧洲三十六国》，由于其姐妹篇《行走亚洲二十国》由夏画先生写序言，这本游记的序言请谁写呢？夏画师是引导我走上写作道路的老师，他推荐蒋星煜先生，正合我意。因为蒋公平生三爱之一便是爱行万里路。于是，2015 年春节前，我去蒋公上中西路寓所拜年，敬请他赐序。蒋星煜当时已届 96 岁了。但九旬老人面色红润，皮肤白皙，耳聪目明，手脚清健，尤其听他谈昔日写作岁月的点点滴滴，记忆之清晰，细节之生动，条理之流畅，都令我大吃一惊。

蒋公素有文史癖，后来读书甚杂，博览群书，写文章纵横中西，涉笔 2 600 万字。他为《新民晚报》撰稿一百余篇，为"读书乐"专刊就写了 47 篇文章，名列"读书乐"刊登稿件作者之首位。正因蒋公写得又多又好，终于成为一代文史杂家，他既是中国戏曲史专家，又是著名的历史小说作家与文史考证大家。蒋星煜先生怎么会从事创作历史小说呢？这是许多读者很感兴趣的一个话题，这要从蒋星煜先生从小读书写作的生涯谈起。

三、《南包公海瑞》惹出大祸

据蒋公回忆，他生于 1920 年，是江苏溧阳人，其父是东三省官银号总务长，母亲出身于书香门第。他排行老二，上有一个姐姐。蒋先生少年时代曾在宜兴度过，他从小喜爱读书，他最早读的章回小说是《三国演义》《水浒传》《封神榜》，对其印象最深的是《七侠五义》。因好舞文弄墨，他在 13 岁那年便有小文章发表在宜兴的《品报》上。他高中是在上海读的，读的是新寰中学，因战乱，后来又读了"第四中华职业补习学校"，再后来读国光中学，终于考入复旦大学会计系。据蒋公回忆，当时大学的教授有赵景深、傅东华与姚克，教英语的是顾同彝先生。

但蒋星煜先生只读了一年大学,租界已基本被日伪所控制,他开始了边流亡、边读书、边写作的生活,他先后去了香港、重庆,后来又回到上海。蒋先生在战乱年代中,读了不少书,如司马光的《资治通鉴》、王充的《论衡》与《孙子兵法》,在欧美文学方面,他则推崇屠格涅夫的《罗亭》、歌德的《少年维特之烦恼》。他特别喜欢莫泊桑与欧·亨利的小说(与笔者爱好相同)。蒋星煜先生年轻时不断向《大英夜报》主编王统照、秦瘦鸥投稿,《中美日报》当时的主编是张若谷,他后在中央通讯社工作时,认识了金山、张瑞芳与黄苗子、郁凤夫妇。据他自述,《资治通鉴》对他一生影响最大,也是受此书之影响,他才爱上写历史小说的。

新中国成立后,蒋星煜先后在上海军管会文化部、华东军政委员会文化部与上海文化局艺术处工作。他为人正直,最忌奉承拍马,也不喜欢拉关系,由于蒋公不以做官为乐,喜欢埋头从事业务研究,当时的上海市文化局局长李太成很看重他,把博学的蒋星煜视为"智囊",有什么文艺戏曲的问题都向他咨询。

20世纪50年代,因昆剧《十五贯》走红,《解放日报》党委书记魏克明找到历史文化根底很深的蒋星煜,说:"毛主席号召我们学清官海瑞,你也写一篇历史小说。"原来。1959年4月,毛泽东在中共中央八届七中全会上倡导为坚持真理而要"五不怕",对海瑞这一历史人物颇多褒誉。蒋星煜本来就很欣赏海瑞这个人物,推崇他的刚正不阿,敢于为民代言,于是就写了《南包公海瑞》的历史小说,文章发表后,影响很大。不久,《解放日报》领导又要他写魏征,他又写了《李世民与魏征》,但文章刚发表,风向已转,上海市委一位领导就在上海党员大会上狠批《李世民与魏征》,还给蒋星煜戴了两顶帽子,一顶是历史反革命,另一顶是现行反革命。幸亏李太成局长爱护干部,主动承担了责任。魏克明也保护了蒋星煜。魏克明后在"文革"中因发表蒋的文章,被打断了腿。蒋星煜先生也在"文革"开始不久被关了起来,成为上海市第一个因写历史小说被批斗的对象。当时有"北吴(晗)南蒋(星煜)"利用历史小说反党之说。蒋星煜在写历史小说获得广大读者赞誉的同时,也在"文革"中吃尽了苦头。他与上海艺术剧院院长黄佐临曾一起被关押达两年之久,蒋先生被释放时,两腿已不能走路,当时他才48岁。

"四人帮"粉碎后,蒋星煜的生活待遇才恢复正常。他写历史小说也有了广阔的舞台。他在《青年一代》上发表第一篇历史小说《霍去病回朝》,好评如潮,第二篇便是《大理寺卿的失踪》,从此一发而不可收。蒋星煜先生先后写了约70篇历史小说,除了《南包公海瑞》《李世民与魏征》等少数几篇写于他60岁之前,他大多数历史小说都创作于"文革"之后的20世纪80年代。

四、蒋公历史小说的几个特点

今日重读蒋公创作的历史小说,发现其历史小说,已形成独特的艺术风格。第一,由于作者是位学者,因此蒋公的历史小说首先是内容与题材皆很广泛。他写的不单是文人武士、帝王将相,还有写诗的、唱戏的、弈棋的、打拳的、看病的……总之,三教九流无不皆在其笔下。题材之开阔,涉及的内容之丰富,都让人大开眼界。历史背景则从先秦,如《挂剑》,一直写到明清两代,如《棋坛国手》。其笔下的人物,有大家熟悉的,如赵奢与赵括、萧何追韩信、司马迁忍辱著书、张敞画眉、诸葛亮招亲、李世民与魏征、刘伯温买橘,也有许多人不熟悉的,还有一些有历史事实,但历来见解不一,蒋公以学者的眼光,

蒋星煜赠作者的签名本

采取比较可信的一种来构思历史小说,如《大理寺卿的失踪》。

第二,蒋星煜先生创作的历史小说相当贴近现实,他写的是古人古事,但让读者从历史这面镜子中找到可以引起共鸣的道理。蒋公与《青年一代》主编夏画先生是好朋友。夏画主编的《青年一代》杂志当时深受读者欢迎,印数高达 500 万册。除主编杂志,他还编了 84 期"来信摘编",从来信中可以看到当时年轻人的思想动态,青年人爱什么,不喜欢什么,这就为编者与创作者提供了借鉴。夏画师给蒋公看过这些信件,使蒋公写历史小说,有所思考,他写的历史小说尽可能对青年读者有启迪。而且,蒋星煜先生写历史小说并没有说教口吻,他巧妙地通过正反两方面历史人物的际遇与不同结果,让年轻人自己去思索,从而对年轻人的人生观有所启迪。

第三,蒋星煜先生写的历史小说,风格上与鲁迅的故事新编有相合之处,但比鲁迅创作的故事新编,史实与用词更接近当时记载,文字更平易流畅,读来更具可读性。有人以为文字流畅是对文章最基本的要求之一,其实不然。我当编辑三十余年,经我手中改过的稿子不计其数,不仅是一般作者,而且不少有一定水准的老作家,他们写的文章读来仍有拗口与不够流畅的毛病,甚至一些如雷贯耳的

名家教授,写的文章也有此弊;而读蒋星煜先生的文字,如行云流水轻泻,文字功力有水到渠成的效果,这恐怕与他创作 2 600 万字的写作经历有关。熟能生巧,写得多了,文字从生硬变为软熟,当年白居易文字之流畅,就是这么形成的。

蒋星煜为作者《行走欧洲三十六国》
作序的手稿

第四，蒋星煜写的历史人物故事，叙述笔法不急不火，看似平易，在事件逐渐发展中奇峰突起。写的看来只是寻常小事，但因为有悬念，在故事起伏中见作者之深意，读完之后，可以让人三思。而其笔下的人物，通过作者的巧妙安排，环境烘托与对话及心理活动，细腻地把人物性格栩栩如生地表现了出来，如汉武帝欲置司马迁于死地，也是有一个思想变化而逐步深化的过程。再如《湖阳公主外传》一篇，写刘秀、湖阳公主与董宣各自的性格都入木三分，而董宣个性的耿直，也通过对话来逐步推进和突出，在平易中见功力。

《诸葛亮招亲》《公主的镜子》《贾岛的推敲》《刘伯温买橘》几篇写得比较有趣，《捉刀人曹操》《嵇康之死》《大理寺卿的失踪》《汤显祖赶考》《进士及第》《买棺谏君》几篇则显得很有历史分量，触及封建社会的时弊与封建专制的可恶。但这些历史小说都在不动声色的氛围与描写中，显示了作者之爱憎。

由于蒋公有"历史癖"，醉心于史书的阅读，心中有史实，笔下才纵横。他有丰富的历史知识，但他写来很自然，不矜持，不卖弄。他让历史知识通俗化、形象化，他写历史人物与历史事件都达到了信手拈来、游刃有余的地步。这就使其历史小说让读者获得教益与史鉴。这也是蒋公历史小说的风格与其他历史小说作家的不同之处。

笔者以为，写历史小说，实际上是作者运用历史这面镜子，让读者在阅读的过程既获得知识，又能在阅读中唤醒良知，无疑对读者的内心有一种触动，并让人们从历史这面镜子中提高自身的修养，读蒋公星煜师的历史小说，就有这样的获益。

五、蒋公的文学艺术成就被低估

蒋公星煜师的文学艺术成就是多方面的，他在 20 世纪 50 年代写的《南包公海瑞》《李世民与魏征》两篇历史小说出名后，引起很大反响,同时也给他本人引出诸多麻烦,承受了很大压力。星煜师在和我几次交谈中,都谈到自己在关押中的痛苦与迷惘。他还很感慨地对我说,当时写历史小说有很大的危险性,会被某股思潮或某些人打成"借古讽今"的"反党小说"。

作者 2015 年春节向蒋星煜先生(左)拜年时合影

由于这些经历,蒋星煜老师几次对我说,他后来就开始研究中国戏曲史,并把大量精力花在明刊本《西厢记》的考证上。蒋公是上海艺术研究所研究员,又被聘为华东师大与上海师大客座教授。他主业专攻戏曲史,对明刊本《西厢记》的研究卓有成绩,获奖多多。他先后应邀赴湖南、江西、云南、浙江、福建、山东等地开设学术系列讲座。由此可见,他写历史小说,只是他整个创作生活的一个副产品,但想不到的是,其历史小说受欢迎的程度,却如此广泛。而蒋公星煜师写的历史人物传记《海瑞》,是他写历史传记中最出色的杰作。郑培凯教授曾在香港《抖擞》月刊上发表长篇评论,认为到目前为止,这是关于海瑞唯一一本最为翔实的传记。我个人认为蒋公这本书的考证与他写作历史传记的风格,均已达到炉火纯青的地步。

蒋公星煜师从事文史研究与文学创作已达 80 年,他在 80 年中,在古代戏曲史研究、历史小说创作与历史人物传记诸方面均有卓著的成就。更难能可贵的是,他一生正直不阿而敢于直言,博学多识而言谈幽默。他的人品与他的作品在广大读者中有极大的影响,他的历史小说更拥有众多"粉丝"。因此,我非常赞同《蒋星煜文集》的责任编辑杨柏伟先生所言,蒋公的学术成就与文学创作的地

蒋星煜公子蒋金戈(前排右)与作者(中)

位被文坛与学术界严重低估。我相信,随着岁月的流逝与历史真相逐步还原,蒋公作品的思想价值与艺术价值必将受到学术界与文学界的重视。

笔者谨以此文深切怀念恩师蒋星煜先生,愿蒋公星煜师千古不朽!

改定于2018年3月30日

秦孝仪谈中国故宫文物收藏

一、年轻"文胆"秦孝仪

秦孝仪接受作者采访

2001 年 6 月，我应邀出席台湾一个学术会议，报社让我顺便采访台湾著名文化人物，我拟了一个名单，包括柏杨、余光中、罗兰、李昂、张佛千、胡茵梦、林清玄、蔡志忠等，其中也有中国国民党原副秘书长、曾任蒋介石文学侍从的秦孝仪先生，名单交上海市台办审核，我原以为通不过的秦孝仪、张佛千等人，居然都 OK 了。后来一位负责人告诉我，秦孝仪先生一向支持一个中国，而且他对中国流到海外的不少珍贵文物，都尽力追回，其功非小。

我先从上海飞抵香港，在香港办好入台证，赶紧搭乘直飞台湾的航班。当晚下榻于台北晶华大酒店后，我就与秦孝仪先生的秘书取得联系，约定翌日赴秦孝仪的广达文教基金会作一次访谈，那位秘书告我，秦孝仪先生已 81 岁，谈话时间尽量控制在 20 分钟之内结束。

翌日，我乘车去了广达文教基金会，经人通报，我走进客厅，一位满头银霜、神清气爽的儒雅老人笑着对我说："你就是那位推崇柏杨作品的上海记者?"

我赶紧回答:"我是《新民晚报》的曹正文。"

与秦孝仪先生握了握手,我觉得他的手很柔软,似乎是一位弱不禁风的文人之手,但他一生为蒋介石起草无数文件,被誉为蒋介石最倚重、也是身边最年轻的"文胆"。

秦孝仪请我坐下后,便有随从送上高山乌龙茶。这间会客厅不大,约二十余平方米,墙上有一幅手绘的蒋介石国画,画得栩栩如生,两壁还有书画作品数幅。

我本想请秦老谈谈他怎么会出任台北故宫博物院院长的,秦孝仪却说:"我去年(2000年)已从台北故宫博物院退休了。"他笑一笑,又叹了口气说:"年龄不饶人。往事如烟。"

作者采访秦孝仪(右)时的合影

原来,秦孝仪于1921年出生于湖南省衡东县吴集镇桃岭村,他在上海法商学院读法律系,毕业后赴美国俄克拉荷马大学深造,因其成绩优良,获人文科学博士学位。

我请秦孝仪谈谈他年轻时感兴趣的学问研究,秦孝仪回答:"我自幼继承家学,父亲让幼年的我背诵《三字经》《百家姓》《弟子规》与学习《增广贤文》,这对我后来热衷学习儒学、经史,养成博览群书的读书习惯有极大帮助。我年轻时的理想是当一名教授,教文学或历史,但24岁那年被蒋公看中,就被任命为国民党中央党部议事秘书。"

我问:"蒋介石先生是浙江奉化人,他的秘书大都是他同乡,他怎么会赏识您?"

秦孝仪喝了一口茶,回忆往事:"我现在回忆推测,可能因为两点,一是蒋公非常喜爱中国传统经典与中国历史,他对有古文基础的年轻人首先有一个好印象;第二是因为蒋公与我交谈过几次,我都能对答如流,而且我当一般秘书时,记录相当神速,并能以毛笔速记。蒋公见过我的毛笔速记,我记得他当时眼光中有赞赏之意。"

"那么您何时从一般秘书到蒋公第一秘书?"

秦孝仪微微一叹:"国民党在三大战役失败后,蒋公最倚重的首席秘书陈布雷先生于 1948 年 11 月 13 日去世。蒋公当时十分伤心,于是想找一个人替代布雷先生,由于平时,蒋公也与我有接触,他喜欢在与我们交谈中以'四书五经'为题来考考我们秘书,大约我的回答,他最满意,同时他的口述,因为我的记录快速与起草的文告、稿子的质量很合蒋公之意,他便让我出任国民党中央委员会文宣组副秘书长,并接替布雷先生留下的工作。"

我又问:"蒋介石先生秘书有很多吗?"

秦孝仪说:"蒋公的秘书大致分两类,一类是机要秘书,大都是浙江奉化人;另一类是文稿秘书,以我们湖南人为主体,除了我,还有萧自诚、曹圣芬等几位。"

"请问您当时多少年龄?"

秦孝仪微微一笑:"我被任命为蒋公文稿秘书时正好 28 岁。"

我问:"听说您有一枚特殊的印章?"

秦孝仪笑道:"因为我任蒋公第一机要秘书,长达 25 年,蒋公去世后,我便让人刻了一枚'任蒋公文学侍从廿五年'的印章,以示留念。"

说到这里,秦老的秘书进来,示意采访时间已超过半个小时,我想关于采访秦孝仪任台北故宫博物院院长的事,还没问呢? 幸亏秦孝仪先生对秘书摆摆手,表示访谈继续。

二、两岸文物皆中国

秦孝仪自 1949 年起，当了蒋介石先生首席文学侍从后，深受蒋介石信赖与器重，凡蒋介石发表的政策文告，几乎都由秦孝仪操刀。据秦孝仪先生回忆，蒋公口述大意，由他在旁记下，然后写成草稿，经秘书长张群看过，再公布。蒋介石于 1975 年逝世，他当时的遗嘱，也由秦孝仪代拟。

蒋经国执政后，秦孝仪先生仍获重用。他曾担任蒋经国之子蒋孝勇读中国经典《四书》的国学老师。

我问："您什么时候去台北故宫博物院主持工作？"

秦孝仪说："由于蒋经国先生主政后，已由张祖诒、周应龙等人任文学侍从，我就把心力花在练字与玩赏书画上，这段时间与台北故宫博物院接触较多。我记得 1983 年 1 月台北故宫博物院老院长蒋复璁先生因中风要退休，当时便由严家淦先生找到蒋经国，提议我去

2001 年 7 月 5 日，作者与秦孝仪先生合影于台北

接任台北故宫博物院第二任院长。我当时已 62 岁，但经国先生劝我接任，我犹豫再三，同意暂任两年为限。不料，这一接手，我就当了 18 年院长。"

我问："据报载，您在 1989 年时，就花了近两年时间，将大陆当年运到台北故宫博物院的上千件文物，在台北展出前，都命人做了

认真清点与记录,这个工作量很大吧?"

秦孝仪说:"的确很大,当时大约有两千九百七十多箱故宫文物尚未拆封,我便决定让人拆箱登记,前后花了近两年(23个月)时间进行清点和核对,并在每一件文物都标上一个'故'字。因为我想,无论在北京故宫博物馆的国宝,还是台北故宫博物院的文物,都是中国的,我们的国家是迟早要统一的。"

"听说您曾将台北故宫博物院的中国国宝分期展出?"

秦孝仪侃侃而谈:"台北故宫博物院所藏的商周青铜器、历代玉器、陶瓷、古籍文献与名画碑帖,约60万余件,主要分为古画、书法、碑帖、铜器、玉器、陶器、雕漆、珐琅器、雕刻、刺绣、图书、杂项、文献等14类。其中有不少精品可谓稀世之珍。但限于展出条件,不能全部同时展出,让观众欣赏,我就让展出的展品,每三个月更换一次,让观者常观常新。"

"听说您主持台北故宫博物院时,还面对社会成人开设了'文物研习会'和对少年儿童开放'活动与创意'的教室?"

秦孝仪说:"这是为了让更多观众对中国国宝有一个认识,这些文物的历史、经历与其价值,我想应该普及给广大民众。而让儿童从小学会欣赏文物,也给他们提早接受启蒙教育和传统古典文学修养的熏陶。"

"听说在您的主持下,曾对台北故宫博物院做了改建?"

"那是1994年,对图书文献大楼做了改建,还增设了'至德园'。"

"我还听说,您在海外淘到一些中国文物,和台湾人捐献的文物,则标一个'新'字,以此区别北京原故宫文物与后来收藏之文物。"

秦孝仪说:"我想,我把台北故宫博物院现存的文物仔细算了一笔账,这是我耄耋之年认真做的一件事。"

我又问:"听说您曾邀请北京故宫博物馆专家访问台北?使海峡两岸的故宫作了艺术交流。"

秦孝仪喃喃而语:"那是 1993 年,我代表台北故宫博物院邀请北京故宫博物馆的副馆长、著名画家杨新先生赴台进行艺术交流,杨先生是我同乡,也是湖南人。"

我说:"好像报上报道,杨新先生家中曾收藏了您的墨宝?"

秦孝仪莞尔一笑:"我平时喜欢写写字。"

于是,我们的话题便落到秦孝仪的书法上。

三、"秦体"字凝聚一种"墨象"

秦孝仪年轻时就练过书法,他当蒋介石文稿秘书,他的字在众秘书中为佼佼者,他晚年任台北故宫博物院院长后,又朝夕与书画文物打交道,看碑帖是他一大爱好。

我便问:"您对中国书法颇有研究,听说您专门写过几本书?"

秦孝仪一挥手,他的秘书从旁取出三本书《秦氏大小篆三种:千字文、九歌、诗品》《玉丁宁馆诗存》《玉丁宁馆剩墨》。

我见秦老的书法作品渊源于先秦古篆,取法于方整汉隶,在博采众长的基础上,又自创独树一帜的"秦体",便向他请教书法之道。

秦孝仪说:"我只是喜欢看碑帖与写字,我曾撰过一副自书联:'篆山隶海寻锥画,鸥天凫地看赋诗',学习书法,当然要临古帖,但书法艺术能别具一格,还是要讲究自己的面目与独特的艺术境界。无论是行气布局,还是方圆笔势,每一笔一画,尽可能凝聚起一种'墨象',这才让书法家作品具有一种气势与美境。"

我问秦孝仪先生:"中国历代大书法家很多,您最欣赏谁的书法作品?"

秦孝仪说:"我临写《苏东坡寒食诗帖》,很有获益,东坡先生的字雍容大度,不仅墨迹醇畅淋漓,而且在气韵上高人一等。"

仔细端详秦孝仪的书法,见他写的篆体清新古雅,尽脱俗趣,听他说:"我从甲骨文到小篆都练过很长一段时间,后来才稍稍运用自如,我想形似还只是一个基础,主要是写出自己字体的特点与风格来。"

秦老说得很谦逊,但他的字,我相当喜爱,便说:"得到您的字,便是一件稀世珍宝。"

秦孝仪书写张大千的梅花诗赠作者

秦孝仪哈哈一笑:"好,我哪一天有时间,写一幅送你。"

"不敢不敢。"我连连说道。

我返沪后即在报上发表了一组"访台湾十大文化名人"十日谈,其中一篇是写秦孝仪的,题目是《两岸文物皆中国——记秦孝仪先生》,文章刊出后,我寄报纸给秦孝仪先生,请他指教。

两周后,我收到他秘书寄来的一封信,我打开一看,是秦孝仪先生用篆字写的一首张大千的"梅花诗",字体瘦劲挺拔而舒展大方,气韵高雅而别具一格,那幅书法作品亦是秦老80岁后的精品之作,我现在将其捐献给上海儿童博物馆"读书乐陈列室"了。

改定于 2018 年 2 月 2 日

魏绍昌讲"鸳鸯蝴蝶派"

一、研究室里有个"史料专家"

我认识魏绍昌时，大约在 20 世纪 80 年代初。我于 1981 年至 1982 年参加上海作家协会举办的"上海文学青年学习班"，负责这个学习班的是《上海文学》编辑彭新琪老师。这个学习班一共举行了好几次，请中年作家费礼文、于炳坤、唐铁海、赵自为我们这些青年文学爱好者上写作课，我参加的那期学习班，我被任命为班长，副班长是顾行伟（后任《劳动报》总编

博学的魏绍昌

辑）。几期学习班结束后，彭新琪老师让几个班的骨干在上海作协的花园里合影，当时上海作协副主席吴强，还有老作家李楚城、王若望，上海作协书记处书记兼《上海文学》副主编张军，《上海文学》编辑彭新琪与厉燕书，中年作家费礼文、于炳坤、唐铁海也与我们一起合影，参加合影的青年学员有赵长天、陈村、程乃珊、周惟波、彭瑞高、曹冠龙、薛海潮、梅子涵、于建明等。我们通过学习班，分别发表了习作，一些习作后分别发表在《上海文学》《萌芽》杂志上，我的第一篇历史小说《三个独生子》，发表于《上海文学》。

这两年中，我经常出入于上海作协，认识了上海作协的老同志傅艾以，傅先生 50 年代初任《文艺月报》（《上海文学》前身）的编辑，

1955 年蒙冤入狱,1957 年错划为右派,1979 年落实政策,又回到上海作协工作(傅先生后来加入九三学社,我也加入九三学社,我们俩同在一个文艺支社)。老傅对年轻作者很热情,我们交谈后成了文友。有一次我去上海作协,正巧在楼梯口见到傅艾以先生,他领我去他的办公室,当时办公室内有冯沛龄等人。我们交谈了一会,我向他问起研究"鸳鸯蝴蝶派"的魏绍昌先生,他说老魏今天不在,他在另外一个办公室。他让我过几天去。我过了一周,又到上海作协,终于在老傅的引荐下,见到了魏绍昌先生。

魏绍昌当时一个人坐了一间办公室,这是一位戴眼镜的浓眉老者,老傅见了他,对我说:"正文,我给你介绍魏老师,他就是专门研究'鸳鸯蝴蝶派'的魏绍昌先生,有一肚子学问,我们称他'史料专家'。"说罢,又对魏绍昌说:"这是《新民晚报》的青年记者曹正文,他是苏州人,很喜欢民国文学的。"

魏绍昌对我打量了一下,伸出手说:"听老傅说,你蛮喜欢看书,是个书迷。"

就这样,我见到了一直想拜访的魏绍昌先生,在认识魏绍昌先生之前,我已认真读过他编写的《鸳鸯蝴蝶派研究资料》。

二、"鸳鸯蝴蝶派"是个复杂的文学流派

我于 1985 年经徐兴业、谢泉铭介绍,加入了上海作协,又过两年,经艾明之、刘绍棠介绍,加入了中国作协。因此,我去上海作协的次数多了,而其中一个原因是专门拜访魏绍昌先生,向他讨教民国文学的有关问题。

我于 80 年代末,接受华东师大出版社邀请,撰写一部《旧上海报刊史话》。我除了去上海图书馆徐汇区藏书楼翻阅民国时上海的各种报刊,还经常去郑逸梅先生、秦瘦鸥先生与魏绍昌先生处请教。

魏绍昌先生曾审阅了我撰写的《上海小报中的"四大金刚"》《旧上海的"鸳鸯蝴蝶派"》《报刊中唱主角的武侠小说》《〈侦探世界〉与中国侦探小说》《旧上海报刊阵地上的几位

魏绍昌与 92 岁的巴金(右)摄于 1995 年 11 月

健将》等几个章节,并对拙作文字作了校正。

有一次,魏绍昌读了我撰写的文章,便问:"你知道'鸳鸯蝴蝶派'这个名字是谁起的?"

我摇摇头,说:"不知道,愿闻其详。"

魏绍昌笑笑说:"我记得是周作人先生 1918 年 4 月 19 日在北大小说研究班上发表了一篇《日本近二十年小说之发达》演讲报告,他在报告中第一次提及《玉梨魂》是鸳鸯蝴蝶体。"

魏绍昌又说:"在今天的现代文学史与现代报史上,一般都漠视'鸳鸯蝴蝶派'的存在,但我认为对这个客观存在的现象视若不见,那是不对的。20 世纪,'鸳鸯蝴蝶派'在文坛存在,并且是'庞然大物'。我在 60 年代就写了《鸳鸯蝴蝶派研究资料》一书,但 1962 年上海文艺出版社只内部出版了史料部分,我对这个流派的作品分析与评价都未能与读者见面,前几年(指 1984 年)才由香港三联书店将我作品全部出版。我个人认为,你要研究一个流派,批评一个流派,最好还是让这些作品出版,与广大读者见面,让大家来分析其优劣。一部作品的成功与否,一个流派的是否存在,或在当时起到过什么作用,最后还是由历史来做结论。"

我请魏绍昌先生谈民国文学,尤其想听听他对"鸳鸯蝴蝶派"的独特看法。

魏绍昌喝了一口茶说："按 1979 年版《辞海》条目解释，'鸳鸯蝴蝶派'是指盛行于辛亥革命后至'五四'运动前后的文学流派。鸳鸯蝴蝶指才子佳人，代表作家有徐枕亚、吴双热、李定夷，代表作有《玉梨魂》《兰娘哀史》《美人福》以及后来的《啼笑因缘》《春明外史》，作家有张恨水、徐卓呆、程小青、顾明道以及周瘦鹃编的《紫罗兰》、包笑天编的《小说时报》、范烟桥编的《珊瑚》、严独鹤编的《红玫瑰》等。"他说到这里顿了一顿，莞尔一笑："论资格，'鸳鸯蝴蝶派'产生在'五四'运动之前，比'新文学'资格老。据我粗略统计，列入'鸳鸯蝴蝶派'的作品至 1949 年止，其作品总数要比'新文学'多得多，所以，我说'鸳鸯蝴蝶派'是个庞大、悠久而又复杂的文学流派。"

魏绍昌赠作者的签名本

我听到这里，不由插问："为什么说它是个复杂的文学流派？"

魏绍昌说："平心而论，因为'鸳鸯蝴蝶派'中有好作品，也有不太好的作品。清末的四大谴责小说，李伯元有《官场现形记》、吴趼人的《二十年目睹之怪现状》、刘鹗的《老残游记》与曾朴的《孽海花》，应该说是已达到了清末小说之高峰，他们四位之后，就是民国的小说了。民国初年，徐枕亚写出了《玉梨魂》，李涵秋写出了《广陵潮》，这两部小说都用了文言骈体与白话章回，这种艺术形式一时间在文坛如雨后春笋般地涌现出来，仿作如潮。这便宣告了'鸳鸯蝴蝶派'的诞生。"

我问："魏老，您认为这两部小说对'鸳鸯蝴蝶派'后来的作品影响很大吗？"

"对的。"魏绍昌继续说，"《玉梨魂》这篇用四六对偶、文言骈体所写，文笔缠绵悱恻。写青年寡妇与家庭教师的恋情，由于不能自拔，终于成为旧礼教的殉葬品，虽软弱无力，但对封建社会的罪恶有所揭露与批判。《广陵潮》的影响更大，它是用白话章回体写的，以鸦片战争到'五四'运动的许多大事件为背景，写70年中的社会风俗人情。涉及面很广，后来以'潮'为名的民国小说不少，如《歇浦潮》《人海潮》《血海潮》，可见《广陵潮》引起的轰动。'鸳鸯蝴蝶派'在民国时，曾有三次热潮，每次都是由长篇小说为代表牵头，长篇小说也是鸳鸯蝴蝶派小说的命根子。"

我将拙作《旧上海的"鸳鸯蝴蝶派"》一文求教于魏绍昌先生，说："我70年代初，在上海卢湾区图书馆任书评组组长，有机会在馆内书库中查阅到不少旧上海报刊，便读到了许多'鸳鸯蝴蝶派'小说家的作品。"

魏绍昌先生说："'鸳鸯蝴蝶派'发迹于民国时的上海，但其作者主要来自苏州与扬州，苏州自古多文人，扬州亦为风情之城。包天笑、周瘦鹃、范烟桥、程小青、徐卓呆、陆澹安、江红蕉、程瞻庐、顾明道、郑逸梅皆苏州人，而常熟人徐枕亚、吴双热、姚民哀、平襟亚现在也归入苏州之列。李涵秋、毕倚虹、张秋虫、贡少芹是扬州人。张恨水是安徽安庆潜山县人，但他成名在上海。写《蜀山剑侠传》的还珠楼主后来也搬到了上海。另一个写言情小说出名的作家刘云若，他的代表作为《红杏出墙记》，也被称为'天津张恨水'。据徐铸成写的《张恨水与刘云若》一文披露，文学评论家郑振铎对刘云若的写作技巧甚为推崇与赞许。不过，我知道郑振铎对'鸳鸯蝴蝶派'批评甚严，为何对刘云若小说大加赞扬，我很疑惑，可惜郑振铎于1958年因飞机失事而去世，我无法当面向他讨教了。"

三、新旧文学是井水与河水

谈到新文学作家对"鸳鸯蝴蝶派"的批评，魏绍昌先生说："钱玄同先生将香艳小说与'鸳鸯蝴蝶派'画了等号，沈雁冰、郑振铎、阿英、郑伯奇等人也持相同观点，所谓'鸳鸯蝴蝶派'，开始是指徐枕亚、李涵秋，后来又指向张恨水、包天笑、周瘦鹃、严独鹤、郑逸梅、秦瘦鸥等畅销书作家与著名报人，点到的期刊则有《礼拜六》《万象》《紫罗兰》《小说月报》与报上的副刊《自由谈》《快活林》等。"

我说："1936年发表的《全国文艺界同人为团结御侮与言论自由宣言》一文中，好像也有'鸳鸯蝴蝶派'的作家签字？"

魏绍昌说："对的，当时签字共有21人，有鲁迅、巴金、林语堂、茅盾、冰心、丰子恺等人，也有包天笑与周瘦鹃。由于张恨水当时在北平，所以没有签字。鲁迅先生曾在发表宣言的一个月前写了一篇《答徐懋庸并关系抗日统一战线问题》的文章，文中指出，'我以为文艺家在抗日问题上的联合是无条件的，只要他不是汉奸，愿意或赞成抗日，则不论叫哥哥妹妹，之乎者也，或鸳鸯蝴蝶派都无妨。但在文学问题上，我们仍可以相互批判'。"

我又问："我听秦瘦鸥先生讲过，范烟桥在苏州办杂志时曾发表了许多新文学代表人物的作品，您是如何评论这件事？"

魏绍昌是个知识渊博的史料专家，他略一沉吟便说："好像是1933年出的《珊瑚》杂志上，有一篇《新作家的陈迹》，提到刘半农、施蛰存、戴望舒、老舍、叶圣陶等新文学作家代表都在'鸳鸯蝴蝶派'的杂志上发表过作品。叶圣陶还在文章中提到他当年给《礼拜六》写短篇文言小说。我个人觉得影响最大的是刘半农与张天翼，这两位新文学的代表人物在早期都与'鸳鸯蝴蝶派'刊物关系相当密切。刘半农创作和翻译了大量侦探滑稽社会小说，如侦探小说《匕首》《假发》《女侦探》；滑稽小说《吃河豚》《福尔摩斯大失败》；社会小说《稗史罪言》《奴才》《歇浦陆沉记》等。经刘半农翻译的《福尔摩斯探案》《黑肩巾》《猫探》《欧陆纵横秘史》等作品皆是文言体，迎合了'鸳鸯蝴蝶派'杂志的要求。而张天翼以写新侦探小说出名，他的《怪癖》《人耶鬼耶》《空屋》《遗嘱》《恶梦》《铁锚印》,都发表在《礼拜六》《半月》《侦探世界》等'鸳鸯蝴蝶派'杂志上。但因为刘半农与张天翼后来都在新文学上做出了贡献,谁也不会将他们划入'鸳鸯蝴蝶派'阵营的。"

我又说:"由于茅盾、郑振铎等人对'鸳鸯蝴蝶派'批判很激烈,许多旧文艺的文人大都不承认自己是'鸳鸯蝴蝶派'。比如秦瘦鸥先生就对我说过,他就写过新文艺作品《劫收日记》。我去拜访郑逸梅先生,他也不承认自己是'鸳鸯蝴蝶派',他只是'旧闻记者'与'掌故作家'。"

魏绍昌先生说:"我觉得他们本人承认不承认,都无关乎这个流派的存在,以及后人对他们的评价。我只是认为'鸳鸯蝴蝶派'在三四十年代一度很兴盛,张恨水的作品就极其畅销,连鲁迅的老母亲也十分喜欢,这都是客观存在的现实。我们研究现代文学史,必须承认这个流派,对这个流派进行研究,或对其批评,都是正常的。但漠视其存在,那就有点掩耳盗铃了。50年代出版的几种现代文学史,如王瑶的《中国新文学史稿》、丁易的《中国现代文学史略》、刘绥松的《中国新文学史初稿》、张毕来的《新文学史纲》,这几位大学教授对新文学的左、中、右三派都写到了,对现代评论派、新月派、现代派、论语派、民族主义文学派以及复古的学衡派、甲寅派都一一提及,但偏偏对三四十年代成为'庞然大物'而畅销一时的'鸳鸯蝴蝶派'小说只字不提,我觉得这很不公平。把'鸳鸯蝴蝶派'拒在'文学之门'之外,这是一个实事求是的态度吗?"

我又问:"那您的看法呢?"

魏绍昌先生说:"我个人的看法是:新文学是河水,那么'鸳鸯蝴蝶派'就是井水,两者分别代表各自的需求,各自的用途,且可满足各个层次读者的需求。今天无法阻挡金庸武侠小说热、琼瑶、亦舒的言情小说热,正如当年的'鸳鸯蝴蝶派'文学的兴盛。当然,在质量上,新武侠小说与新言情小说已经在文学技巧上了一个档次,但

魏绍昌与程十发(右)刘旦宅(左)摄于1992年

其对当时文坛的影响是一样的。"

对于魏绍昌先生的高见,我当时还有点困惑,但他的一家之言,我仍很尊重,魏绍昌先生作为中国近代、现代、当代三大文学资料研究丛书的编委,作为上海作家协会资料室负责人、研究馆员,他写的《晚清四大小说家》《我看鸳鸯蝴蝶派》《红楼梦版本小考》,并主编《民国通俗小说大辞典》《鸳鸯蝴蝶派研究资料》等书,都让后人为之瞩目。他晚年还赴美国哈佛大学与哥伦比亚大学讲民国文学与《红楼梦》,他与邓云乡、徐恭时、徐扶明,并称"上海红学四老"。魏绍昌作为著名的文史专家,读书甚多,认真掌握大量史料,并有自己独特的见解,这是值得钦佩的。

1991年,我出版了《旧上海报刊史话》(与张国瀛合著)一书,该书序言由魏绍昌撰写,十分感谢魏老对我写作的鼓励与厚爱。

改定于2017年12月20日

红学家冯其庸说"金学"

光阴似箭,转眼间红学大师冯其庸先生逝世快一年了(冯其庸于 2017 年 1 月 22 日仙逝于北京,享年 93 岁),日前笔者重读他赠送的签名本与冯老为拙著写的序言,不由让我回忆起与他五次见面的情景。

一、五见冯其庸

冯其庸先生以研究《红楼梦》而闻名于世,他是中国著名的文化学者,今天阅读量最大的《红楼梦》普及本(人民文学出版社 1982 年版)就是由他主持校注出版的。冯其庸不仅是中国当代最有影响的红学家,同时,他又是一位"金学家",金庸武侠小说在中国当代文学史上取得的声誉(金庸 85 岁当选中国作家协会名誉副主席),与冯其庸先生对金庸作品的研究与推崇有关。

冯其庸在书斋

我与冯其庸先生的交往,是先闻其名,后见其人。

笔者于 20 世纪 80 年代后期,开始从事中国武侠小说研究,1990 年由学林出版社出版了《武侠世界的怪才——古龙小说艺术谈》（由章培恒作序）。我于 1991 年完成了《金庸笔下的 108 将》，章培恒先生阅完全稿，说："冯其庸先生写过一篇《读金庸武侠小说》的文章，他对金庸武侠小说研究很深，你可请他提提意见。"

我便把原稿寄给了北京的冯其庸先生。两周后，欣喜收到冯其庸寄还的原稿，并附了一篇序言。他在序中不仅详尽评论金庸武侠小说的特点与风格，还写道："正文兄的这本书是专门研究金庸小说人物的，我曾读过他的一部分文章，包括他写的《古龙小说艺术谈》，我觉得他的分析中肯而精要，能引人入胜，也能发人深思，可以说是阅读金庸小说时十分有用的辅助读物。"我当时读了十分汗颜，也相当感激冯其庸先生的厚爱与鼓励。

《金庸笔下的 108 将》于 1992 年由浙江文艺出版社出版，三年后又由学林出版社出版，前后印了 5 万余册。

我与冯其庸先生的第一次见面，是 1994 年中国武侠文学学会在北京成立之际，当时由南开大学校长宁宗一教授任会长，金庸、冯

1996 年，冯其庸（右二）与作者（右一）参加金学研讨会

其庸任名誉会长,我作为常务理事,赴北京参加会议,与冯其庸先生见了一面,未及畅谈。

第二次是在 1995 年,中国武侠文学学会举办"中国武侠小说"评奖,我赴京担任评委,会后,我专程去拜访了冯其庸先生,听他谈了他怎么会研究"红学"与"金学"的一些经历。这次访谈,约有两个多小时。

第三次是 1997 年 11 月 3 日,海宁市举办《金庸研究》首发式暨"金学"研讨会,金庸、冯其庸,还有金庸初中时的老师章克标先生与全国一些研究武侠小说的教授学者一起在海宁开了会,在酒宴上,我向冯其庸先生敬了酒,只谈了几分钟。

第四次是在 2009 年北京举行中国武侠文学学会第三次大会,笔者当选为副会长。我在会后,去北京通州区芳草园拜访了冯其庸先生,向他请教了武侠小说研究与评论的有关问题。

第五次是在 2010 年,我去北京组稿,再次对冯其庸先生作了访谈。

二、冯其庸以研究"红学"闻名

冯其庸生于 1924 年,名迟,字其庸,号宽堂,是江苏无锡县前洲镇人。他自述,自幼家贫,失学,读小学与中学均未能毕业,后来考入苏州美专,又因家贫而离开学校。冯其庸后来将其书斋定名"瓜饭楼"(刘海粟题字),就是让他常常回忆起少年时常常以瓜代饭的苦难生活。24 岁的冯其庸在无锡国专毕业后,因喜爱美术,潜心学习书画,与刘海粟、朱屺瞻、谢稚柳、唐云、启功等书画家均有交往。冯其庸先生的书法、绘画都很有造诣,后来又成为汉画像砖的研究者。承他为我主编的武

冯其庸送作者的画

侠文学期刊《大侠与名探》题字，又赠我一幅他画竹的立轴。

冯其庸年轻时除醉心书画艺术，还对中国传统文学十分热爱，他说："我在读小学与初中时就读了《论语》《孟子》《史记精华录》，稍长，又读了《陶庵梦忆》《西湖梦寻》与王士祯的《古诗选》。"冯其庸说他读无锡国专时接受的中国古典文学的课程："我记得要学通识课与选学课。通识课有《国学概论》《文字学》《版本目录学》《中国哲学史》《西洋文学史》《中国韵文选》《音韵学》。而选学课有《老子》《论语》《孟子》《左传》《吕氏春秋》《尚书》《尔雅》《楚辞》《史记》《汉书》《昭明文选》《文史通义》。其中由朱东润教授开设的《史记》课与'杜甫'专题讲座，最受学生欢迎，朱东润先生会在课堂上朗读重要的课文与诗文，朗朗上口，声情并茂，引人入胜。"冯其庸说到这里，感叹了一声："那时的读书真让人入迷！"

"那时无锡国专还有哪些著名的教授？"

冯其庸想了一下，说："还有王蘧常、钱仲联、夏承焘、饶宗颐。我记得冯振心先生开设的'说文解字'课，也让学生们佩服之极，让我年轻的心灵开始意识到学问的博大精深，也让我下决心要打好中国国学的基础。"

冯其庸先生在无锡国专时开始参加学生运动，毕业后当了中学老师，在无锡女中任教。

我问起他怎么会研究"红学"，冯其庸先生说："我于1954年调入中国人民大学，先任讲师，后来才评上副教授、教授。当时我住在铁狮子胡同一号，这是中国人民大学的教职员工宿舍，除了上班，我

冯其庸为作者主编的《大侠与名探》题字

业余时间喜欢读一点古典文学，如《三国演义》《水浒传》，也好看戏，并爱写点戏剧评论文章。当时我看了孟超先生写的新编昆曲《李慧娘》，觉得这个戏不仅编得好，也演得好，便写了一篇戏评发表在报上，结果到了1966年，我就被贴了大字报，批判我吹捧鬼戏。"

冯其庸接下又说："后来我被迫下乡去了江西农村'五七'干校。因为批判知识分子'四体不勤，五谷不分'，我被命令下地去干农活，因为我从小就是个农民，干农活一点不

作者与金庸（中）、冯其庸（左）合影

差，那些批判我的人都瞠目结舌。"冯其庸说到这里，哈哈一笑。

"五七"干校后来没了，冯其庸也回到了北京。他当时去了北京师范大学图书馆采编组工作，冯其庸说："我当时钻在故书堆中编书目，在这段时间，我得以重温了不少传统古籍，对《红楼梦》，我又读了好几遍，而每一次阅读，都让我想了不少问题，并有机会把历年研究《红楼梦》的文章仔细看了一遍，如胡适、王昆仑、周汝昌对《红楼梦》的研究与评论。"

冯其庸因爱读《红楼梦》，后来参加校订《红楼梦》，并任校订组副组长。

改革开放后，冯其庸先生回到中国人民大学，他先在中文系任教，后任中国艺术研究院副院长、中国红学会会长、《红楼梦学刊》主编。他先后出版了《曹雪芹家世新考》《论庚辰本——红学版本研究专著》《〈石头记〉脂本研究》《落叶集》，后来又出版了《评批〈书剑恩仇录〉》《评批〈笑傲江湖〉》《瓜饭楼重校评批〈红楼梦〉》等专著。

冯其庸说："我与《红楼梦》这部书的结缘，首先是以研究考证作者曹雪芹家世入手，并仔细比较了《红楼梦》几个不同的版本，弄清楚了曹雪芹祖籍在辽阳的文物证据；其次是我对《红楼梦》的几个早期抄本有了新的发现，在庚辰本与甲戌本、甲辰本与列宁格勒藏抄本、程甲本的比较中，我作了反复研究，识真辨伪；最后，我找到了《红楼梦》的民主思想价值与艺术价值的某些特点。"

冯其庸还回忆说："我记得自己 19 岁时第一次读《红楼梦》，觉得这本书写得婆婆妈妈，读了一半就读不下去了，没什么好看的。当时吸引我的是《三国演义》与《水浒传》。稍长再读《红楼梦》，有了经历，角度大不一样，获得的艺术享受也就更不一样了，我读《红楼梦》下的是笨功夫，我们今天读到的《红楼梦》普及本，就是 1982 年版。红楼梦学会成立于 1980 年，第一任会长是吴组缃，我当时是副会长兼秘书长。"

三、冯其庸戏称"金石姻缘"

对冯其庸先生的访谈，我访谈的主要内容以金庸的武侠小说为主，他当时笑着对我说："我一边研究《石头记》（指《红楼梦》），一边却酷爱读金庸的武侠小说，我曾戏称自己有了'金石姻缘'。"

在冯其庸先生的书斋中，请他谈武侠，不由让我想起 20 世纪 80 年代中期，尽管"武侠热"已在神州大陆涌动，但对于武侠小说，不少文学评论家皆不以为然，我记得当时只有章培恒教授与冯其庸教授首先对金庸小说给予了高度评价。我就这个问题请教了冯其庸先生。

冯其庸先生想了一想，舒展了一下眉头说："武侠小说属于中国的俗文学，从文学范畴所言，金庸的武侠小说与《水浒传》《三国演义》《西游记》都归属俗文学，有人看不起俗文学，当然可以见仁见智。但在中国四大古典经典小说中，只有《红楼梦》归属雅文学。

《水浒传》《三国演义》《西游记》都是从话本演变而成的通俗小说。我们有些文学家对话本小说的文学价值认识还不够。依我看，俗文学占了中国四大古典小说的四分之三，你总不能不承认吧？《水浒传》《三国演义》《西游记》有这么高的文学地位，金庸的武侠小说为什么在中国文学史上没有地位呢？"

冯其庸又说："当年读金庸小说时，我与查良镛（金庸）先生并不认识。开始我只是把读金庸小说当作消遣，但读着读着，才发现金庸的武侠小说博大精深，实在是好看，而其文学价值也大大超出了我的预计与想象，我一连读了好几部，几乎常常是通宵达旦，一读就放不下来，于是我在1986年2月就写了一篇《读金庸武侠小说》的文章。我在文章里认为金庸武侠小说有很大的艺术感染力，小说反映的历史生活面、社会生活面都非常之广阔。在金庸作品里，各式各样的鲜活人物都有，他要写的社会不是单一的而是复杂的，他的小说所起的作用也不是单一的。因此我赞成对他的小说应作些认真研究，既然中国有那么多爱好读金庸武侠小说的读者，我们应引导读者去认识和理解金庸小说中积极的思想内容与艺术成就。有位朋友（厦门大学教授郑朝宗于1979年提出要建立"金学"研究会）首倡研究金庸小说，我觉得这位朋友的见解，是有道理的。"

谈到金庸小说的艺术价值时，冯其庸先生这样分析："金庸是当代中国第一流的小说家，他的出现，是中国小说史上的奇峰突起，他的作品将永远是我们民族的一份精神财富。我以为金庸小说的情节结构，非常具有创造性。在古往今来的小说结构上，金庸创作的武侠小说几乎达到了很高的境界。第一是庞大，情节一泻千里，又纵横交错。第二是紧张，我第一次读他的小说，经常是夜以继日，手不释卷，因为他小说中的情节紧张到扣人心弦，迫使你无法不读下去。大约正是这个原因，金庸小说在大陆销售达到上亿册的天文数字，而且爱读金庸小说的读者来自社会各个阶层（上至大学教授、专家学者，下至平民百姓、工人农民），并波及海外。有人说，只要有华人的地方，就会有层出不穷的‘金庸迷’。这种现象，是很值得我们研究的。"

冯其庸又指出："金庸武侠小说与清末民初的武侠小说的不同之处在于，金庸将深刻的人生哲理与深厚的东方文化内涵，灌注于神奇而浪漫的武侠故事之中，并使其文字的文学性上升到了新的高度，在陶冶人类情操的同时，又给人以知识性上的极大满足。金庸笔下的人物，如萧峰、段誉、令狐冲、郭靖、黄蓉、胡斐……皆有血有肉，个性鲜明。"

说到这里，冯其庸取出一套《金庸武侠全集评点》，这是冯其庸逐篇评点的产物。他对《天龙八部》中的乔峰与《笑傲江湖》中的令狐冲是特别赞赏的。他对我写的《金庸小说排名录》一文也表示赞同（笔者将《笑傲江湖》《天龙八部》列为 14 部小说中最好的 2 部）。他说："金庸笔下的乔峰，既有侠骨柔情，又有奇情苦志，他与段誉一起赌酒时的潇洒真情，在杏子林中蒙冤受诬时的那种苦志，他在聚贤庄仗义救人，独闯虎穴的义愤填膺、狂性大发，都写得何其好矣！"

我说："乔峰是个大英雄，但他活得太累了。"

冯其庸回答："这是因为乔峰的一生，始终夹在民族的恩怨和个人恩怨之中，他是契丹人而又为汉人所恩养，从汉人那里学得了上乘武功和仗义行侠的义气，但他又目睹了汉人对异族的掠夺与杀戮，因此他处在矛盾之中很痛苦。"

我们又谈到了令狐冲这个人物，这也是我最喜欢和最欣赏的武侠人物之一。冯其庸先生说："令狐冲是个带点放浪不羁而又有点滑稽性格的少侠。但我以为，这只是他的外部表现，他最本质的品德是舍己救人和一往无前。他虽口不择言，但心地却纯良无比，他与田伯光对打的一段描写，写得令人拍案叫绝。"

冯其庸对金庸小说的结构与人物塑造前后讲了十几分钟，他认为，如果以文学的概念来评定文学的优劣，那么金庸小说的思想意义与艺术价值都符合一流小说的标准。他又强调,这只是他的一家之言。关于金庸小说的语言艺术,冯其庸又说:"我认为金庸武侠小说的语言也是非常有特色的,他继承了传统中国文学的语言:优美、精彩、准确、传神,读来如行云流水,又夹杂了各地方言,如吴语的软绵,川语的佶倔,并时不时插入诗词韵语,大大加强了作品的文学性,这与过去旧武侠的叙事手法与人物对话方式完全不可同日而语。"

最后,我们谈到了金庸小说的意境与其作品表现的地理阔度,冯其庸说:"这也是金庸武侠小说的高明之处。他写北国风光,大漠孤烟,冰天雪地;他又写江南山水,小桥流水,幽壑鸣瀑。或是古洞藏谱,或是深寺隐侠,或是明月洞箫,或是花香剑影。而其作品的地理背景,我也亲自到过,如大西北的甘凉大道、天山、祁连山、华山、恒山、五台山、泰山、衡山以及太湖、钱塘江、灵隐寺、悬空寺,正是祖国的这些壮丽的大好山水,使金庸武侠作品显得气势雄浑而意境深远。这也是其作品的优点之一。"

冯其庸赠作者的签名本

冯其庸号"宽堂",书斋也称"宽堂"(冯其庸前后有两个书斋"瓜饭楼"与"宽堂"),其实这只是一间十余平方米的房间,因堆满了书,并不宽敞,但冯其庸的心胸却很宽大,他为人宽容大度而又有容纳海量的襟怀。不仅容纳了《红楼梦》的精华,而且容纳了金庸14部武侠小说的精彩。

改定于 2018 年 1 月 8 日

听邓云乡谈风俗人情

今年2月9日,是上海民俗学家邓云乡教授逝世21周年的忌日。这位集民俗风情、红学研究、花木虫鱼、美食佳肴等多方面卓有研究成就的著名作家,在其晚年才情勃发之际,却不幸病故,享年75岁,颇为可惜。忆昔念旧,邓云乡与笔者交流往事,不由一一涌现在眼前⋯⋯

一、在古籍社初识邓云乡

最早知晓邓云乡的大名,出自上海作家协会研究室主任魏绍昌之口,当时我对民国报刊很感兴趣,听说魏公编过一本《鸳鸯蝴蝶派研究资料》,便去上海作协拜访他。在交谈中,知道魏绍昌除专攻民国报刊,还是"上海红学四老"之一,其中另一位便是邓云乡先生。魏绍昌见多识广,仗着肚里有学问的资本,评点人物,有点恃才傲物的口气,但他说起邓云乡,语气中显出很钦佩的表情。他对我说:"邓云乡是电视剧《红楼梦》的民俗指导,你有民俗风情问题,

邓云乡晚年在书斋中写作

尽可以请教这位专家。"

第一次见到邓云乡先生，是参加上海古籍出版社召开的一个"中国古代生活文化丛书"约稿会，这套丛书有20本，有酒文化、茶文化、服饰文化、园林文化……邓云乡先生撰稿的是《草木虫鱼——中国养殖文化》，笔者接手的是《书香心怡——中国藏书文化》。

在这个会上，笔者见到年逾花甲的邓先生，他大鼻阔口，前额微秃，戴一副眼镜，说起话来有山西北方口音。我当时已读了他撰写的《红楼风俗谭》(中华书局1987年版)，知道他学识丰富，又擅长诗词书法，听上海古籍社原社长魏同贤私下对我说："邓先生是北大毕业的，他是俞平伯老的学生，还听过周作人在北大讲课。由于他对周、俞都十分敬慕，在十年动乱中被抄家四次之多，把他一生的书稿与收藏都抄掉了，他对此十分愤慨。"魏同贤又说，邓是读书界的才子，你请他写点读书文章，必受欢迎。座谈会结束后，我主动向邓云乡约谈读书的稿子，邓云乡笑着应允了。

由于我是苏州人，邓云乡先生又长期在苏州教书，不久，两人交往就开始多起来了，邓云乡先后为我写了《做点学问写点书》等谈读书的文章。我在读书与写作中遇到困惑与不解之处，也去电向他请教，邓云乡先生是个忠厚长者，和善诙谐而乐于谆谆教诲，使我在读书时的不少疑惑处有茅塞顿开之感，由此十分佩服他的博学。

二、延吉寓楼谈书香往事

少年时读到俞平伯先生的文章，便十分倾心。余生也晚，无缘见到俞老，但现在知道邓云乡是俞平伯老的弟子，便一直想上门去请教，终于在他72岁那年，我找到了一个拜访机会。

1996年初夏的一天，我来到邓先生居住的延吉新村，邓云乡先生开门迎我入室，便把我引进一个小书房，书斋名"水流云在轩"，他把自己名字中的"云",嵌入其中,斋名空灵雅致。他的书架上的书很杂,墙壁上有一幅叶圣陶为他题写的书法,是杜甫《野望》中两句:"水流心不竞,云在意俱迟。"我欣赏片刻,说:"原来邓先生的斋名出自于此。"邓云乡笑一笑说:"我常有事无事读读杜甫老人的诗,以此来消尽自己的浮躁之气。"我知道这是邓云乡先生的自谦之词,他的文字不急不躁,其文笔与书法皆挥洒自如,显示从容雅致而博大精深的风格,我们的谈话便从他出生的山西说起。

邓云乡说:"我于1924年出生在晋北灵邱东河南镇的老宅院里,原名邓云骧,后来为了躲避战乱,一家人逃到了山西太原,住的是四合院。"

我问:"山西太原的四合院与北京的四合院一模一样吗?"

邓云乡答:"山西的四合院是长条的,格局不如北京规范整齐。"他顿一顿又说:"我上一代也是书香门第,因此为了不让我耽误学业,我父亲邓师禹让我五岁时接触《四书》《五经》,当时我也不一定看得懂,但只能说浏览了。直到1930年,我六岁后回到家乡读私塾,这时候才认真读《四书》《五经》。"

我又问:"您读《四书》《五经》之外,还读过什么书?"

邓云乡笑一笑说:"我在学堂里读《四书》《五经》,回家做题目,有空暇时读闲书,第一本闲书便是《三国演义》。"

我又问:"你几时考到北京读高中?"

邓云乡想了想说:"我是17岁经考试,考取了北京西京中学高中,后来又读了师范学院与北京私立的中国大学,1947年,我23岁毕业于北京大学中文系。"

"听说您是俞平伯老的学生?"

邓云乡脸上显出得意的喜悦之色,说:"是的,我很幸运,在学习中遇到困惑,常蒙恩师俞平伯先生指教。"他顿一顿又说:"我还听过周作人先生的两次讲课,他口才虽然不是特别好,但对许多历史事件的分析,让我十分佩服。"

"您大学毕业后在什么单位工作?"

邓云乡说:"当时战乱,我离京后返回山西,先在山西大同中学教书,后又浪迹天津,在天津中学教书。50 年代初,我去了南方,在苏州电校与南京电校任教,1956 年到上海电力学校当教师。"

邓云乡又谈到自己虽然从事教学工作,但他业余时爱旅游,到北京胡同中考察民俗风情,他说,鲁迅先生从 1912 年到 1926 年在北京住了 15 年,他就写了一本《鲁迅与北京乡土》,还对北京民俗进行了考证与研究,先后写了《文化古城旧事》《北京四合院》《增补燕京乡土记》,对北京的岁时、名胜、饮食、名苑各个方面作了详细生动的记载,由于旁征博引,又用了白描手法,很有一点小百科的味道。

我又把话题转到邓云乡研究的"红学"上,我问:"您是'上海红学四老'之一,请问您怎样研究《红楼梦》这部书的。"

邓云乡从书架上取出一本他撰写的《红楼梦导读》(中华书局版),说:"现在有人评论《红楼梦》不是谈'索隐',就是说'考证',我则另辟新径,以民俗、饮食、文化等方面来研究《红楼梦》,我想讲一点'红学'中的趣味方面,还讲了贾家为什么要拉拢贾雨村?'脂砚斋'是怎么一回事? 高鹗的续书质量如何? 书中的诗词好不好? 我用各种读者感兴趣的问题一一解答,帮助读者解读《红楼梦》。"

三、小饭店里谈美食

邓云乡先生不仅是红学研究家、民俗学家、诗词掌故专家、文史专家,他还与梁实秋、唐鲁孙合称"华人三大美食家",笔者便向邓云乡先生求教,邓云乡看了一下表,说:"时间不早了,我们下去找个地方边吃边谈吧!"

我笑着应允,说:"那由我晚辈请您。"

邓云乡笑语："你是客，我要尽东道主之谊。"我们在延吉新村附近找了一家小饭店，邓云乡说："这家馆子虽然小，但菜很地道，你尝了就知道。"

邓云乡点了三五个小菜，有毛豆炒萝卜干、油炸花生、咸猪头肉、炒鸡蛋和清蒸鲈鱼、虾丸汤。

粗一看，也很普通。邓云乡叫了一瓶酒，说："《红楼梦》这部书是很讲究烹饪美食的，虽然是小说，但写到的名点佳肴并非燕窝、鱼翅等珍馐，而是最普通的菜。其实，平常的菜只要善于搭配，照样可制作得十分精美。"

从曹雪芹又谈到高鹗，邓云乡认为高鹗写美食实在不懂行。第八十七回写紫雁去厨房中为黛玉做一碗火腿白菜汤，再加点虾米、紫菜，邓云乡用筷子点点汤说，"白菜煨汤，本身有甜味，再加上火腿、虾米又咸，很不相宜，再说白菜汤中加紫菜，也极不合适，这是外行写美食了。"

当笔者问及，邓云乡与梁实秋、唐鲁孙并称三大美食家，邓云乡连连摇头说："梁实秋、唐鲁孙是我的前辈，梁的《雅舍谈吃》写了57篇美食的美文，另外我还读过梁公在其他集子与报刊上写的美食美文30余篇，共计90多篇，可以说是华人谈吃之大全了。唐鲁孙公是满族镶红旗人，他是珍妃的堂侄孙，自幼出入宫廷，后来又游走于各地，他著有《中国吃》，被称为'华人谈吃第一人'。"

我问梁实秋与唐鲁孙二人谈美食有何不同？邓云乡沉思半晌说道："梁公是大散文家，他是从文人雅士的角度谈美食，充满了闲情逸趣。唐鲁孙在谈吃的同时，将北平风情百态、晚清著名人物及三教九流、典章制度一一道出，他的谈吃，可以说是清末、民初的文化百宝箱。"

我曾将三位华人美食家谈吃的文章放在一起品味，发觉邓云乡谈吃有深厚的文史根底，他的美食文章文笔隽永、富有情致，其笔下的小吃佳肴活色生香，还有饮食中的文化幽默，让人开心一笑。由于梁、唐二位生活在台湾，又比邓云乡先生大，因此各有妙趣可言。

四、邓云乡谈"书的友谊"

"书的友谊"是邓云乡先生为拙著《珍爱的签名本》写的序言。我编辑之余喜好收藏签名本，于 1994 年完成《珍藏的签名本》一书，初版 10 000 册，出版后颇受读者青睐，便于 1996 年拟出版《珍爱的签名本》，当时与邓云乡先生经常联系，知他读书广博，请他赐序，那是最好的了。

邓云乡赠作者的签名本

我先打电话征求邓云乡先生的意见，他同意后，我便送去清样，邓先生便和我谈了两个小时，了解了我少年读书时的状况，又在文史方面问了我许多问题，而后便写了一篇 2 000 余字的序文，题目是《书的友谊》。邓云乡在序中说："有人说，书中自有黄金屋，书中自有颜如玉。我以为这不是真正的'读书乐'，只有把读书当作思想、情感的寄托，也就是说，把读书当作生活，像吃饭、睡觉一样重要。无所谓、无功利而读书，才是上乘。才真正可获得'读书乐'之三昧。书和人的友谊，是非常珍贵的。"他又说："正文兄爱书入迷，自号'米舒'，米舒者，迷书也。他结交书友极广，各方学人馈赠的签名本也越多，他现在汇编了《珍藏的签名本》与《珍爱的签名本》两册，书中所选，皆海内大家、学界前辈，如郑逸梅、巴金、施蛰存、冰心、唐圭璋、陈学昭、廖沫

邓云乡赠作者一幅书法

沙、钱仲联、柯灵、张中行等诸位。正文兄所选编的，不只是他个人之珍爱高著，也是一个时代的收藏。"序中还称笔者为"读书种子"，让我暗暗惶恐惊喜了很久。

在笔者与他交往的十余年中，邓云乡先生先后赠我签名本七八本，如《草木虫鱼》《书情旧梦》《水流云在书话》《皇城根寻梦》《文化古城旧事》等，还送了一幅他亲手所写"读书小诗"书法作品。邓云乡先生逝世已二十余年，但他的妙言："逛书摊的最大乐趣是自由的发现"，已成了我与好多书友淘书时的共同座右铭。

文·化·名·宿·访·谈·录

范伯群致力填平雅俗鸿沟

2017 年岁末,从微信上获悉范伯群先生仙逝消息,心情十分沉重与难过。我虽然不是范教授的门生,但他是我恩师章培恒先生的师兄,我亦可称他为师伯,而且他晚年悉心为中国通俗文学正名,与笔者一生的追求和研究相仿。我不由想起与他 30 年交往的点滴往

老当益壮的范伯群在演讲

事,当时促膝畅谈的种种场景,一齐涌入眼帘……令我黯然神伤,我坐在写字台前不觉提起了笔。

一、研究近代名人评传

第一次听到范伯群的名字,那是 1982 年春节去给恩师章培恒先生拜年,在章先生家,碰到了章先生的几位同事,大家谈着谈着,不知不觉谈到了苏州大学范伯群先生。

章先生于 1950 年进入复旦大学读中文系,不久任党支部书记。章先生几位同事说:"当时,章培恒、范伯群、曾华鹏与施昌东被称为

复旦大学的后起之秀,又是贾植芳先生门下的四个得意弟子。"

章先生含蓄地一笑,用浓重的绍兴口音说:"当时我们四人因与贾植芳先生关系比较好,在1955年胡风事件中无一漏网。"

1955年贾植芳被错划为胡风反革命集团分子,他的学生章培恒被开除党籍,撤销党支部书记职务,贬到了资料室。施昌东原是团支部书记,曾华鹏是班长,范伯群是学生会主席,四人原来深为郭绍虞先生与贾植芳先生所器重,结果,施昌东被关进了监狱,曾、范二人毕业后本要留校当助教,都被分配到了外地,曾华鹏分到了扬州财经学校,范伯群则去南通中学教书。

虽然遭受不公正待遇,听章培恒先生说,范伯群与曾华鹏还是互相鼓励,他们合撰的《郁达夫论》发表在1957年的《人民文学》杂志上。范伯群后来又调到南京市,在省文联从事创作,并担任《雨花》杂志编辑,1981年调入苏州大学(原名江苏师院),不久,任中文系主任。

我与范伯群先生第一次见面是在1986年,当时我赴苏州请名家撰稿,临行前,章培恒先生嘱我去拜访一下钱仲联先生。章先生是搞明清文学研究的,他写了一个条子让我带给钱仲联先生,并嘱我去看望一下范伯群先生。我一口应允。

一到苏州,我便上门约稿,请钱仲联与陆文夫为"读书乐"撰写自己的读书经验,钱仲联是当时苏州大学最有名气的专家,在清代诗文研究方面尤为突出,拜访完钱仲联教授,便去访问了范伯群先生。

当时范伯群先生仅55岁,精力相当充沛,我代恩师章培恒向他问好,同时请他抽暇为《新民晚报》撰稿,他说已看过"读书乐",并说:"报上办个'读书'版,可以让更多的人喜爱读书。"他说完,便送了我两本签名本,一本是由百花文艺出版社出版的《郁达夫评传》,另一本《冰心评传》。我记得他当时还写过《王鲁彦评传》,并在研究鲁迅著作,刚评为中文系教授。

我说:"我最近出版了一本写唐伯虎为主角的历史小说,还写了一本武侠小说《龙凤双侠》。"请他指正。

范伯群先生翻了几页,莞尔一笑,说:"我今后要与你一起研究通俗文学了。"说罢,他便透露自己已加入"中国近现代通俗文学史研究"项目,并说这是国家首批哲学社会科学的15个项目之一。

我听了自然高兴,因为我觉得自20世纪50年代开始,中国文学界对通俗文学的批评与打压,毫无道理。我说:"中国古典四大名著,《水浒传》《三国演义》《西游记》都是由话本演变而来的俗文学,为什么我们今天一提俗文学,某些权威与评论家就把广受人民群众喜爱的通俗文学打入冷宫呢?"

范伯群先生想了一想,说:"这种文艺政策对俗文艺的轻视,导致在近现代文学史上把许多有名的通俗文学作品在文学史上一笔抹杀,张恨水、周瘦鹃、严独鹤、还珠楼主、程小青、平江不肖生、张爱玲、苏青等人的作品在文学史上就不作介绍与评论,甚至有人以贬低通俗文学而无限上纲。"

我说:"这也是极左思想在文学评论与文学史研究上的恶果。"

范伯群先生对此亦有同感,他说:"文化界极左的路线对中国近现代文学的研究是相当不利的,好来现在国家正在展开对中国近现代通俗文学史的重新研究,我可以在这方面做点工作。"他并透露,今后要把自己的研究重点从纯文学转到俗文学方面。

我们又从平江不肖生、宫白羽说到了还珠楼主,还谈起了王度庐、朱贞木与郑证因,范伯群说:"平江不肖生与郑证因,自己也会武术呢!"

2005年7月9日,陆文夫先生在苏州因病去世,我因为知道范伯群先生正在研究陆文夫与高晓声,我便想请范伯群先生写一篇悼念陆文夫的文章,范伯群先生在电话中说:"古吴轩出版社正准备出一本纪念版《美食家》，我想待书出版时，把文章一起寄给你。"两个月后，范伯群寄来了一篇《生前最后一书　叹为人间绝唱——推荐陆文夫〈美食家〉纪念版》的稿子，我将此文发表在《新民晚报》上。

二、为中国通俗文学正名

在 20 世纪 80 年代中期，金庸、古龙、琼瑶、亦舒的小说热已播及大陆，而柯南·道尔、阿加莎·克里斯蒂、程小青的小说也在神州大陆相继踊跃出版。这种形势对促进中国近现代通俗文学研究打开了好的局面。

在章培恒先生的鼓励下，在范伯群先生的影响下，笔者在 20 世纪 90 年代初先后出版了《武侠世界的怪才——古龙小说艺术谈》（章培恒序）、《金庸笔下的 108 将》（冯其庸序）与《中国侠文化史》（章培恒序）三部武侠评论专集，并一一寄呈范伯群先生讨教。到了 1994 年，范伯群先生也寄来他新出版的《民国武侠小说奠基人——平江不肖生评传》（南京出版社 1994 年版），我们在武侠世界里找到共同的话题，他来电说："我搞旧武侠研究，你搞新武侠评论，我们是异曲同工，共同为中国国粹——武侠小说研究尽一点力。"

范伯群先生是湖州人，但他自 14 岁迁居苏州后，开口已经是道地的苏州口音了。

至 2001 年，范伯群先生又寄来他主编的《中国近现代通俗文学史》（上、下两册，江苏教育出版社）。2007 年，范伯群先生寄来他的专著《中国近现代通俗文学史（插图本）》（北京大学出版社 2007 年版）的签名本，当时他已 75 岁，我读完全书，感触万千，便趁回老家苏州时，专门去拜访了他。

范伯群当时已满头银霜，但精神饱满，举止儒雅，我向他祝贺这 20 年来在通俗文学研究上取得的杰出成果，范老说："我认为，中国优秀的通俗文学是与新文学有互补的关系,所谓鸳鸯蝴蝶派,其实是市民大众文学的一种反映。我认为,现代知识精英文学与市民大众文学不是对立的,而是相映生辉。近现代通俗文学(包括武侠小说、侦探小说、社会小说、历史小说等)是中国近现代文学中的一个有机组成部分。雅俗文学,各有所长。李伯元的《官场现形记》、张恨水的《啼笑因缘》、秦瘦鸥的《秋海棠》、顾明道的《荒江女侠》、包天笑的《一缕麻》,都由小说改编成脍炙人口的戏剧,同样起到了很好的作用。"

范伯群赠作者的签名本

我与范伯群先生进行了一小时访谈,返沪后便在 2007 年 3 月 4 日的《新民晚报》上发表了一篇《谈范伯群新著》的评论文章,对范伯群先生出版《中国近现代通俗文学史(插图本)》给予高度赞扬,这部 80 万字的文学论著,不仅点评了《官场现形记》《老残游记》等晚清社会小说的价值,而且对蔡东藩、平江不肖生、还珠楼主、张恨水、刘云若、周瘦鹃、秦瘦鸥、张爱玲、苏青、无名氏、李涵秋、毕倚虹等民国畅销书作家作了详细介绍,并对他们的作品成就作出了全新的评价。贾植芳先生与在美国哈佛大学任教的李欧梵教授分别作序,李教授还在哈佛大学上课时讲述与评点此书,引起学生热议与好评,范伯群先生对中国通俗文学的开拓性见解与实事求是的评论,在海内外广泛受到欢迎。

应该说,在中国当代文学研究的评论家中,范伯群先生是继冯其庸、章培恒、严家炎等教授之后,又一个跳出中国近现代文学的固有窠臼与传统模式,敢于对中国平民百姓喜爱、中国历史悠久的通俗文学,给予了高度的重视与研究,他的研究成果表明通俗文学为中国近现代文学史填补了空白。

　　范伯群先生在收到我寄去的报纸后，给我打来电话，并就通俗文学的研究又交换了意见。我从他热情洋溢的谈话中受到了鼓励，他说，中国通俗文学的研究，还刚刚开了头，还有许多重头戏在后头。

　　果然，到了2013年春天，82岁的范伯群先生给我寄来一篇稿子，题目是《填平雅俗鸿沟》。此文是范伯群先生对于自己30年来从事文学研究成果的总结，他说早在80年代初，中国社科院文学所就分配给苏州大学一个任务，编一本《鸳鸯蝴蝶派文学资料》，为了对近现代文学中的通俗文学作一个严肃的学术考证，他花30年时间，并完成了一部《中国近现代通俗文学史》，范伯群在文中指出："曾被称为'鸳鸯蝴蝶派'的通俗文学，并不是中国现代文学中的'陪客'与'附庸'，它与精英文学组成了中国近现代文学的雅俗两翼。"他还说，将市民文学命名为"鸳鸯蝴蝶派"，这其实是一种蔑称。范伯群先生将自己治学的三部曲"起步""转移"与"回归"归结为"填平雅俗鸿沟"的治学理念。这篇文章观点大胆犀利，我将此文在《新民晚报》刊出后，在学术界曾引起轰动。范伯群致力于中国俗文学的研究，确实不同凡响，令人佩服。

　　眼睛一眨，五年又过去了，一向身体很好的范伯群先生遽然去世，我谨以此文哀悼他，并为他在中国通俗文学研究上做出的杰出成果表示尊敬。

改定于 2018 年 1 月 2 日

严家炎谈金庸新武侠的文学革命

去年 11 月 31 日,是查良镛(金庸)先生逝世一周年忌日,由查先生当年读书的东吴大学(今苏州大学)召开海内外武侠学者"东吴论剑"研讨会,笔者在会上见到北京大学终身教授严家炎先生,严教授是在中国大学中最早开设"金庸小说研究"课程的学者,为金庸武侠小说进入大学殿堂,开了先河。严家炎先生于 1994 年在北大讲金庸新武侠时,就感受到大学生对"金庸热"的激情,这一年秋天北京大学授予金庸名誉教授的称号。在这个仪式上,严家炎教授发表了一篇《一场静悄悄的文学革命》的贺词。1995 年,严家炎首次在北大开设"金学"课程。我在开会间隙,有机会对严家炎作了几次访谈。

一、金庸是当代首位华人畅销书作家

1933 年出生的严家炎先生今已 87 岁了,但严教授身体很好,话锋犀利。我与严家炎先生的访谈,首先从他认识金庸开始。谈到金庸,严家炎坦言,他在 20 世纪 80 年代中

严家炎在苏州大学为读者签名(米舒摄)

期就开始接触到金庸武侠小说，并感受到海外读者读"新武侠"的巨大热情。

他说："我于1991年去斯坦福大学作访问学者，偶尔在东亚图书馆内发现，借阅金庸武侠小说的读者数量极为可观，一套书借出过几十次乃至上百次，在借书页上密密麻麻敲了图章，有的金庸小说已被翻得陈旧破烂。我以为这个现象客观揭示了金庸小说在华人读者中深受热烈欢迎的程度。"

"严教授，你真正认识金庸先生在哪一年？"

严家炎说："我与金庸的认识，是在1992年，我当时到香港中文大学作三个月研究学者。因为读了金庸小说，也了解到金庸武侠小说广受欢迎的现象，那一日，查先生（金庸）约我去他府上山顶道一号家中小聚，就欣然前往。"

我问："您与金庸先生第一次见面，谈了些什么？"

严家炎淡淡一笑道："我们先是从自己各自的少年生活谈起，从爱好兴趣谈到读书，从读书谈到武侠小说，又从武侠小说谈到'新武侠'。后来又谈到了围棋。"

严家炎先生说，金庸的书房很大，藏书极富，他与金庸谈了近两个小时。临别时，金庸送了他一套36本的《金庸小说全集》，并派车送他返回香港中文大学。

我问："您后来又仔细读了金庸全部武侠小说，您对金庸小说的定位是……"

严家炎先生考虑了一下，说："金庸应该是当代首位华人畅销书作家吧！"他顿一顿又说，"他发表作品的总量应排在当代作家中第一。在港台大陆有十几个版本，不少版本都印了几百万册，盗版本更不计其数。金庸小说热，五十余年不衰，除持续时间长，而且覆盖地域广，不仅从香港、大陆、台湾，又延伸到东南亚、北美洲、欧洲、大洋洲的华人社会，并有雅俗共赏的读者群，从政府官员、大学教授、科学院院士、著名作家,一直到平民百姓都喜欢读金庸新武侠,这是很罕见的。"

说到具体热衷"金学"的著名人士,严家炎说:"文科方面有陈世骧、冯其庸、夏志清、余英时、章培恒、钱理群等著名学者,著名作家冯牧、王蒙、李欧梵、李陀都是金庸武侠迷。"他又说:"邓小平与蒋经国先生也是金庸武侠小说的爱好者。"

严家炎还举了两个例子:"越南国会开会,两个议员意见不合,一个说对方'你是搞阴谋诡计的左冷禅',另一个马上回敬:'你才是虚伪阴狠的岳不群!'金庸武侠小说还突破地域文化,日本、韩国、越南等国都有译本,《雪山飞狐》《鹿鼎记》《射雕英雄传》也都有了英译本。"

二、金庸新武侠小说中的现代意识

谈到金庸小说的突破,严家炎说:"金庸的新武侠,在中国文学史上是一个大突破。旧武侠小说或传统武侠小说的主题是'快意恩仇',有武侠元素的《水浒传》在这方面表现很突出。武松血溅都监府,一口气杀男女老少18口人,连儿童、马夫、丫环、厨师都没放过,这种为报仇的任性杀戮好像是出了一口气,但有滥杀无辜的味道,金庸在小说中就作了重新处理与重大突破。《笑傲江湖》中林平之因其父母与其福威镖局众人被青城派残虐性暗害,他后来学了'辟邪剑法',成了复仇狂,以猫戏老鼠的方式戏弄青城派掌门人余沧海及其弟子,以此达到快意复仇。但金庸先生是以批判的角度来描述林平之复仇的。《神雕侠侣》中杨过立誓为其父杨康报仇,但当他了解其父杨康之为人与死因,他惭愧得无地自容,彻底放弃了复仇的念头。《天龙八部》中乔峰则说:'我们学武之人,第一不可滥杀无辜。'由此可见,旧武侠的复仇模式在金庸的笔下已被否定了。"

"另外，金庸还改变了旧武侠小说中侠客的成长模式，传统侠客追求的是：行侠、报恩、封荫，对威福、子女、玉帛（钱财功名利禄）看得很重，但金庸笔下的侠客却是行侠仗义，具有独立人性与独立的批判精神，他们拒绝做官府的鹰犬。"我补充说："黄天霸、展昭式的人物已不是金庸新武侠中的英雄。"

　　严家炎继续侃侃而谈："金庸武侠小说虽然写的是古代题材，但它又是一部现代寓言。比如《射雕英雄传》中就通过曲洋与说书人之口，揭露了'真正害死岳爷爷的罪魁祸首，只怕不是秦桧而是高宗皇帝'。而在《笑傲江湖》中更揭示了权力是滋生腐败的原因。东方不败被杀害后，任我行重新夺回教主之位，东方不败原属下的骨干纷纷在任我行面前揭露批判东方不败，有的说，'东方不败武功低微，没有真实本领'。有的说，'东方不败淫辱教众妻女，生下无数私生子'。事实上，金庸通过令狐冲之口提出了异议，东方不败一个人力战任我行、向问天、令狐冲等四大高手，并不落下风，只是任盈盈刺伤杨莲亭，才使东方不败分心落败，其武艺之高，可想而知。另外，众人指责东方不败荒淫好色更不是事实，东方不败因练'葵花宝典'，早已自宫，失去了性能力，他怎么能生下众多私生子呢？"

　　严家炎的结论是："金庸本人具有政治洞察力与小说家的想象力。他让传统武侠小说渗透了现代精神，使武侠小说达到了过去从未达到的文化品位。"

三、一场静悄悄的文学革命

　　1994年，北京大学授予金庸先生"名誉教授"称号时，严家炎先生发表了一篇贺词《一场静悄悄的文学革命》，这篇贺词，曾引起过争论。对于这个问题，我请严家炎先生谈谈这一事件的原委与争议的内容。

我说:"您写的《一场静悄悄的文学革命》刊出后,有学者提出不同意见,您如何看待这一争议?"

严家炎说:"世纪之初,梁启超就先后提出过'诗界革命''文界革命''小说界革命'与'戏曲界革命'的口号,他倡导了五四文学体裁的革命,事实证明对'五四'新文化运动有推动启迪作用。'五四'新文化运动开始,讲'文学改良'、讲'文学革新'、讲'文学革命',都有。胡适先生在《藏晖室札记》一文中就提过

严家炎赠作者签名本

'文学革命',他后来又讲到'建设性的文学革命',他还称,《海上花列传》为'文学革命'。对于这个观点,鲁迅先生在《无声的中国》一文中谈到'五四文学革命'时说,这和文学两字连起来的'革命',都没有法国革命的'革命'两字那么可怕,不过是革新,改换一个字,就很平和了。"

我说:"文学革命也就是对旧武侠或传统武侠中的内容与形式,进行了革新的意思?"

严家炎想了一想,又说:"金庸新武侠把旧武侠中的哥儿们义气提高到'为国为民'侠之大者这个思想高度,我以为与'五四'以来的文学方法是一脉相承的。金庸新武侠也是中国现代文学的一个组成部分。当然'文学革命'是不同于'革命文学'的。"

我说:"严教授您认为'文学革命'与'革命文学'是两个概念,您认为金庸在对传统武侠上作了哪一些'文学革命'?"

严家炎说:"第一,是他对传统武侠小说中的重大观念作了改造,小说的背景是古代,却渗透了现代精神。金庸新武侠小说在处

理汉族与少数民族关系上,突破了汉民族本位的狭隘观念,比如《天龙八部》中乔峰是契丹人,他因反对辽宋征战而在契丹皇帝面前以自杀表示了抗议。第二,金庸小说在武侠创作中对艺术表现手法作了革新,他不写口吐飞剑,来去无踪的侠客,而是借鉴了西方文学艺术手法,如心理描写,又如蒙太奇手法。金庸新武侠小说中由两个人讲故事,讲同一个人,《碧血剑》中的主角金蛇郎君夏雪宜从头到尾未出场,他的经历与故事是由两个女人的口中讲出来的,而且生动曲折。又如《笑傲江湖》写女童曲非烟对余沧海当面嘲弄,让仪琳在泪眼中看到这苗条背影,心念一动:这个小妹我似曾见过,在哪里呢?倒头一想,登时记起,在昨日回雁楼的情景,从朦胧而到清晰起来,眼前又浮现出令狐冲的笑脸。这一段描写仿佛是电影中的镜头。在过去传统旧武侠小说中是没有的。"

2019 年,作者与北大终身教授严家炎在"东吴论剑"会上合影

我问:"金庸小说第三个革新内容是什么?"

严家炎回答:"那就是他的小说兼容儒、墨、释、道、法各家,又极写书、画、琴、棋、山川等丰富的内容,让瑰丽的艺术想象,新鲜活泼的语言与浅近的文言交融成一体。在结构与故事情节上,曲折生动而悬念迭起,让人大出意外的情节又能做到合情合理。金庸小说中的场面,往往有固定的舞台,或饭铺,或茶馆,或破庙,或篷车,他还擅长写特定的环境,如商家堡、牛家村,并通过一个事件、一个窗口来增加故事的大容量,以小见大来表现丰富的内容。金庸在体裁上集历史小说、言情小说、推理小说、滑稽小说之大成,并通过人生哲理与作者对社会的看法来极写人性。由于金庸写来既含蓄而不张扬,虽然他在文学内容与形式上作了改革与突破,但作者自己却很谦逊,只承认自己的'新武侠'仍是娱乐文学,其实,这便是静悄悄的文学革命的内涵价值。"

章培恒评点《李自成》

学识渊博、诲人不倦的章培恒

1988年早春，平地一声惊雷。复旦大学中文系教授章培恒先生在《书林》杂志第二期上发表了一篇《金庸武侠小说与姚雪垠的〈李自成〉》一万余字长文，此文在中国文坛与评论界随即引起轰动，章文在1989年又被影响甚广的《新华文摘》第一期全文转载。

当时姚雪垠的《李自成》（第二卷）在1982年已获首届茅盾文学奖，还出版了日译本，《李自成》被评论界誉为中国当现代文学史上歌颂农民领袖的英雄史诗。姚雪垠在《谈〈李自成〉若干创作思想》中透露："《李自成》是可以和列夫·托尔斯泰媲美的长篇历史巨作。"而金庸的武侠小说尽管在读者中势不可挡，但正如章先生后来在文中所述："金庸小说在当时还是不入流的东西。"

笔者年轻时（笔名晓波）也从事历史小说创作与撰写武侠评论，与章培恒、姚雪垠先生都有交往，后来又听章培恒先生几次谈起《李自成》与金庸武侠小说之比较，现将回忆实录记载如下：

一、我与章培恒、姚雪垠的交往

我于20世纪70年代中期认识章培恒先生，因佩服他的学识，有幸拜他为师。在1978年至1980年的三年中我成了章培恒先生家的私塾弟子，每两周去他溧阳路凤凰村寓所，学习《二十四史》与《古文观止》，前后约两三年时间。笔者于20世纪80年代初发表历史小说《三个独生子》《苏东坡出山》《浴血睢阳》，章先生当时已去日本神户大学执教，我在历史小说写到晁衡这一人物时，写信向章先生求教，章先生在神户大学给我写了详尽回信，并亲自给予指点。在受章培恒老师教诲的岁月中，也听他谈起他很喜欢看武侠小说，但我在章先生评点《李自成》之前，并不知晓，因此，我读到《书林》杂志上的文章也有点吃惊。

章培恒写给作者的信件

1985年，广州召开首届历史文学作品会议，当时邀请名单中的第一位是姚雪垠（他是当时最具影响的历史小说作家），他因急于完成《李自成》第三、四卷，没出席。我赴广州参加会议，见到了三十余位出席者，其中有《金瓯缺》作者徐兴业，《白门柳》作者刘斯奋，还有杨书案、任光椿与花城出版社副总编辑李士非等人。

十年动乱中，无书可读，在可以读到的书中，《李自成》无疑是最吸引我的，因此，我当时对历史小说《李自成》非常推崇。徐兴业先生是我80年代中期加入上海作协的介绍人，他的四卷本《金瓯缺》花了十几年心血，但我觉得其小说古文辞语言较重；而后来成为我老师的蒋星煜先生也写了约70篇历史小说，他的小说语言晓畅生动，但结构上以短篇为主，在分量上也不如《李自成》。

因此，早在1983年初我就给姚雪垠先生写了一封信（并附上已发表的几部历史小说）寄到了北京。姚雪垠先生当时已73岁，他给我回了一封信，我后来又与他通过几次电话，他的意思让我继续学习文史，只有打好扎实的文史基础知识，充分熟悉史料之后才可动笔写历史小说。承他鼓励，姚雪垠又寄来了《李自成》第一、二卷签名本。

二、小说《李自成》存在的"硬伤"与"虚假"

1987 年春，我去南京组稿，正逢甲肝大爆发，我连日奔波于唐圭璋、忆明珠、程千帆寓所，便中彩了。回沪后即送医院隔离病房，后又回家静养数月，闲得无聊，只能以读书解闷，当时读的正是古龙的武侠小说与金庸的武侠小说，朝夕沉湎其中，并开始写作《武侠世界的怪才——古龙小说艺术谈》。

作者与他尊敬的老师章培恒合影

1987 年年底，我去章培恒先生家，汇报读书收获，章先生说："我知道你喜欢写历史小说，你觉得《李自成》与金、古武侠小说可以相比吗？"

我当时愕然，《李自成》是当代历史小说之高峰，金庸与古龙的武侠小说也各有千秋，我不知道如何回答。

章培恒先生诲人不倦，他用绍兴口音的上海话说："你可以回去再读一下，比较一下。"

我当时并不明白章先生话的内涵，只是点点头。

1988 年 2 月，章培恒先生写的《金庸武侠小说与姚雪垠的〈李自成〉》发表了，我一读之下，在惊奇中有一种莫名的欣喜。于是带着疑惑再把《李自成》读了一遍。我当时做了一些读书笔记,决定上门再去求教于章培恒先生。

应该说,我的文学观与史学观都深受章培恒先生影响。我虽然不是复旦大学的学生,但我的思想与世界观和章培恒先生很相近,在随他学习的近十年中,他帮我修改了四大本读书笔记,给我写了三十多封信件,受他个人教诲的时间也可以说在章先生众多弟子中获益最多(每两周有三个小时听他授课,前后有两年多时间)的一个。

首先,我受他影响的是对中国文学的分类,我自幼喜爱武侠侦探小说与花鸟鱼虫、园林小品,章培恒先生曾对文学分成新文学与旧文学提出质疑,我是赞同的。他在文章中列举了《秋海棠》(旧文学)与吴祖光的《风雪夜归人》(新文学)的不同文学地位。

其次,姚雪垠自认,写《李自成》是"为无产阶级专政的利益占领历史题材这一角文学阵地",我在重读之后便产生了疑虑。姚雪垠为了达到美化歌颂李自成这一高大形象,写李自成被困守商洛山时,军中粮食已很困难,但李自成却赈济当地穷苦百姓,这种思想境界,与劳苦大众的革命大救星相仿。同时小说还无中生有地塑造了高桂英(在历史记载中仅

章培恒赠作者的签名本

有高夫人,但不知其名,她在李自成起义中发挥的重大作用也无文字详载),小说中的高桂英不仅掌管起义军钱袋子,在几次突围发生分歧时,是她站出来一下子拍板定局,她还为了李自成的"闯王"旗子不倒,不顾个人生命危险自愿带几百人去牵制官军大部队进攻。总之,正如章培恒先生所言,李自成、高桂英的行为都超越了当时历

史的特定环境与氛围，大有现当代无产阶级英雄的革命境界。

最后，章培恒先生是研究明史的专家，他对李自成农民起义队伍的成长与发展，作了严密的考证，姚雪垠极力歌颂李自成起义军军纪严明，对百姓秋毫不犯，事实是李自成起义军原来纪律并不好，自李信(李岩)加入李自成队伍后，提出整顿军纪，才开始逐步改变了这支农民起义军的面貌。而李自成被困于"鱼复诸山"，也是姚雪垠先生的文学想象。章培恒先生另一重要指证是"开封被淹"，据史料记载，官军想以黄河之水来淹李自成部队，李自成发觉后，迅速将部队转移到高处，命人扩大黄河决口以淹开封，但姚雪垠小说中把"水淹开封"归结为官府所为，说官府的人把开封淹了，并在小说中说："只是事后官绅们讳言真相，遂使真相被歪曲和掩盖了三百多年。"

平心而论，章培恒先生对《李自成》存在的种种硬伤以及违背历史真实的披露，事后，我在与姚雪垠通电话时，谈到章培恒提到的质疑，他很为之动怒。

三、章培恒从"人学"上评价金庸武侠小说

章培恒以研究中国古代文学史而闻名于世，他15岁加入中共地下党，在新中国成立后任复旦大学中文系党支部书记，后因其导师贾植芳涉及胡风一案，1955年他被下放至图书馆工作，他受蒋天枢、朱东润、赵景深三位先生之教诲，刻苦研究学问，在1964年就发表诸多有影响的学术文章。十年动乱结束后，日本神户大学来中国聘请古典文学教授，在中国推选的教授与副教授都无法满足日本神户大学的要求，章培恒先生终于在众多讲师中脱颖而出。他在日本神户大学一年的教学中以其深厚的学术(先秦、两汉、唐宋、元明清与古汉语)教学方法深受日本大学生的欢迎。章先生在教学研究之余，偏爱读中国武侠小说。正因如此，他把读武侠小说作为自己业

余生活的一个调节，从中获得快乐，于是便有了他写作《金庸武侠小说与姚雪垠的〈李自成〉》的基础。

我当时已完成了《武侠世界的怪才——古龙小说艺术谈》，由章培恒先生写了序言《对武侠小说的再认识》（承他为三部拙著写了序言），他认为在民国三十七年（1948年）徐国桢写过一篇《还珠楼珠论》的文章后，中国再也没有出现过一部评述单个作家的专著。那天，章培恒就金庸、古龙的武侠小说成就与我作了详细长谈。

我："我过去对《李自成》的写作技巧很看好，他写明崇祯王朝的宫廷生活，写杨嗣昌、卢象升、高起潜、洪承畴等人都极具功力，李自成也被写成一个富有雄才大略的领袖。"

章培恒："姚雪垠先生写明朝宫廷生活确实写得很不错，但他塑造李自成，把一个农民领袖写成一个无产阶级革命者就与历史背景不符。他大力歌颂高桂英、刘宗敏，并把农民起义军写成八路军的翻版，也不是唯物主义的写法。尤其是他把一个农民领袖的妻子高夫人塑造得那么完美，让读者产生诸多困惑与种种联想。"

我："金庸小说中的正面人物好像没有那么完美，如乔峰、令狐冲、段誉、杨过、胡斐、狄云，他们或有这个缺点，或有那个短处。"

章培恒："对的，金庸写历史人物，人物的思想境界与感情脉络都与当时的历史背景与氛围相吻合。"他顿一顿又说："金庸小说中人物的武功，可能有虚幻的一面，但其人物个性鲜明，并各有独立的人格，这在《李自成》小说中几乎找不到，农民起义军中的大小头目，他们的爱憎都与领袖高度保持一致，个人服从大局，以自我牺牲来赢取集体胜利，姚雪垠写人，把人性的基本特征抹去了，情节中也有不少虚假之处，因此，这也是《李自成》不真实的一面。"

我："金庸小说中的东邪、西毒、南帝、北丐各有特点，各有短处，而《笑傲江湖》中则描绘名门正派与邪教之争，看来的正面人物却是伪君子，看来的邪派人物，却可爱得很。"

章培恒:"文学是人学,文学要写人的复杂性,这样写,才能让读者体会历史人物的真实。我以为《李自成》小说中有一种'三突出'的倾向,那就是正面人物李自成必须'高大全',姚雪垠用各种艺术手法来群星拱月美化李自成。如李自成单身赴张献忠古城会,其大义凛然,也有拔高的虚假成分。姚雪垠的写作技巧不是不高,而是他的艺术创作思路走偏了方向。金庸的武侠小说有虚幻的色彩,但他写人的性格与个性,是真实的,正面人物有缺点,反面人物有优点。真与假也是衡量文艺作品的一个重要标准。因此《李自成》在总体上比不上金庸的武侠小说,这只是我个人观点,这种妄议也许不很安分,我写出来供大家讨论吧!"

章培恒先生撰写的《金庸武侠小说与姚雪垠的〈李自成〉》一文,据文学界评议,这是大陆学者对金庸武侠小说给予高度评价的第一篇论文。20年后章先生自述:"讲金庸写得比姚雪垠好,这个看法现在看来很平常,但是我当时(1988年)发表这篇论文的时候,姚雪垠在中国文学界的地位很高,金庸的小说还是不入流的东西。我当时说得早了一点,在那时还很新鲜。"他还说:"文学作品能够做到自

章培恒(右二)参加上海武侠爱好者俱乐部成立大会,
右一为周清霖,左一为罗立群,左二为何鑫渠

娱娱人,那已经是相当好了,好看好玩是一种,写得惊心动魄也是一种,金庸武侠小说至少具备了这两点。"

章先生晚年在病中,我几次去华山医院探望他,他还一本正经地说:"我好多年之前自己就想写一部武侠小说,当时因为忙,现在更不可能了,只能等下一辈子了,但我下一辈子是否投胎为人,我觉得也是个未知数。"

章先生当时正处于病危时,但他说话依旧那么幽默,那么富有个性,真让我终生佩服。

改定于 2017 年 6 月 30 日

附录：为我写序的文化人

　　我出生在一个没有文化细胞的家庭,父母都是搞商业的,能走上文学与新闻这条道路,一是我自幼嗜好读书,二是学习还算刻苦与勤奋,在我写作的五十年中,也算出了六十多本小书。而我在这条写作道路上屡经坎坷,能坚持走到今天,还因为我的人生道路上,受到好几位贵人相助,一些文学前辈对我的培育与扶植,令吾终生难忘。

　　我写的小书,大多有名家作序,这些序,正是前辈对我的勉励与赞许,也让我完成一本小书后,不敢怠惰,又开始进入下一本书的创作。一本接一本,在我花甲之年,已有六十多本书出版了。

　　我于1984年出版了处女作《咏鸟诗话》,作序的是新闻界前辈冯英子先生。冯英老当时是我单位的副总编辑,我于1981年考进报社之前,并不认识他。在报社会议上见到他,冯英子并不一本正经,但对上却有点不以为然的表情。在食堂吃饭时,他见了我们这些年轻记者却是笑呵呵的,慈眉善目,还常与我们开开玩笑,他有一次对我说:“你在××杂志上写的文章蛮有味道。”这样,我就大了胆子,常常在午餐时捧了饭碗坐在冯英老旁边,听他谈笑风生。当时在报社当记者,不允许记者写外稿,但我跑的是社会新闻,有些内容在晚报上登不出,就想把真实案例写成文艺作品,冯英老听我一说,立刻鼓励我业余时间要坚持写作。过了一段时间,我便向冯英老透露自己正在写一本“诗话”,是把历代咏鸟的诗歌汇聚起来,然后以散文笔法来写一本有知识性、文学性、科学性的小册子。冯英老当时听我说完,就有了兴趣,说:"你写好后,让我先睹为快。"我于1982年开始搜集资料,1983年完成了全书,便去冯英老武康路寓所,战战兢兢交给了冯英老。三天后,冯英老把我原稿与他写的一篇序言含笑交给我,说:"写得不错,很有可读性,我写了一篇文章,你看看可以作序吗?"我赶紧连连点头:"太感激了!"

冯英老这篇序言,一千余字,他从《诗经》入笔,引了历代咏鸟的古诗名句,他在序中说,"把历代的咏鸟诗这样集中起来加以评价,这在诗话中还是第一次,不能不说是一种大胆的尝试,一种出色的创新。"他对我这本小书的评价:一是"旁征博引",二是"资料丰富",三是"文笔流畅"。由于我当时只有初中学历,冯英老在文中还对我作了勉励:"读书无用论甚嚣尘上,曹正文同志却能孜孜不倦,刻苦自学,在学习和探索中国古典文学精华的基础上独辟蹊径,以生动的文笔完成这本《咏鸟诗话》。"

我人生的第一本书,就蒙名记者冯英老之厚望,为我今后写作生涯燃起了一把火。

写完《咏鸟诗话》,我又写出了姐妹篇《群芳诗话》,为这本书写序的是广州古典文学专家刘逸生先生。学写诗话,其实正是我受《唐诗小札》《宋词小札》的启迪,在十年动乱前夕,我偷偷藏了几本书,其中之一便是刘逸生写的《唐诗小札》。因此我1984年就把出版的《咏鸟诗话》寄给刘逸

作者于1985年拜访刘逸生时合影

生先生,请他指教,并于1985年赶到广州参加历史小说座谈会时拜访了刘逸生先生。刘逸生先生刚从《羊城晚报》副总编辑位置上退下,这位清癯而博学的老人在寓所接待了我,与我亲切交谈,当我把写好的《群芳诗话》清样请他指教时,他翻了一翻就说:"你过两天再来舍下取序言吧。"刘先生的序对我的小书作了详尽分析,他说"《群芳诗话》是近于漫话性质,但又以诗为主,这种新诗话既有对诗的评论介绍,又对所赋事物的知识传授,娓娓道来,生动活泼,这可说是对前人诗话的一种突破,一种新的发展"。"作者在选诗方面下了一番功夫,兼收并蓄,情趣浓郁是不在话下。"

　　老作家秦瘦鸥先生,是20世纪40年代畅销书《秋海棠》的作者,我在1989年出版小说合集《金色的陷阱》时,请他为之作序,秦老对我三部小说分别作了评论,他认为"最有感染力的是《金色的陷阱》,作者自己把它列为心理推理小说,恐怕是低估了,应该说这是一篇相当严肃地反映了我国新时期社会上某一侧翼的真实生活的现实主义作品"。"《唐伯虎落第》的难得之处,在于作者打破了流传已达一两百年的《唐伯虎点秋香》的传说框框,小说文风晓畅典雅,写人状物富有浓郁的韵致感。"另一本《僰人棺之谜》,秦老直言评说,他说,他对武侠小说过去阅读甚少,很少有发言权,但对"故事的悬念之多"与"被写活的两面派人物很能吸引"。应该说,我虽然已写了《龙凤双侠》等武侠小说,但仍属练笔阶段,后来我便自觉创作武侠小说功力不够,开始转向写武侠评论了。

　　《旧上海报刊史话》是我1990年开始写作的一本小册子,我在20世纪70年代在卢湾区图书馆参加书评组,有机会接触到一些民国时期的报刊,当时是以大批判的形式接触的,但一读之下,我便产生了浓厚的兴趣。后来我进入报社工作,更有想法了,与一位文友张国瀛共同撰写了《旧上海报刊史话》,此书由三位前辈赐序,序一是郑逸梅先生写的,他是民国文坛老报人,又是"文坛掌故"专家,当时郑老已95岁,他肯赐序指导后辈,真令我喜出望外。序二是上海社科院历史研究所研究员汤志钧,他对中国近代报史颇有研究;另一位作序者是上海作协研究室主任、我国研究"鸳鸯蝴蝶派"的专家魏绍昌先生,他对近代文学流派与报刊都颇有研究,这三位老先生的鼓励,也令我终生难忘。

我写的小书,内容较为丰富,题材也较广阔,我总是力求请这一行业的专家来指点自己,比如《地灵人杰——山水诗话》就请上海园林学家陈从周先生写序。我在出版社接下选题后就去拜访了陈从周教授,他听后大力支持,并为拙著写了热情鼓励的序言。

作者与徐兴业先生合影

我写的文史札记《史镜启鉴录》是请文史专家蒋星煜先生赐的序,蒋公对文学戏曲史颇有研究,又写了约70篇历史小说,他写的历史传记《海瑞》更是在学术界颇获好评,他写的序对拙作肯定的同时,也指出我的文史札记写得过于正规化,如有一点幽默风趣更好,实在是善意的提醒。冯其庸先生是中国新武侠小说研究的第一人。因此,我完成《金庸笔下的108将》一书后,请他指点,承冯其庸先生写了一篇长达两千余字的序言,他这篇序对金庸武侠评论研究作了肯定,并为金庸小说在中国文坛的地位做出了极高评价。冯亦代先生是《读书》杂志的创办者之一,他自称"书痴",我写了一本《珍藏的签名本》,便请他作序,冯亦代先生在序中回忆了自己藏书的几个过程,对我执编"读书乐"风格给予肯定,并对我收藏签名本与写签名本故事给予支持,他认为,"读书,爱书,藏书,写书,是我们共同的爱好"。

作者于2001年赴台北与温世仁（左）合影

近日，我把已出版的六十多本书，又在灯下翻了一遍，真是幸运，有三十多位名家为拙著作序，除上述几位，还有著名小说家、茅盾文学奖荣誉奖得主徐兴业，传奇小说作家蒋敬生，文学评论家、《当代》文学杂志副主编胡德培，香港作家协会主席倪匡，复旦大学中文系博士生导师顾易生，上海市社联主席罗竹风，上海作家协会主席徐中玉，中国古典文学专家金性尧，民俗文学专家邓云乡，新派武侠小说家温瑞安，戏剧家杜宣，诗人作家流沙河，台湾畅销书作家温世仁，民进中央原副主席、杂文家邓伟志，台湾历史学家、杂文家柏杨，书法家兼作家洪丕谟，还有我单位领导兼同事丁法章、金福安、朱大建、严建平与龚建星（西坡）。

在为我写序者中，有两位领导同志：一位是爱好读书的汪道涵先生，我当时住在静安区常德路，寓所附近有一家军事书店，我与这位上海市长的第一次见面，就在军事书店内，他正在挑选图书，我因为在报社负责宣传图书，便与军事书店的负责人打了招呼，因此便与汪市长有了一面之交，后来又在军事书店见过汪市长几次，他身旁仅有一位警卫员，在选购图书时也未将其他顾客赶走。后来，"读书乐"与上海辞书出版社开展"我与辞海"的征文活动，征文集由我主编后出版，汪道涵先生为之写了一篇序言。

另一位是我非常尊敬的赵启正同志，他原是一位高级知识分子，在20世纪80年代中期，他出任上海市委组织部部长，后又任上海市副市长、浦东新区开发办公室主任，并在90年代任国务院新闻办主任、全国人大外事委员会主任。启正同志思想活跃、有与民同乐的爱民思想，他富有睿智，思维敏捷，为人真诚，知识丰富，他的每次发言，几乎都是一篇精彩的文章。我在执编"读书乐"的 22 年中，一直深受他的关怀和鼓励，他于"读书乐"创刊第一年便出席了"读书乐"创刊 50 期"作者·读者·编者"座谈会，在 22 年后他又在百忙中从北京赶到上海参加

作者陪同赵启正参观"读书乐"陈列室

了"读书乐"创刊 1000 期座谈会。在会上，他都作了热情洋溢的发言，对中国全民读书活动给予了肯定与鼓励，同时还指出我国人民在提高读书修养上还须更上一层楼。"读书乐"创办时，我就设立了一个名家谈读书的栏目"乐在书中"，我后来精选了一百位名家谈读书的经验，交出版社出书，启正同志为之写了一篇序言。

为小书赐序的有两位前辈，常常让我想起来十分激动。　位是为编辑仗义执言的上海杂文家罗竹风先生，他视我为弟子，我常去他衡山路寓所听罗老谈昔日往事，他威严而和气，重视通俗小说，反对极左思潮，他称赞拙著"不打官腔，没有火气，娓娓而谈，平易近人"

作者于 2001 年赴台北柏杨寓所采访

的文风。还有一位便是我尊敬的台湾作家柏杨先生,柏杨先生写的《丑陋的中国人》,对中国国民的劣根性,作了深刻批判,深得我心。但我于1986年在报上撰文评介时,评论文章却被报社领导拉下,过了两年,胡耀邦总书记作了指示,此书才得以公开宣传而发表拙文。十五年后,我赴台湾亲访柏杨,二人相谈甚欢。柏杨先生一生治学严谨,敢于直言,是笔者最尊敬的当代作家,后来作者一本小书《秋天的笔记》出版,柏杨先生为之赐序,令吾感铭在心。

在我出版的六十多本书中,其中有四位为拙著写过两篇序言。他们是丁法章、夏画、赵启正与徐中玉先生。丁法章先生为我写的序,一篇是《读书·做人·成才——〈珍藏的签名本〉序二》,另一篇是《砚边风月也怡人——〈无边风月之旅〉序二》。老丁是《新民晚报》鼎盛时期的报社领导人,在他的领导下,《新民晚报》深受广大读者欢迎,日发行量高达186万份,并年创利润达2亿。更重要的是,他尊重人才,发掘人才,让《新民晚报》一大批新人脱颖而出,一时间报社出现人才济济的局面,他为他的下属与同事写序,是对报社同志的爱护与激励,他曾笑着对我说:"我为一个人写两篇序,你是第一个。"

另一位为我写两篇序文的是夏画先生。我未进入新闻界之前,是一位业余撰稿人。我于1966年初中毕业,因十年动乱而失去求学机会,1968年分配到一家马铁厂当翻砂工,整天与沸滚的钢水、冒烟的铸件打交道,在当翻砂工之余,便开始读书写作。但当时只有《解放日报》与《文汇报》两张报纸,一周有两到三个副刊,全是

作者于2017年赴夏画寓所与其合影

"老三篇"(一篇小说或散文或报告文学，一篇评论或杂文，一首诗歌)，内容不堪，但我当时还没有这觉悟，为了个人前途，也为了发挥自己爱好，就写了不少应

作者于2017年采访赵启正

景文章投出去。三年中投了48篇，每篇都是石沉大海，直到49篇才投中一篇，那是一首儿歌。但漫长而痛苦的投稿过程，磨炼了自己意志，也让自己想了很多问题。"四人帮"粉碎后，中国文坛与新闻出版业开始迎来春天，由夏画主编的《青年一代》，便是中国刊物园地上的报春花，老夏思维敏捷、敢于直言，他策划了许多思想解放的选题，培养了不少青年业余作者，我就是他精心培养的一个青年作者，《青年一代》发表了我几十篇文章，还为我开了专栏。我又承老夏介绍，为《辽宁青年》开了一个"愿你喜欢我"的专栏，日积月累，便出了一本书，夏画先生为我这本小书写了一篇《一个不说假话的才子》的序言。我今已年近古稀，但我想起老夏当年的鼓励与扶植，依旧十分激动。老夏为我另一本书《行走亚洲二十国》写的序言是《读书·编书·行走·写作》，对我一生的工作生活作了总结，也写出了我人生的四大爱好。

启正同志除为拙著《百位名家谈读书》写序，本书的序言，也是他写的，我十分感激他的鼓励。

徐中玉先生也为我写过两篇序言，第一篇是《自学可以成才》，这是为《米舒博士谈读书》写的序言。徐老是我尊敬的前辈，也是我的老师，我考入报社时没有大学文凭，进了报社后工作一直很忙，除了白天忙于处理稿件、编辑版面与写报社文章，每天下班回家七点

后就搞业余写作，但单位领导规定，大学文凭是一定要补的，于是我便决定参加华东师大自学考试，而徐中玉先生是全国高等教育自学考试中文专业委员会主任，又是《大学语文》的主编（徐先生不负责出题目）。我陆陆续续考，才知道自学考试比读一般夜大学难度高许多，如古汉语、古代文学史的及格率在百分之三十以下，经过七八年的考试，我才获得了文凭。而我每次去他寓所向徐先生请教时，他总是笑眯眯地对我说："自学可以成才。"他在序言中说："《新民晚报》是份雅俗共赏、老少皆宜的报纸，例如它的专刊《读书乐》，就每有虽然短小却寓意趣的佳文。娓娓道来，或寓庄于谐，或亦庄亦谐，套话一少，情趣就多了。道貌岸然的高头讲章，在这里绝少市场，可以说是新闻园地的一块净土吧！"他又评道："米舒是位能把古今中

外、文史哲科，从花鸟虫鱼直到生活百态都说得趣味横生、引人入胜的多面手。""他今天已成为上海报坛最年轻的专栏作家之一。"徐中玉先生的鼓励，让我深感内疚，也倍增努力之心。他为我另一

作者于 2017 年春节在徐中玉寓所合影

本书《无边风月之旅》写了一篇《小中见大有情趣》的序言，他评述拙著文字"要言不烦，小中见大，随遇而安，娓娓而谈"，正是我追求的文风。

　　为拙著写过三篇序言的是我的两位恩师章培恒与蒋星煜先生。章培恒先生是我读书时崇敬的学者，在我读初中二年级时，我就喜欢读报，在图书馆中偶尔读到章培恒撰写的评论古代小说的文章。后来 70 年代初，我在《文汇报》实习一年，也听理论部多位老编辑谈

到章培恒的名字。70年代中期我已认识了章培恒先生。当时复旦大学中文系李庆甲老师请我作为工人代表去复旦大学给外国留学生上文学历史课，我讲的是《三国演义》，一次听李庆甲老师说，复旦中年老师中最让人佩服的是章培恒先生。章培恒在1948年就加入地下党，上海解放后，他进入复旦大学中文系任党支部书记，成为当时学生中最出色的骨干。郭绍虞、朱东润、蒋天枢、刘大杰都认为他是可造之才，但1955年章培恒因与贾植芳老师关系密切，而贾植芳又因胡风事件而被打成反革命分子，所以章先生也跟着倒了霉。他被开除党籍而留在图书馆，这还因中文系几位老教授力保才不至于被开除出复旦大学。章培恒在图书馆不甘自弃，冷板凳上坐出真学问，在60年代又写出许多观点新颖的学术文章。后"文革"爆发，章培恒又被列为"白专典型"的批判对象。听李庆甲老师说，复旦师生都以章培恒先生为骄傲。我便在此时去拜访章培恒先生，章培恒对我的求学十分支持，他建议我今后沉下心来要多读一些书，他说只有博览群书，打好古文底子，才能厚积薄发。我经过考虑决心投在章先生门下重读国学文史，当时正值十年动乱刚结束，大学还未招生，章先生也有一点空，我便每两周去他家学习三个小时，章先生选了《二十四史》中的人物传记与《古文观止》教我。我当时疑惑，中国通史与中国古代文学史，我手头已有好几种，而《二十四史》是繁体字、直排版，又没标点。过了些日子，我才体会到章先生让我读《二十四史》是学习文史的必修之课，因为只有读繁体字、直排本，才能让我熟悉古文国学，而读没有标点的古文，对我学习古汉语有很大帮助。还有一个原因，是我后来体悟的，那就是章先生说"要隔代修史"，才比较真实，接近于历史真相。这样的学习大约持续了两三年时间，章先生的教诲与他为我批改的四本文言文读书笔记，令我终生受用。

章先生为我的《武侠世界的怪才——古龙小说艺术谈》写了一

篇序言。我写的武侠评论，一是天性使然，二是受章先生研究武侠的影响。他对武侠评论的见解可谓在当时学术界"石破天惊"，他为拙著写的一句评语："《武侠世界的怪才——古龙小说艺术谈》是建国以来大陆出版武侠单个作家评论的第一部。"他在谈到笔者时说，"正文在沉寂的岁月中做了几十万字的读书笔记，他赤手空拳，经历了一次又一次退稿的考验"，这倒是实情。章先生为我写的第二篇序言是为《中国侠文化史》写的，这篇序言全文有三千余字，他肯定了我提出的"侠文化"的观念，对我把"侠文化"作为平民意识来贯穿全书，也认为值得重视。章先生同意我把港台新武侠小说归为中国侠文化达到高潮的重要组成部分。对我一些文学观点没有"人云亦云"也表示赞赏，这对我从事新武侠研究给予很大支持。章先生为我撰写的《我读过的99本书》写了第三篇序言，当时章先生已患有癌症，但他依旧坚持学术研究，《我读过的99本书》其实是我个人读书写作的自传，我从童年时代迷恋连环画、听评弹，到少年时代醉心唐诗宋词与阅读欧美经典小说，青年时代读国学文史和《古文观止》，研究武侠与侦探，到中年时代赏玩山水小品与书画艺术。章培恒先生对我一生之所学，是有所了解的，我自28岁拜在他门下，前后达三十余年，他在这篇序言中，一是认为笔者能坦率承认自己的弱点并作自我解剖，有"洒然如生清风"。二是我选读的书目，与大多数流行名家流行的看法大不相同，如我在唐代诗人中，只敬仰李白、佩服杜甫，而与白居易的人生观点最为贴近，也说了真话；对现代作家的排列中，我将胡适列为第一，并将林语堂、周作人排在茅盾、巴金之前，章老师投了赞同票。并对我70年代写《爱国词话》的旧事能不掩饰，也作了肯定。章先生这篇序言肯定了我的说真话，我真是感到"知弟子莫如师也"。

另一位为我拙著写三篇序言的是蒋星煜先生，蒋老也是我65岁时拜的老师，他当年已近96岁。我认识蒋星煜先生在1986年，但早在80年代初就听夏画好几次说起蒋公星煜先生,但碰巧都没见上面。蒋星煜是写历史小说的,我也正在学写历史小说,蒋先生有文史癖,喜欢看戏(他写过一本书《以戏代药》),我也从小迷恋文史,戏曲不大喜欢,但醉心听评弹。因此一见面,两人就有说不尽的话。1992年,他为我的第一本文史札记《史镜启鉴录》写了序,后来我编"读书乐"与"夜光杯"副刊,蒋先生支持我的文史小品文章很多,在所有老作者中,他排名首位。2014年我去上中西路寓所请教,与他长谈了两次,回来就写了两篇文章,一篇是《蒋公的文史癖与他的历史小说》,还有一篇是《蒋星煜养生有妙趣》,蒋公当时已94岁,但人很清健,思维活跃且谈吐自如,聊上一个小时一点也不吃力。他获悉我在2015年将有一本《行走欧洲三十六国》出版,便一口答应为我写序,蒋公把我写的两百多篇游记翻了一遍,花了一个多星期,为拙著写了一篇《欧洲文艺揽胜之旅》,对我读万卷书、行万里路作了勉励,又指出我的游记注重于文化旅游。

　　蒋公在他96岁那年,为我的《米舒文存》写了总序。《米舒文存》是我一生从事文学活动的一个总结,八卷,有四百多万字,收入我已出版的三十余本书,请一位96岁的老人赐序,心中实在不安。但我一提出来,蒋公当时脸带微笑便应允了,他说:"为你文存写序,最佳人选是你的老师章培恒与冯英子先生,他们两位是看着你成长,又给了你许多具体的培养与帮助,但可惜他们已逝世了。"令我感动的是,蒋公竟花了一个多月时间,把我出版的三十余本小书都读了一遍,在2015年春节前夕,为我写了一篇两千余字的总序,对笔者迷恋读文史,研究武侠与侦探,出外行走69个国家,捐献签名本,评说千古文人等读书、淘书、藏书、写书、编书、捐书之往事一一评点,真让我感激涕零,人生得一良师足矣。在2015年春节我去蒋公家拜年,说到想拜蒋公为师,蒋星煜先生没有拒绝,只说韩国女学生前两天来拜他为师,给他磕了三个头,我领会其意,赶紧把他扶到藤椅上，在他脚边跪下，连磕了三个头，蒋星煜先生笑了，说："你起来吧！"

回顾往事，不胜感慨，我一生中为了写作，牺牲了许多机缘与人生的享受。我自知生性笨拙，又没有文化背景，几十年在新闻界与文坛单凭自己赤手空拳去奋斗，只能靠勤奋再勤奋。为了节省时间，我从青年到老年，一生很少赴晚宴，每天晚上 7 点钟后，就伏案读书、写作 3 到 5 小时，在 35 岁到 55 岁的二十年中，每天只睡 5 个小时，早晨 5 点起床。趁上班前再写作 1 000 字，几乎每天坚持写作 3 000 字，周末一天写 15 000 字，最多一天写了 25 000 字。我不是天才少年，我只能把自己的时间一分钟一分钟地节省下来，用在读书写作上。我的文学老师谢泉铭先生曾说我在 18 年中每年都去他家拜年，但在老谢家，他说，他的不少学生都在聊天，只有我一个人从包里取出书本来阅读。其实，我只是感觉到时间对自己太珍贵了。

人生单靠个人努力是无法企及成功的，贵人相助，是人生最大的欣慰，感谢文学前辈对我的扶植与勉励，感谢恩师章培恒、冯英子、蒋星煜先生，还有徐中玉、罗竹风、赵家璧、王元化、夏画先生对我的培养，他们都是我人生旅途中的贵人。

改定于 2018 年 3 月 12 日

后　记

　　日月如梭,转眼又是一年,自去岁暮春动笔,忙到今年樱花盛开,一本《文化名宿访谈录》终于完稿。

　　余生尚晚,欣遇晚报复刊,于20世纪80年代初进入沪上新闻界,1986年起独立执编"读书乐",从此陶醉于书香世界,悠然自乐,不知不觉在光阴恍惚中度过了22年。想当年,编稿之余,去寻访曾活跃于民国文坛而劫后余生的文化老人,上门一一聆听受教,如郑逸梅、章克标、夏衍、冰心、秦瘦鸥、徐铸成、金性尧……其中施蛰存、冯英子、赵家璧、徐中玉、罗竹风、王元化的寓所,我是常客。面对这些文化长者,听其说昔日文坛,话报坛风云,讲沧桑沉浮,我突然发现自己变得矮小了,无知了,浅薄了。想当年25岁的施蛰存独立执编《现代》杂志,其作者队伍何等辉煌:鲁迅、周作人、茅盾、巴金、戴望舒、沈从文;27岁的赵家璧主编了一套十二卷的"新文学大系",请出蔡元培写总序,各分册主编是胡适、鲁迅、茅盾、周作人、朱自清、阿英等,如此阵容岂不令人羡哉!作家无名氏小学五年级发表作文,中学时以稿酬卖文度日,23岁时写的文章在全国广播,又被蔡元培选入当时高中语文教材;而20出头的徐铸成刚担任《大公报》记者,就暗中潜入晋祠,采访到了被软禁的冯玉祥将军,这一独家新闻顿时震动报坛……尤其让我面红耳赤的是,年纪轻轻、三十未到的施蛰存、冰心、秦瘦鸥、无名氏、章克标已精通二三国语言,施蛰存的古文根底尤为深厚，冰心、秦瘦鸥、无名氏、章克标在风华正茂时已有卓著成绩显露于文坛，三十五六岁的我，回顾逝去的岁月，真是令人愧煞！

于是，我听 92 岁的郑逸梅谈编副刊、写掌故、说旧闻；听 81 岁的施蛰存谈《现代》杂志如何请名家、扶新人、容纳不同见解的稿子；听 78 岁的赵家璧谈主编"新文学大系"全过程；听 79 岁的徐铸成回忆主政《文汇报》20 年，遭遇政治风云之变幻；听 75 岁的秦瘦鸥谈《秋海棠》问世一波三折；听 71 岁的冯英子谈在三四十年代如何辗转二十家报社当记者……我又走出上海，在北京听 94 岁的夏衍讲《武训传》事件的发生内幕；听 87 岁的冰心回忆当年在旅途中构思《寄小读者》；听 68 岁的曾彦修讲"移山风波"的惊涛骇浪；在南京，听 86 岁的唐圭璋谈一个人如何千辛万苦编《全宋词》；在广州，听 65 岁的秦牧谈"文人贵在正直"；在台北，听 81 岁的柏杨谈在狱中立志要把 400 万字的《资治通鉴》改写成白话版……这样的访谈前后持续十多年时间，当时只是为了勉励自己不辜负等闲岁月的流逝，今天笔者根据回忆与当年笔记，整理出这本小书，以文化老人当年的经历、遭遇与感悟，让更多的读者为之共享，并引起沉思与启迪。

这本访谈录，我原计划写 30 篇，其中赵清阁、陈学昭、余光中与周劭四篇，未能完稿。按年龄计算，从郑逸梅至蒋星煜，他们都称得上是民国时代的文人，郑逸梅早在 20 世纪 30 年代就是报坛的"补白大王"，而生于 1920 年的蒋星煜先生，也早在 40 年代出版了《中国隐士与中国文化》小册子，在文坛已初露头角；只有范伯群与章培恒老师成名于 20 世纪 50 年代。本书附录有一篇《为我写序的文化人》，为笔者小书作序者也大都是文学前辈。我谨以此书纪念曾经在三四十年代为中国文学与中国新闻做出杰出贡献的文化名宿。

民国文坛，是个大师携手、名家辈出的时代，如教育（蔡元培、蒋梦麟、梁漱溟、陈鹤琴等），绘画（吴昌硕、徐悲鸿、黄宾虹、吴湖帆等），书法（李叔同、于右任、白蕉、沈尹默等），戏曲（梅兰芳、周信芳、马连良、蒋月泉等），同样，新闻、出版与文学的历史地位更不可低估，其余韵留香至今，这些大师在中国文化史上曾写下光辉灿烂的一页。笔者以此小书纪念这段绚丽多彩的历史，并请诸位方家指教。

这本小书写成后，请启正同志指教，承他在百忙中浏览此稿，赐一序言，十分感激。谢谢他第二次为拙著写序，并给予我鼓励。

在此书写作过程中，曾获徐铸成公子徐复仑、蒋星煜公子蒋金戈、施蛰存公子施莲及其长孙施守珪、金性尧女儿金文男、郑逸梅孙女郑有慧提供资料，并感谢陶文瑜、潘良蕾、蒋楚婷、刘巽达、吴元浩、曹剑龙、常文驹、孙中旺、蔡剑明、姚伟勇等友人的帮助。此书是杨柏伟兄为我责编的第 10 本书，在此深表诚挚感激！

曹正文记于 2018 年 5 月 2 日

重　印　后　记

　　《文化名宿访谈录》是笔者从事 32 年新闻工作的一段珍贵回忆。在 32 年中，我执编"读书乐"专刊长达 22 年，与书打交道，倾听前辈文化老人谈读书往事与独立思考，谈当年从事报刊编辑的种种经历，很新鲜，很激动。和郑逸梅、冰心、夏衍、施蛰存、无名氏、徐铸成、赵家璧、秦瘦鸥等文化老人，面对面访谈，得以了解近现代诸多新闻出版的逸事珍闻。非常荣幸！或许正因广大读者崇敬和喜爱这些近现代文化大家的经历，让这本书可以重印。

　　在本书重印之际，作了订正。另外加入五篇新的访谈，年龄最大的是生于 1901 年的谭正璧先生，他在没有电脑的年代，居然撰写和编选了 150 种各类专著。其次是至今已 106 岁的周退密老先生，他在去年接受我的访谈，还亲笔题字赠我一册签名本。对张佛千老人的访谈在 2001 年，这位"台湾联圣"，作为"台湾十大文化名人"接受我的专访，他当时已 94 岁。我写的文章刊出后，寄他求教，他很高兴，以我的名字撰了一副对联赠予后辈，令吾受宠若惊。邓云乡先生是笔者的忘年交，他三十年前去世，我根据当年与他几次见面的笔记，作了整理，以资深深怀念。还有一位是 87 岁的北大终身教授严家炎先生，我已见过他多次，这次访谈是 2019 年 11月，在苏州大学"东吴论剑"学术会议再次相遇，因有三天时间，我们一起畅谈金庸的新武侠，他认为金庸新武侠是一次"文学革命"，我颇赞同,文章于今年 1 月完成。

新冠疫情,让许多喜欢旅行的朋友只能宅在家中,我也如此,坐在窗下润色旧作,再次献给广大读者求正,非常期待。

曹正文记于 2020 年 4 月 18 日

图书在版编目(CIP)数据

文化名宿访谈录/曹正文著.—上海:上海书店
出版社,2018.8(2020.7重印)
ISBN 978 - 7 - 5458 - 1698 - 3

Ⅰ.①文… Ⅱ.①曹… Ⅲ.①文化-名人-访问记-
中国-现代 Ⅳ.①K825.4

中国版本图书馆 CIP 数据核字(2018)第 177773 号

封面题签 张晓明
责任编辑 杨柏伟 何人越
装帧设计 汪 昊
技术编辑 丁 多

文化名宿访谈录

曹正文 著

出 版 上海书店出版社
　　　　 (200001 上海福建中路 193 号)
发 行 上海人民出版社发行中心
印 刷 江阴金马印刷有限公司
开 本 890×1240 1/32
印 张 8.75
版 次 2018 年 8 月第 1 版
印 次 2020 年 7 月第 2 次印刷
ISBN 978 - 7 - 5458 - 1698 - 3/K · 324
定 价 45.00 元